suhrkamp taschenbuch 4597

Mit dem Wind der Veränderung, den Portugal im Frühjahr 1974 ereilt, wendet sich auch das Schicksal der Familie Mendes. Das des Großvaters Augusto, der in seinem Dorf sehnsuchtsvoll die Briefe des Freundes aus Buenos Aires erwartet. Das seines kriegstraumatisierten Sohnes António und schließlich jenes von Duarte, dem musikalischen Wunderkind, das eines Tages beschließt, dem zerstörerischen Sog der Musik für immer zu entsagen. Mithilfe eines geheimnisvollen Gemäldes und der vergilbten Briefe des Großvaters macht sich Duarte daran, die wohlgehüteten Geheimnisse der Familie Mendes zu lüften …

João Ricardo Pedro, 1973 in Portugal geboren, war als Elektrotechniker in der Telekommunikationsbranche tätig. Im Zuge der Wirtschaftskrise arbeitslos geworden, schrieb er sein Romandebüt, das ihm den Prémio LeYa einbrachte, eine der wichtigsten Auszeichnungen Portugals.

Marianne Gareis, 1957 geboren, übersetzt aus dem Portugiesischen und Spanischen. Sie hat u.a. José Saramago, Machado de Assis, Andréa del Fuego und Sergio Álvarez ins Deutsche übertragen.

# WOHIN DER WIND UNS WEHT

*João Ricardo Pedro*

Roman

Aus dem Portugiesischen
von Marianne Gareis

Suhrkamp

Die Originalausgabe erschien 2012 unter dem Titel
*O Teu Rosto Será o Último* bei LeYa, Portugal.
Der Roman erhielt den Prémio LeYa 2011.

Die Übersetzung wurde von der Direção-Geral do Livro, dos Arquivos e das Bibliotecas des portugiesischen Kulturministeriums unterstützt.

Erste Auflage 2015
suhrkamp taschenbuch 4597

Druck und Bindung: CPI – Ebner & Spiegel, Ulm
Umschlag: Rothfos & Gabler, Hamburg
Umschlagfoto: Thomas Höpker / Magnum Photos / Agentur Focus
Printed in Germany
ISBN 978-3-518-46597-4

# WOHIN DER WIND UNS WEHT

*Für Isabel*

# ERSTER TEIL

## *Das Glasauge*

Eines schien sicher zu sein: An diesem denkwürdigen 25. April 1974 schnallte sich Celestino weit vor sieben Uhr den Patronengürtel um, schulterte die Browning, prüfte, ob er noch Tabak und Blättchen hatte, vergaß die Uhr an dem Nagel, wo außerdem ein Kalender hing, und verließ das Haus. Der Himmel begann bereits aufzuklaren. Oder er klarte noch nicht auf. Auf die Schüssel Milchkaffee hatte er, ohne mit der Wimper zu zucken, zwei kräftige Schluck Schnaps gekippt. Den ersten gegen das Sodbrennen. Den zweiten gegen die grüblerischen Gedanken, denn wie bereits sein Äußeres verriet, war er ein Mensch, der zu häufiger Melancholie neigte.

Gegen elf Uhr vormittags verspürten jene Menschen, die nach der grausamen Arithmetik der Scheffel, Silos, Ernten, Monde, Wechselfieber, Tierkrankheiten und Fröste lebten, noch keinen Wind der Veränderung. Männer und Maultiere pflügten in untadeliger Geometrie den Boden, während die Frauen, eingelullt von Melodien, die ihre eigenen Lippen hervorbrachten, im Dunkel der Ställe die Tröge der Schweine, Ziegen und Kinder füllten. Und hätte jemand die Dreistigkeit besessen, diese mühseligen Arbeiten zu stören, um ihnen mitzuteilen, dass der Präsident des Ministerrats von Portugal, umzingelt von Soldaten, die seinen Rücktritt

forderten, gerade in eine Lissabonner Kaserne eingesperrt worden war, hätte er als Antwort gewiss nur einen Blick absoluten Desinteresses geerntet.
Denn in diesem kleinen, am Fuße des Gardunha-Gebirges gelegenen Dorf, das den Namen eines Säugetiers trug und nach Süden zeigte, ohne sich bewusst zu sein, dass es nach Süden zeigte, gab es nur eine einzige Ausnahme zu dieser vollkommenen Gleichgültigkeit gegenüber der Heimat, die für jene Leute fast eine Art ferner Ort war: nämlich das Haus von Doktor Augusto Mendes. Dort waren in einer Art Krisenkabinett die illustresten Persönlichkeiten des Dorfes zusammengekommen: Adolfo, Bocalinda, Larau, Pater Alberto, Fangaias und natürlich der Gastgeber, Doktor Augusto Mendes.
Als Dona Laura sah, dass das Haus sich mit potentiellen Essern füllte – und in dem Vorgefühl, dass diese Staatsstreich-Geschichte etwas Längerfristiges war –, eilte sie, bewaffnet mit Messer und Schüssel, in den Hühnerstall, aus dem sie mit den ersten beiden Revolutionsopfern wiederkehrte. Und als es noch keine zwei Uhr geschlagen hatte, stellte sie in einer unmissverständlichen Machtdemonstration, als wollte sie deutlich machen, dass, ganz gleich, was im Land passierte, in ihrem Hause alles beim Alten bliebe, Radio und Fernseher aus, öffnete die Flügeltüren zum Garten und verkündete, die Hühnersuppe sei angerichtet.
»Essen Sie, die Minze wird Sie wieder aufheitern«, sagte sie zu Pfarrer Alberto, der von all den illustren Persönlichkeiten am besorgtesten wirkte. Nicht über die politischen Ereignisse, denn die Politik hatte ihn noch nie interessiert. Caesar, was Caesar gehört, und Gott, was Gott gehört. Ihn interessierten die Menschen und die Seelen der Menschen, was ja auch nicht wenig ist. Für den Doktor Oliveira Salazar

hatte er zwar wahrlich keine besondere Sympathie gehegt, ganz im Gegenteil, doch im Falle des neuen Machthabers Marcello Caetano war das anders: ein Professor, Witwer, Vater. Vater des Fräuleins Ana Maria, dieses prachtvollen Mädchens. Und der Vater des Fräuleins Ana Maria war es auch, der seit den frühen Morgenstunden Schutz suchte in der Kaserne der Rua do Carmo, weiß Gott, wie es ihm dort erging. Er war bereits nicht mehr Präsident des Ministerrats und noch viel weniger Kolonialminister oder Kommissar für die Portugiesische Jugend. Er war nur noch Vater des Fräuleins Ana Maria.
»Ein einsamer Mann«, sagte der Pfarrer, »ein guter Mann, ein Mann, dem man angemerkt hat, dass er es leid war, ein ganzes Imperium auf seinen Schultern zu tragen.«
Am anderen Ende der Tafel saß Larau, dessen Gemüt sich seit seiner Geburt in permanenter Wallung befand, sei es wegen der Revolutionen, des Dreiband-Billards oder der Prozessionen am Ostersamstag. Und der Anblick der dampfenden Hühnersuppe regte nicht nur seinen Appetit an, sondern beflügelte auch seine Wortwahl. So fügte er jedes Mal, wenn der Name Marcello Caetano fiel, was mindestens alle drei Minuten passierte, diesem ein gravitätisches, vollmundiges »dieser Sohn einer Hure und eines elenden Gehörnten« hinzu. Dem angesichts Dona Lauras strengen Blickes ein zerknirschtes »Gott vergebe mir« folgte, begleitet von dem entsprechenden Kreuzzeichen.
Doch trotz Laraus Ausfälligkeiten und Pfarrer Albertos Ängsten wusste niemand mit Bestimmtheit zu sagen, was in Lissabon vor sich ging, und auch nicht, in welcher Lage Marcello Caetano sich befand. So kamen in dieser ungewissen Situation die kuriosesten Vermutungen auf den Tisch: Dass er gleich in den ersten Morgenstunden ermordet wor-

den sei; dass er bereits seit ein paar Tagen tot war; dass er bereits abgehauen und dieser ganze Wirbel dort in der Rua do Carmo eine bloße Inszenierung sei; dass die Aufständischen nicht wüssten, was sie mit seiner Leiche anfangen sollten, so sei das doch immer, alles erledigt, alles nach Plan gelaufen, und dann weiß keiner, was mit der Leiche passieren soll, ob man sie öffentlich auf dem Platz ausstellt oder mit Eisenketten und Bleigewichten beschwert diskret in den Tejo wirft oder auf der Praça do Comércio auf einem Scheiterhaufen verbrennt, eine echte Notlage war das; oder dass alles nur ein Bluff von Marcello Caetano selbst war, weil er hoffte, dass das Volk auf die Straße gehen und ihn retten würde; dass der gute Marcello zu dieser Stunde bereits in Südspanien sei und Johannisbeerlimonade trank, den Blick nach Alcácer Quibir gewandt; dass alles davon abhinge, wer hinter dem Ganzen steckte, die Soldaten seien es, na gut, dann waren es eben die Soldaten. »Aber unsere armen Soldaten sind doch gerade alle in den Kolonien und verlieren ihre Arme, verlieren ihre Beine und ihren Verstand«, warf Fangaias mit einiger Berechtigung ein, »wo sollen denn die vielen Soldaten herkommen?« Waren es vielleicht Russen? Amerikaner? Engländer? Franzosen? Aber wie sollten die so unbemerkt ins Land gekommen sein?
»Übers Meer«, erwiderte Bocalinda, »die sind natürlich übers Meer gekommen. Über dieses verfluchte Meer, das unser ewiges Verderben ist. Kriegt das einer in seinen Kopf, warum man die Hauptstadt eines Landes am Meer errichtet? Das ist doch die pure Eitelkeit.«
»Köpfe gab es in diesem Drecksland noch nie«, entgegnete Larau und erklärte damit das Mittagessen für beendet.
Als sie schließlich mit versöhnten Mägen an ihren Kaffees und Kognaks nippten und die Frühlingsfreuden genossen,

die der Garten ihnen bot, waren die Ungewissheiten noch immer mehr als zahlreich. Tausendundeine Vermutung war geäußert worden. Jegliche Arten von Befürchtungen. Jegliche Arten von Hoffnungen. Doch einer der Anwesenden hatte sich noch nicht zu Wort gemeldet: Doktor Augusto Mendes, der Illustreste der Illustren. Aber just in dem Augenblick, als alle sich, seiner ersten Worte harrend, dem vornehmen Gastgeber zuwandten, tauchte am Eingangstor, außer Atem und mit Angst im Blick, Ressurreição auf.

Ressurreição war die Nachbarin von Celestino. Eigentlich war sie mehr als nur seine Nachbarin. Sie war diejenige, die sich um seine Wäsche und seine Suppentöpfe kümmerte. Und sie stellte sich bereits darauf ein, ihn im Alter zu pflegen und dafür trotz des Altersunterschieds die Zuneigung und Achtung zu erlangen, die ihr jene Männer verwehrt hatten, die ihr das Haus mit Kindern gefüllt hatten.

»Was ist passiert?«, fragten sie.

Als Ressurreição wieder zu Atem kam, berichtete sie, Celestino sei nicht zum Mittagessen erschienen. Sie sei bereits alles abgelaufen: Von der Salzquelle bis zum Grundstück von Humberto, von Barba Ruivas Haus bis hin zum alten Friedhof. Und jetzt, nachdem sie auch in Celestinos Haus noch einmal gründlich gesucht habe, hätte sie entdeckt, dass das Gewehr auch verschwunden sei. Warum sollte der Mann im April mit Gewehr losziehen?

Keiner der Anwesenden wusste darauf eine Antwort, und so teilten sie sich in drei Zweiergruppen auf: Doktor Augusto Mendes und Bocalinda, Pfarrer Alberto und Adolfo, Fangaias und Larau. Sie zogen einen imaginären Kreis mit einem Radius von einer halben Meile, dessen Mittelpunkt Celestinos Haus war. Diesen Kreis teilten sie in drei gleiche Abschnitte ein. Für jeden legten sie die wahrscheinlichsten

Orte fest, wo Celestino stecken könnte. Sie vereinbarten, sich in zwei Stunden wieder zu treffen, und machten sich auf den Weg.

Sie stiegen über Mauern und Zäune. Durchsuchten Heuschober und Ställe. Erklommen Hügel. Kletterten auf Bäume. Traten an Brunnen und Schöpfräder. Trafen Menschen. Stellten Fragen. Folgten Fußspuren. Patronenhülsen. Zigarettenkippen. Sie kehrten in den Mittelpunkt des Kreises zurück, erweiterten den Radius und nahmen erneut die Suche auf.

Bis gegen sechs Uhr nachmittags, während in Lissabon gerade Professor Marcello Caetano, Präsident des Ministerrats und Vater von Fräulein Ana Maria, nachdem er sich der Bewegung der Streitkräfte ergeben hatte, die Kaserne in der Rua do Carmo verließ, in einem Panzerwagen vor einer verirrten Kugel oder einem Stein zwischen die Hörner geschützt, den Kopf vielleicht zwischen den Händen, den Blick auf die Schuhspitzen gerichtet, die Länge der Schnürsenkel abschätzend und sie auf- und wieder zubindend, vielleicht aber auch mit geschlossenen Augen, in Gedanken an dieses elende Leben, oder durch das kleine Fenster des Panzerwagens spähend, die überbordende Freude der Soldaten erspähend, der Massen, die sich auf Zehenspitzen stellten oder wie die Affen an den Bäumen oder Straßenlaternen hingen – »Verfluchtes Land«, mag er gedacht haben, »Drecksland« –, bis also um sechs Uhr nachmittags, grob geschätzt, Doktor Augusto Mendes und Bocalinda auf einem Brachland ohne Eigentümer, an einem Ort, der nicht mal dem Teufel einfallen würde und erst recht nicht dem Jesuskind, Celestinos Leichnam auf dem Boden entdeckten, eingehüllt in eine Wolke aus Fliegen, das Gesicht von Kugeln durchlöchert. Und sie zweifelten nur deshalb nicht

daran, dass es sich um den Gesuchten handelte, weil das Einzige, das in dem zerfetzten Fleisch heil geblieben war, Celestinos Glasauge war.
Celestinos Gewehr lag auf dem Boden, ungefähr drei Meter von dem Leichnam entfernt. In einer unüberlegten Anwandlung nahm Doktor Augusto Mendes die Waffe in die Hand und prüfte, ob es wirklich die edle doppelläufige Browning war, die er selbst Celestino vor gut zwanzig Jahren geschenkt hatte und in deren Kolben die Worte »In Bewunderung und Freundschaft, AM« graviert waren.
Dann öffnete er die Patronenkammer am Lauf und stellte fest, dass beide Patronen noch unberührt waren.
»Sie haben ihn umgebracht«, sagte er. Vielleicht sagte er aber auch nichts. Vielleicht dachte er nur: »Sie haben ihn umgebracht.«
Er legte das Gewehr an dieselbe Stelle zurück, wandte sich unvermittelt an Bocalinda und bat ihn, die anderen zu verständigen und die Polizei zu rufen. Ohne großen Wirbel zu verursachen. Ganz diskret. Er selbst würde dableiben und den Toten bewachen.
Es wurde bereits dunkel, als die Polizisten endlich am Tatort erschienen. Im letzten Licht führten sie Messungen durch, fertigten Skizzen an, notierten Antworten, packten den Leichnam ein und nahmen ihn und die Browning mit.
Pfarrer Alberto nahm es auf sich, der armen Ressurreição mitzuteilen, dass es diesmal doch noch nichts geworden war mit dem Weg ins Glück. Die anderen Illustren kehrten in ihre Häuser zurück, erschöpft, erschüttert, betrübt, noch immer das Bild des auf dem Boden liegenden Celestino vor Augen: das zerfetzte Gesicht, das Glasauge inmitten dieser Masse aus Blut und Fleisch. Die Wolke aus Fliegen.
Trotz der inständigen Bitten seiner Frau wollte Doktor Au-

gusto Mendes nicht zu Abend essen. Er zog sich auf die Veranda mit Blick über den Garten zurück und setzte sich in den alten Korbsessel, als bereitete er sich darauf vor, seine Pfeife anzuzünden. Das tat er schließlich auch, während er die Silhouetten der Bäume betrachtete, die sich wie Gespenster gegen den Himmel abzeichneten.

Vierzig Jahre, dachte er. Fast vierzig Jahre war es her, dass ein junger, spindeldürrer Mann während eines fürchterlichen Unwetters auf der regengepeitschten Straße aufgetaucht war, ohne Gepäck, verdreckt und mit triefnassem Hut, und beim Anblick der ersten Menschen zusammengebrochen war, als hätte er nach vielen Stunden, vielen Tagen Marsch nur auf eine Gelegenheit zum Zusammenbrechen gewartet. Es passierte dort. Er hatte Glück. Sie brachten ihn in die Arztpraxis. Hievten ihn auf die Untersuchungsliege. Entkleideten ihn. Wuschen ihn. Sein rechtes Auge war mit einem schwarzen Tuch bedeckt.

Doktor Augusto Mendes nahm das Tuch ab und sah, dass darunter gar kein Auge mehr war. Die Verwundung schien frisch zu sein. Er schickte alle hinaus.

»Wie heißt du?«, fragte er den Fremden, nachdem er ihn behandelt hatte.

»Celestino«, antwortete der.

»Was ist mit dir passiert, Celestino?«

»Die Widrigkeiten des Lebens.«

Ohne weitere Fragen zu stellen, besorgte Doktor Mendes ihm eine Hütte, in der er während der Rekonvaleszenz, die lange dauern würde, schlafen konnte. Er gab ihm auch Bekleidung, Essen und etwas Geld.

Mit der Zeit gewöhnte das Dorf sich an diese unheimliche, stumme Gestalt, die kaum von ihrem eigenen Schatten zu unterscheiden war. Bergauf, bergab lief er, einen Verband

quer überm Gesicht, eine leichte Schwellung über dem rechten Auge – oder über der Augenhöhle, die einst das rechte Auge barg –, die Finger sehr lang und die Art, wie er seine Zigaretten drehte und sie dann brennend, als hätte er sie vergessen, vom Mundwinkel herabhängen ließ, irgendwie vornehm.
Jeden Vormittag bestellte Doktor Augusto Mendes ihn in die Praxis und bat ihn, die Jacke auszuziehen und Platz zu nehmen, fragte ihn, während er die Binde wie ein Wollknäuel aufwickelte, ob er eine gute Nacht gehabt, ob er geschlafen habe, ob die Decken ausreichten, ob er noch Holz habe, ob es nicht durchs Dach regnete, ob es schmerze. Dann nahm er äußerst behutsam die Kompressen ab, begutachtete die Wunde, reinigte sie, legte frische Kompressen auf, wickelte eine neue Binde darum und sagte: »Alles so, wie es sein soll.«
Daraufhin zog Celestino die Jacke wieder an, setzte den Hut auf und verabschiedete sich bis zum nächsten Vormittag.
Nach drei Wochen sagte Doktor Augusto Mendes am Ende der Behandlung, während er sich die Hände wusch: »Celestino, was ich für dich tun konnte, habe ich getan. Das heißt, an dieser Sache wirst du nicht sterben, und du kannst dein Leben jetzt so weiterführen, wie du es für richtig hältst.«
Über dem Waschbecken hing ein kleiner Spiegel, und Doktor Augusto Mendes bemerkte, dass der hinter ihm stehende Celestino versuchte, sich ein Tuch um den Kopf zu binden, um die Augenhöhle ohne Auge zu verdecken. Doch dieses war zu klein, er schaffte es einfach nicht, es zu verknoten. Doktor Augusto Mendes beendete das Händewaschen, trocknete sich mit einem weißen Handtuch ab, wartete, bis Celestino sein Tuch wieder eingesteckt hatte,

und fragte dann, als er sich umwandte: »Celestino, bist du ein religiöser Mensch?«
Celestino wusste offensichtlich nicht, was er darauf antworten sollte. Doktor Augusto Mendes fragte weiter: »Glaubst du an Gott? Gehst du am Sonntag in die Kirche?«
Celestino verneinte, er sei nur ein einziges Mal, als er klein war, in der Kirche gewesen, öfter nicht. Weder in der Kirche noch in der Schule.
»Und Fußball, magst du Fußball?«, fragte Doktor Augusto Mendes.
Celestino zuckte mit den Achseln und schüttelte den Kopf, als hätte er keine Ahnung, was Fußball war.
Da setzte Doktor Augusto Mendes sich neben ihn, nahm einen Stift und ein Blatt Papier und zeichnete das Rechteck des Spielfelds, stellte die zweiundzwanzig Spieler auf und erklärte ihm, was Fußball war.
Dann sagte er: »Ich habe ein Stück Land, hier ganz in der Nähe, aus dem ich gern einen Fußballplatz machen würde. Dafür muss man Unkraut jäten, die Steine rausholen, das Ganze vielleicht begradigen, Sand auffüllen, Tore errichten und die Linien ziehen. Das ist Arbeit für gut ein paar Monate. Das ist die Arbeit, die ich dir anbieten kann.«
Doktor Augusto Mendes wartete auf Celestinos Antwort, doch die kam nicht, also fuhr er fort: »Als Gegenleistung zahl ich dir einen guten Tagelohn und lass dich in dem Haus wohnen, wo du zurzeit lebst, bis du Geld hast, dir ein eigenes zu kaufen, oder beschließt wegzugehen.«
Celestino zeigte noch immer nicht die geringste Regung, sein Blick ruhte auf der Zeichnung des Spielfeldes und der zweiundzwanzig Spieler.
»Ich verlange nur eins von dir«, fuhr Doktor Augusto Mendes fort, »dass du von nun an jeden Sonntag in die Kirche

gehst.« Celestino hob den Kopf, sah Doktor Augusto Mendes an und fragte, warum er das alles für ihn mache.
»Weil ich schon seit meiner Kindheit davon träume, einen eigenen Fußballplatz zu haben«, erwiderte dieser lachend. Und fügte hinzu: »Aber ich sag dir eins: Sollte hier irgendwann die Polizei aufkreuzen und einen Mann suchen, dem ein Auge fehlt, dann bring ich sie direkt zu dir.«
Celestino nickte und schickte sich an zu gehen. Da hielt Doktor Augusto Mendes ihn zurück: »Warte, die Untersuchung ist noch nicht beendet.«
Er holte aus einer der Schreibtischschubladen ein Holzkästchen hervor. Es war ein rechtwinkliges Kästchen mit einem kleinen Goldverschluss. Er öffnete es. Darin lag, in eine Vertiefung gebettet, auf samtenem Futter eine Glaskugel. Neben der Glaskugel befand sich eine weitere Vertiefung, die aber leer war. Doktor Mendes trat zu Celestino, zog dessen rechtes Augenlid nach oben und drückte die Glaskugel in die Augenhöhle. Wie er vermutet hatte, passte sie wie angegossen: Größe, Form, Farbe. Celestino stand auf und stellte sich ungläubig vor den Spiegel. Als er die Symmetrie seines Gesichts wiederhergestellt sah, strahlte er. Er sagte: »Also, Herr Doktor, mir kommt es vor, als würde ich schon besser sehen.«
»Das ist gut möglich, Celestino, das ist gut möglich«, antwortete Doktor Augusto Mendes.
Und während der andere sich im Spiegel betrachtete, entdeckte der illustre Arzt in diesem von Gott weiß woher, dem Akzent nach vielleicht von den Ufern des Guadiana stammenden Mann, in diesem Unglücksraben, der nicht mal einen Platz zum Sterben hatte und vielleicht genau deshalb dort zusammengebrochen war, ein überraschendes Spiegelbild seiner selbst. Denn als Celestino sich, ein Lächeln auf

den Lippen, im Spiegel betrachtete und sagte: »Also, Herr Doktor, mir kommt es vor, als würde ich schon besser sehen«, lag es nicht an dem Glasauge, dass er plötzlich besser sah, sondern daran, dass das vom Spiegel zurückgeworfene Bild jener Erinnerung glich, die er an sich selbst hatte. Es war also nur eine optische Täuschung. Eine optische Täuschung, die es zum einen vermochte, seine Identität wiederherzustellen, ihm diese andererseits aber auch verschleierte.

Und diese optische Täuschung war so stark, dass Doktor Augusto Mendes halb im Spaß, halb im Ernst sagte: »Celestino, von jetzt an kann ich, wenn die Polizei kommt und nach einem Mann ohne Auge fragt, getrost sagen, dass ich nicht weiß, wer das ist.«

Und auf genau dieser Täuschung basierte Celestinos ganzes restliches Leben.

Fast vierzig Jahre später wiederholte Doktor Augusto Mendes, Pfeife rauchend im Korbsessel sitzend und die Bäume betrachtend, die sich wie Gespenster gegen den Himmel abzeichneten, laut Celestinos Antwort: »Widrigkeiten des Lebens.«

Widrigkeiten des Lebens, Genosse. Sie haben dich ausfindig gemacht. Haben dich geschnappt. Fast vierzig Jahre später. Das ist gar nicht übel. Gar nicht übel, wenn man bedenkt, in welchem Zustand du damals hier angekommen bist. Wirklich nicht übel. Hoffen wir, dass andere ebenso viel Glück haben.

Die Nacht wurde kühler. Doktor Augusto Mendes ging zurück ins Haus und stellte den Fernseher an. Es dauerte ein paar Sekunden, bis das Bild kam. Der frisch eingesetzte Präsident der Nationalen Befreiungsfront, António de Spínola, war im Begriff, eine Rede an die Nation zu halten. Zwei Männer zu seiner Linken. Drei Männer zu seiner Rechten.

Alles Leute aus dem Heer, der Marine, der Luftwaffe. Seriöse Männer, gewiss. Wir sind in guten Händen. Unterschiedliche Frisuren, immerhin. Das ist schon mal ein Anfang, das ist schon mal ein Anfang.
»Gott sei Dank warst du so vernünftig«, dachte Doktor Augusto Mendes und meinte damit den frisch eingesetzten Präsidenten der Befreiungsarmee, »nicht mit deinem lächerlichen Monokel aufzutreten. Oder waren dir einfach nur die Buchstaben des Kommuniqués zu klein? Erzähl mir bloß nicht, du hättest dich in letzter Minute gezwungen gesehen, die Brille zu holen, um es lesen zu können! Das glaub ich nicht. Oh je, dann warst du bestimmt stinksauer, als du erkennen musstest, dass du in diesem historischen Augenblick nicht mit deinem lächerlichen Monokel auftreten kannst. Wer hat diese Scheiße hier geschrieben? Ich sehe nur Fliegendreck, verflucht. Bringt mir meine Brille!«
Doktor Augusto Mendes musste lauthals lachen. Es war ein Lachen, das im ganzen Haus widerhallte und ihm noch einmal Celestinos Bild vor Augen brachte. Nicht das des toten Celestino auf dem Boden, mit durchlöchertem Gesicht. Nein, das von Celestino, der sich zum ersten Mal mit dem Glasauge im Spiegel betrachtete. Mit einem Glasauge, das wie für ihn geschaffen war.
»Also, Herr Doktor, mir kommt es vor, als würde ich schon besser sehen.«
»Das ist gut möglich, Celestino, das ist gut möglich.«
Es war spät. Das Land befand sich in guten Händen, und es war spät. Zu spät für einen alten Mann. Er schaltete den Fernseher aus. Dann dachte er an seinen Sohn. Dachte an seinen Enkel. Dachte an seine Schwiegertochter. Löschte die Lichter. Stieg die Treppe hoch. Betrat das Schlafzimmer. Holte den Revolver mit den am Griff eingravierten Initia-

len aus dem Schrank. Legte ihn in die Nachttischschublade. Verschloss die Schublade. Legte den Schlüssel unters Kopfkissen.
Seine Frau schlief ruhig, in Frieden mit Gott und der Welt. Er stellte den Wecker auf halb acht. Als er sich die Schuhe auszog, bemerkte er, dass an seinen Socken Blut klebte. Draußen das Geschrei von Katzen.

## *Das Gewicht der Hände an einem regnerischen Samstag in Queluz*

Er legte die rechte Hand auf die Waagschale und fragte: »Mama, wie viel wiegt meine Hand?«
Es war sieben Tage her, dass es angefangen hatte zu regnen, doch dank der Dächer, der Simse, der Traufen, der Rinnsteine und des verzweigten unterirdischen Kanalsystems, das gemeinhin als Kanalisation bezeichnet wird, sowie dank der Morphologie des Stadtviertels selbst, das, ehe es zum Viertel wurde, nur ein Berg gewesen war, hatten die sieben Tage Dauerregen keine nennenswerten materiellen Schäden angerichtet.
Auch deshalb, weil kein Wind wehte. Denn den vom Wind gepeitschten Regen kennt man ja. Aber dieser hier war anders. Dieser schien in unsichtbaren senkrechten Fäden vom Himmel zu strömen. Er ließ sich einfach fallen, ohne Aufsehen zu erregen. Ohne Pirouetten. Ohne Getöse. Völlig diskret. Ein Hintergrundgeräusch, mehr nicht. Monoton. Fast schon eine Stille.
Um diesen Regen besser zu verstehen, musste man nur auf die Blicke achten, die gelegentlich hinter den Scheiben der Wintergärten auszumachen waren. Oder hinter den Kaffeehaus-Fenstern. Oder unter den Markisen. Oder unter irgendeinem kleinen Vorbau, der als Unterschlupf diente.

Blicke, die nicht mehr die blaue Lücke am Himmel, die plötzliche Öffnung, das zeitweilige Aufklaren suchten, sondern lediglich die Bestätigung, dass alles so bleiben würde. Als erwüchse aus dieser Unveränderlichkeit ein innerer Frieden.

Der siebte Tag war ein Samstag, und die Mutter erklärte ihm, dass man eine Hand nicht wiegen könne, es sei denn, man würde sie abtrennen. Aber das sei keine gute Idee. Deshalb gebe der rote Zeiger auch nicht das Gewicht der Hand an, sondern die Kraft, die sie ausübte.

Als Duarte dies hörte, drückte er kräftig auf die Waagschale, sodass der Zeiger fast eine komplette Umdrehung machte, und fragte die Mutter, ob das viel Kraft sei. Die Mutter sagte, ja, das sei viel Kraft, ihr entzückender Sohn sei sehr kräftig. Dann gab sie ihm zwei Tafeln Schokolade und bat ihn, sie in kleine Stücke zu brechen und diese Stücke auf die Waagschale zu legen, bis der Zeiger die Dreihundert-Gramm-Marke erreicht habe: »Dreihundert Gramm ist hier.«

Duarte befolgte die Anweisungen genauestens und machte anschließend dasselbe mit der Butter und dem Zucker: dreihundert Gramm Butter, dreihundert Gramm Zucker.

Er fragte: »Mama, meinst du, meine Hand wiegt auch dreihundert Gramm?«

Die Mutter nahm seine Hand und sagte, sie wiege vielleicht etwas weniger. So um die hundertfünfzig oder zweihundert Gramm. Sie ließ seine Hand wieder los und gab die Butter und den Zucker in eine grüne Tupper-Schüssel und bat ihn, beides zu vermengen.

Duarte merkte, dass es schwierig war, Butter und Zucker zu vermengen, und überlegte, dass er vielleicht doch nicht so stark war, wie die Mutter gesagt hatte.

Angesichts dieser kurzen Entmutigung füllte die Mutter Wasser in einen Topf und gab ihm neun Eier. Sie sagte: »Leg die Eier ins Wasser, eins nach dem anderen, ganz vorsichtig, damit sie nicht kaputtgehen. Die Eier, die untergehen, sind gut, die, die nach oben steigen, sind schlecht.«
Duarte fragte, ob es nicht andersherum sein müsste: dass die schlechten untergehen und die guten schwimmen.
Die Mutter lachte: »Nein, die guten gehen unter.«
Nur eines der Eier ließ Zweifel bei Duarte aufkommen. Nicht dass es wirklich an der Wasseroberfläche geschwommen wäre, aber es ging auch nicht mit dieser Entschlossenheit unter wie die anderen. Er fragte die Mutter nach ihrer Meinung, und sie sagte, das Ei sei einfach nur ein bisschen fauler als die übrigen.
Duarte sprang von der Bank herunter und rannte ins Wohnzimmer, um dem Vater zu erzählen, dass er ein faules Ei entdeckt habe.
Der Vater verbrannte gerade mit einer Zigarette die Blasen an seinen Fußsohlen. Ohne diese heikle Beschäftigung zu unterbrechen, sagte er zu Duarte, fast im Flüsterton, dass er sich vor diesem Ei in Acht nehmen solle, weil man einem faulen Ei niemals trauen dürfe. Überhaupt dürfe man keinem Ei je trauen.
Er zeigte auf seine Füße und fragte: »Weißt du, was das ist?«
Duarte trat näher. »Das ist ein Tierchen, das nichts anderes tut, als Eier zu legen, ein elendes Tierchen, das sich in Papas Füßen eingenistet hat und einfach nicht mehr rauswill, und jedes Mal, wenn es Eier legt, bilden sich diese schrecklichen Blasen, und ich muss die Eier abtöten, damit nicht noch mehr von diesen Tierchen geboren werden, wie bei den Küken, verstehst du?«
Duarte sah sich die Füße des Vaters genau an, und der Vater

sagte: »Die Tierchen sind sehr klein, mein Junge, man kann sie nicht sehen, nicht mal mit der Lupe.«
Duarte fragte, wann die Tierchen in die Füße des Vaters reingekommen seien, und der Vater antwortete: »Das war am 12. März 1968.«
Duarte fragte, warum der Vater sich so sicher sei, dass es genau an diesem Tag war, wenn die Tierchen doch so klein waren, dass man sie gar nicht sah. »Weil es in einem Fluss ganz in der Nähe der kongolesischen Grenze war«, antwortete der Vater.
Duarte fragte, ob alle Menschen, die an dem Tag in dem Fluss waren, jetzt auch Tierchen in ihren Füßen hätten. Der Vater sagte, dass er das nicht wisse.
Duarte fragte, ob es wehtäte. Ob es wehtäte, die Blasen mit der Zigarette zu verbrennen. Der Vater sagte, es täte nicht weh. Oder vielleicht doch. Es sei eine Frage der Gewöhnung. Die Füße gewöhnten sich an alles. Darin seien die Füße wirklich grandios, das musste man ihnen lassen. Die Menschen seien es, die sie kaputtmachten, weil sie sie dauernd so verhätschelten. Man denke nur an die Schuhe. Wer mag nur dieses große Weichei gewesen sein, das die Schuhe erfunden hat? Und als es sie schließlich erfunden, hergestellt und angezogen hatte, wohin kam es dann, wo es vorher nicht hingekommen war? Welche Welt der Möglichkeiten hat sich ihm eröffnet? Keine. Absolut keine. Dass Schiffe erfunden wurden, versteht man ja, logisch. Autos, na klar. Flugzeuge, phantastisch. Aber Schuhe? Dadurch verloren die Füße doch nur ihre ganze Stärke. Und dieses verfluchte Weichei hat ein Geschäft gemacht, klar.
Danach erzählte der Vater, er habe, als er so alt gewesen sei wie Duarte, vielleicht auch ein bisschen älter, immer

sehnsüchtig auf das Frühjahr gewartet, um barfuß laufen zu können. Auf der Erde. Über die Steine. Das Unkraut. Das Brombeergestrüpp. Durch die Kuhscheiße. Die Hundekacke. Die Kacke von allen Tieren, die auf die Straße machten. Nicht dass er keine Schuhe gehabt hätte, ganz im Gegenteil, er hatte viele Paare, und maßgeschneiderte. Aber er schämte sich, weil er der Einzige war, der Schuhe trug. Die anderen Kinder hatten lediglich Stiefel für den Winter: »Stiefel, die schon die älteren Geschwister getragen hatten, die Eltern, die Großeltern, was weiß ich. Die Leute waren wahnsinnig arm. Ich nicht, ich hatte ungefähr drei oder vier Paar Schuhe, neue, maßgeschneiderte, aus Leder. Braune oder schwarze, je nachdem. Sobald es auf Ostern zuging, fuhren wir nach Fundão, um Schuhe anfertigen zu lassen. Und sobald es auf Ostern zuging, überkam mich auch diese unbändige Lust, barfuß zu laufen. Alles war überwuchert. Die Erde weich. Die Bäche voll vom Schmelzwasser. Das hat man davon, wenn man der Sohn vom Herrn Doktor ist. Dein Großvater hat mit mir geschimpft: Wenn du unbedingt barfuß laufen willst, dann lass ich dir Hufe anschmieden wie meinen Mauleseln. Deshalb bin ich nur heimlich barfuß gelaufen, weit weg von zu Hause. Aber irgendwann hat mich ein Hund in den Fuß gebissen. Er hätte mir beinahe den ganzen Fuß abgerissen, dieser Scheißhund. Ein Hund, wie du ihn dir kaum vorstellen kannst. Ich hatte ihm mal einen Fußtritt auf die Schnauze verpasst, weil er immer meinte, er sei so schlau, und ich mochte ihn einfach nicht. Ich hab ihn geschickt abgepasst und ihm einen so heftigen Fußtritt auf sein großes Maul verpasst, dass er sich von da an immer eingepinkelt hat, wenn er mich sah. Aber an dem Tag hat er gesehen, dass ich barfuß war, und sich wie ein Stier auf mich gestürzt. Es war seine große Chance. Richtig zerbissen hat dieses Miststück meinen Fuß. Siehst du die Narbe hier? Man erkennt sie noch. Das waren die Zähne von dem Hund. An diesen beiden Stellen. Er hat erst von mir abgelassen, als andere Leute kamen und ihn mit Steinen verjagten. Sie haben mich nach Hause getragen. Der Fuß blutete heftig. Diese Knochen hier hat man gesehen. Und die auch. Weiße Knochen. Nachdem dein Großvater mich behandelt hatte, wollte er den Schuh sehen. Ich habe ihm gesagt, der Hund hätte ihn weggeschleppt. Und der andere? Den auch. Beide? Der Hund hat deine beiden Schuhe weggeschleppt? Ja, beide Schuhe. Mein Riesenpech war, dass jemand meine Schuhe an der Stelle, wo ich sie immer abgestellt habe, neben einem Feigenbaum nämlich, gefunden und bereits zu Hause abgegeben hatte. Und dein Großvater hat mich gefragt: Der Hund hat es wirklich geschafft, deine beiden Schuhe wegzuschleppen? Und ich antwortete mit ja, während er schon die Schuhe unter meinem Bett hervorholte. Und dein Großvater fragte dasselbe noch mal, die Schuhe bereits in der Hand: Wirklich beide? Und ich hab wieder ja gesagt, schon ganz genervt vom Anblick der Schuhe in seiner Hand: ja, beide. Der Hund hat meine beiden Schuhe weggeschleppt. Bist du dir sicher?, hat er gefragt, während er mir die Hosen runterzog. Ja. Und jedes Mal, wenn er mich mit einem der Schuhe schlug, von Mal zu Mal heftiger, hat er gefragt: Bist du dir sicher? Und ich habe alles ausgehalten und immer wieder gesagt, ja, ich sei mir sicher. Bis ich in Ohnmacht fiel. Na ja, danach ging es meinem Hintern schlechter als meinem Fuß. Denn die Füße gewöhnen sich, wie gesagt, an alles. Und die Hintern letzten Endes auch. Der menschliche Körper ist ein außergewöhnlicher Apparat. Nur diese Tierchen machen mir schon zu lange zu schaffen. Wenn ich sie sehen könnte, wäre es ein-

facher. Aber das klappt nicht mal mit der Lupe, ich hab es ausprobiert.«
Duarte fragte den Vater, ob er sehr geweint habe, als der Hund ihm ins Bein biss, und der antwortete, das wisse er nicht mehr. Dann fragte er ihn, ob er sehr geweint habe, als der Großvater ihm den Hintern versohlte, und der Vater verneinte das. Er habe sich drei Tage lang in seinem Zimmer verschanzt, aber nicht geweint, nein. Habe den Rest des Sommers Hausarrest gehabt, aber nicht geweint, nein.
»Und der Hund, Papa?«, fragte Duarte, ohne zu ahnen, dass ihn diese Frage an einen der geheimsten Orte der väterlichen Erinnerung führen würde.
»Der Hund? Was soll mit ihm sein?«, fragte der Vater zurück, begierig darauf wartend, dass Duarte weiterfragte. Begierig, an diesen Ort zurückzukehren, nicht aus freien Stücken, sondern getrieben von der Neugier des Sohnes.
»Was ist mit dem Hund passiert?«, beharrte Duarte, ohne zu ahnen, dass die Antwort auf diese Frage auch die Antwort auf viele weitere Fragen wäre, denen er sich ein Leben lang ausgesetzt sähe.
Schließlich nahm der Vater ihn bei der Hand und führte ihn an diesen Ort: »Als der Fuß verheilt war, habe ich auf die erste Vollmondnacht gewartet. Zwölf Nächte lang habe ich gewartet. Ich nahm einen Jutesack, einen Strick und ein Messer. Schlich mich heimlich aus dem Haus. Wo der Hund nachts steckte, wusste ich, er bewachte ein altes Haus, in dem niemand schlief. Ich musste noch circa zwanzig Minuten zu Fuß gehen. Kaum dass der Hund mich witterte, stürzte er sich auf mich. Aber ich war gewappnet, hatte das Messer schon in der Hand und stach ihm sofort in den Bauch. Zuckend ist er zusammengebrochen. Ich habe

ihn umgedreht, ihm die Schnauze zugebunden und ihm einen Genickschlag verpasst. Er hat heftig geblutet und ist schließlich verendet. Dann habe ich ihm die Vorderpfoten zusammengebunden, ihn an einem Baum aufgehängt und gehäutet, wie ich das bei deiner Großmutter mit den Kaninchen immer gesehen hatte. Nur die Augen habe ich ihm nicht rausgerissen. Die ließ ich drin. Ich habe den Hund in den Sack gesteckt, mir den Sack über die Schulter geworfen und bin zurück nach Hause gegangen. Dort war immer noch alles still. Ich stieg langsam die Treppe hoch. Betrat das Schlafzimmer deiner Großeltern. Sie schliefen beide, tief und fest. Ich legte den Hund zwischen sie. Ging wieder raus. Obwohl ich voller Blut und Haare war, habe ich mich nicht ausgezogen oder gewaschen. Ich zog mich in mein Zimmer zurück und lag dort auf dem Bett, den Blick starr zur Decke gerichtet. In den folgenden Stunden hatte ich das Gefühl, als müsste ich für immer dort liegen bleiben. Als würde nie wieder die Sonne aufgehen. Als wäre das meine Strafe. Bis in alle Ewigkeit dort eingeschlossen zu sein. Aber nein. Deine Großmutter fing an zu brüllen, und kurz darauf wurde die Tür zu meinem Zimmer aufgerissen. Ich habe die Fäuste geballt und die Augen offen gehalten.«

Die Mutter rief aus der Küche: »Duarte, komm die Löffel abschlecken.«

Die Mutter fragte aus der Küche: »Duarte, kommst du nicht?«

Duarte kam nicht, also legte die Mutter die mit Schokolade verschmierten Löffel weg, wischte sich die Hände an der Schürze ab, verließ die Küche und spähte ins Wohnzimmer: Duarte war eingeschlafen, an den Vater gelehnt, während der Vater sich, mit noch immer offenen Augen, mit noch immer geballten Fäusten, an den Namen des Flusses nahe

der kongolesischen Grenze zu erinnern versuchte – aber Flüsse-Namen waren nie seine Stärke gewesen.
Draußen fiel der Regen, als strömte er in unsichtbaren senkrechten Fäden.
Es war der siebte Tag. Es war ein Samstag.

## *Das Weihnachtsgeschenk*

Es bedurfte einer 9-Volt-Batterie, damit aus dem Lautsprecher der elektrischen Orgel ein Ton kam, aber 9-Volt-Batterien gab es in dem kleinen Dorf mit dem Namen eines Säugetiers nicht.

Merkwürdigerweise schien Duarte diese offensichtliche Widrigkeit nichts auszumachen. Er suchte sich eine geeignete Sitzgelegenheit, krempelte die Ärmel seines Pullovers hoch, senkte den Kopf und begann ungeahnte Akkorde und Arpeggien auf den stummen Tasten zu spielen. Geräuschlos wie Spinnenbeine glitten seine Finger darüber, mal in sehnsuchtsvollen Adagios, mal in schnellen Vierundsechzigstelnoten, ganz nach den Vorgaben der Partitur, die nur Duarte zu kennen schien.

Auf das erste Stück folgte das zweite, das dritte, das vierte, das fünfte, bis man sie nicht mehr zählen konnte, bis es Zeit fürs Mittagessen, fürs Abendessen und schließlich fürs Zubettgehen war. Denn Duartes musikalisches oder auch mimisches Repertoire – diese Frage sollte erst später beantwortet werden – schien unerschöpflich zu sein, und hätte von außen jemand durch eines der Wohnzimmerfenster des alten Herrenhauses geblickt, wäre er zu der festen Überzeugung gelangt, dass Doktor Augusto Mendes' Enkel seine Familie mit holden Weihnachtsmelodien beglückte.

Doch in Doktor Augusto Mendes' Familie verfügte niemand über ausreichend Musikalität, um eine Verbindung zwischen Duartes Spiel und den Tönen herzustellen, die erklungen wären, hätte die Orgel denn richtig funktioniert.
»Duarte, was ist das für Musik?«, fragten sie, und Duarte zuckte mit den Schultern, als verstünde er nicht einmal die Frage.
Dennoch waren alle, ganz gleich, welche Musik es war, entzückt über die Anmut, das Geschick und die Sicherheit, mit der Duartes Finger über die drei Oktaven der Tastatur glitten.
Nach zwei Tagen machte Duarte noch immer keine Anstalten, von dem neuen Spielzeug abzulassen. Seine Finger schienen zunehmend beweglicher und flinker zu werden, als beherrschten sie das Instrument von Mal zu Mal besser, und stolperten sie dennoch einmal über ein unüberwindbares Hindernis oder begingen einen tadelnswerten Fehler, so verordnete Duarte ihnen zur Strafe, die Stelle bis zur absoluten Erschöpfung zu wiederholen.
War die Schwierigkeit überwunden oder die Strafe abgegolten, zeichnete sich auf Duartes Gesicht eine flüchtige Befriedigung ab, die vielleicht nicht mal eine war, sondern eher Erleichterung, doch in den Augen der Außenstehenden war sie gleichermaßen unverständlich, da aus dem Lautsprecher ja noch immer kein Ton erklang.
Bis diese Stille, diese harmlose Stille schließlich allen auf die Nerven ging.
Die Großmutter sagte: »Der Junge ist von irgendwas Bösem besessen.«
Der Großvater sagte: »Red keinen Blödsinn.«
Die Mutter sagte: »Duarte, spiel doch mal mit was anderem.«

Die Großmutter sagte: »Verflucht sei die Stunde, in der du dieses Ding gekauft hast.«
Der Großvater sagte: »Warum soll die Stunde verflucht sein?«
Die Mutter sagte: »Duarte, schau mal das Puzzle hier.«
Der Großvater sagte: »Der Mann hätte mir sagen müssen, dass da keine Batterien drin sind.«
Die Mutter sagte: »Komm der Mama helfen, los!«
Die Großmutter sagte: »Der Junge ist schon ganz blass, seit er dieses Grammophon nicht mehr aus der Hand gibt.«
Der Großvater sagte: »Ruf einen Arzt, er hat bestimmt Eisenmangel.«
Die Großmutter sagte: »Wenn es in dieser gottverlassenen Gegend einen guten gäbe.«
Der Großvater sagte: »Einen guten Arzt gibt es nicht, aber dafür wird es einen guten Pianisten geben, sieh dir das an, ist das nicht wunderbar? Ich höre förmlich die Musik.«
Die Großmutter sagte: »Ich weiß gar nicht, wer hier verrückter ist, der Enkel oder der Großvater.«
Die Mutter sagte: »António.«
Der Vater sagte: »Was ist?«
Die Mutter sagte: »Fahr um Himmels willen nach Fundão und kauf Batterien.«
Und der Vater fuhr los.
Nach zwei Stunden kehrte er mit einer Pappschachtel unterm Arm zurück. Einer Schachtel voller Batterien. Sage und schreibe vierzehn 9-Volt-Batterien.
Die Ehefrau fragte: »Warum hast du gleich so viele gekauft, António?«
Der Ehemann antwortete: »Sie gehen nicht kaputt. Und es könnte ja einen Schneesturm geben. Die Straßen könnten zwei Monate lang gesperrt werden. Oder die Grenzen dicht

gemacht werden. Stell dir mal vor, Cunhal gewinnt die Wahlen. Das sind ausländische Batterien. Schau. UK. United Kingdom. Wenn man weiß, wo sie herkommen, sind es fast noch zu wenige, wenn du mich fragst.«

Als der Vater das rote Lämpchen aufleuchten sah, drückte er mit dem Zeigefinger der rechten Hand auf eine der weißen Tasten. Dann drückte er mit demselben Finger auf eine der schwarzen Tasten. Anschließend prüfte er die Lautstärke: lauter, leiser. Er seufzte erleichtert. Zog die Jacke aus.

Brüllte: »Duarte, es funktioniert.«

Brüllte erneut: »Duarte, wo steckst du?«

Er stellte auf volle Lautstärke. Fuhr mit dem Finger über sämtliche Tasten, von der tiefsten bis zur höchsten. Brüllte noch lauter: »Duarte, sie funktionieren alle.«

Doch Duarte antwortete nicht. Duarte gab keinerlei Lebenszeichen mehr von sich. Duarte war verschwunden, und keiner hatte es bemerkt.

Die Großmutter sagte: »Verflucht sei dieses Grammophon, es hat ihn ganz kirre gemacht.«

Der Großvater sagte: »Gott schenke mir Geduld.«

Die Mutter sagte: »Ich geh ihn suchen.«

Und sie ging los.

Als Erstes durchsuchte sie das Haus. Vom Keller bis zum Dachboden. Vier Stockwerke. Alle Schlafzimmer, die kleinen Salons, Vorzimmer, Kammern, Badezimmer, die Bibliothek. Sie suchte in den Kleiderschränken, in den Badewannen, unter den Betten, hinter den Vorhängen, unter den Tischen, in den Herden und Kaminen. Sie suchte sogar an Orten, wo Duarte unmöglich hineingepasst hätte.

Dann ging sie in den Garten. Im Garten rief sie nach ihrem Sohn. Zwei Mal. Sie trat an den Steinteich, um nachzusehen, ob nicht vielleicht eine Kinderleiche auf der

Wasseroberfläche schwamm. Es schwamm keine Leiche darauf.
Sie durchquerte den Garten in Richtung Praxis. Öffnete die Tür. Steckte ihren Kopf hinein. Nur den Kopf. Rief nach Duarte. Erschrak über das Echo der eigenen Stimme, das ihr nicht wie das Echo der eigenen Stimme vorkam, sondern wie das aller Stimmen, deren Geschichten sich in diese weißen Wände eingeschrieben hatten. Sie trat nicht ein. Sah nicht unter dem Schreibtisch nach und nicht hinter der spanischen Wand.
Sie schloss die Tür und atmete tief durch.
Dann schlug sie den schmalen Kiesweg ein, der zum Gemüsegarten und zu den Stallungen führte. Sie spähte zwischen die Kohlköpfe. Sah an der Mauer nach. Unter den Bäumen. Sie spähte in den Brunnen, um nachzusehen, ob nicht vielleicht eine Kinderleiche auf der Wasseroberfläche schwamm. Es schwamm keine Leiche darauf.
Sie rief nach Duarte. Zwei Mal.
Der Kiesweg führte zu einem kleinen zementierten Hof, wo auf der einen Seite die Kaninchenställe und auf der anderen die Hühnerställe waren.
Und dort, in dem Spalt zwischen den Kaninchenställen und der Grundstücksmauer, fand sie Duarte. Er stand einfach nur da. Als der Sohn die Anwesenheit der Mutter spürte, blickte er auf und sah sie an. Anschließend senkte er den Blick wieder, sah auf seine Hände. Blut lief ihm über die Finger. Über alle zehn Finger. Alle zehn. Die dicken roten Tropfen bildeten merkwürdige Muster auf dem Zementboden.
Zu seinen Füßen das blutverschmierte Messer, mit dem die Großmutter den Hühnern die Kehle durchschnitt und die Kaninchen häutete. Neben dem Messer ein Schleifstein in Form eines Schiffs, ebenfalls blutverschmiert.

Die Mutter kniete nieder und nahm Duartes Hände.
Sie fragte ihn: »Was ist nur in dich gefahren, mein Schatz?«

# ZWEITER TEIL

## *Policarpos Briefe*

Von Policarpos Briefen erzählte der Großvater ihm nahezu alles: Er sprach von dem Citroën 15 CV und von dem Tag, als er dort angekommen war, um ein einfacher Landarzt zu werden. Ein reicher Landarzt zwar. Aber eben doch ein einfacher Landarzt.

Denn eigentlich war er in eine der wohlhabendsten und angesehensten Familien Portos hineingeboren worden, die Handel mit Brasilien und Afrika trieb. In den Wassern des Douros hatte er in Gesellschaft von fünf Brüdern und zwei Schwestern schwimmen gelernt. Das Medizinstudium hatte er mit Auszeichnung bestanden. Zwei Jahre lang hatte er Beine amputiert und Blutungen gestoppt und mit geschickten Fingern die Körper fremder Menschen auseinandergeschnitten und wieder zusammengeflickt, bis er eines schönen Junitags auf einem Spaziergang durch die kühlen Schatten des Kristallpalasts eine Stimme hörte: »Illustrer Herr Doktor, Sie wollen mir doch nicht erzählen, dass Sie über den ganzen Hämorrhoiden-Behandlungen bei anderen keine Zeit fanden, Ihre eigenen zu behandeln. Oder sind es vielleicht Nierensteine? Oder haben Sie nur was auf dem Boden verloren, denn ein kleines Fünkchen Freude entdecken meine Adleraugen doch noch in Ihrer gramgebeugten Erscheinung.«

Der Großvater erwiderte: »Policarpo, wie sehr habe ich deine Sprüche vermisst!«
Policarpo hatte mit dem Großvater an der Medizinischen Fakultät studiert, den Arztberuf aber nie ausgeübt. Krankheiten erschreckten ihn. Die Angst, sich anzustecken. Der Geruch des Wundbrands. Die finsteren Krankenhausflure. Die Serumflaschen. Das Blut, das er höchstens noch bei siebzehnjährigen Mädchen aushielt. Stets trug er einen Strohhut und ein Spitzbärtchen, im Mund das halb ausgegangene Zigarillo. Er war gleichermaßen Monarchist und Anarchist, und Staaten, in denen es weder eine Königskrone noch aufgebrachte, Bomben werfende Arbeiter gab, ließ er nicht gelten.
Sie umarmten einander zur Begrüßung und setzten sich zum Rauchen auf eine Bank. Da erklärte Policarpo auf einmal, er stehe kurz vor seiner Abreise ins Ausland. Die heimische Milch sei sauer geworden, erklärte er.
Duartes Großvater lachte und fragte: »Sag bloß, du flüchtest vor irgendeinem Vater, der die Ehre seiner Tochter verteidigen will?«
Policarpo versicherte ihm, dass dem nicht so sei. Es gehe um eine andere Milch. Um eine andere Kuh: »Dieses Land interessiert nicht mal mehr das Jesuskind. Dann lieber Russland. Tausendmal lieber Russland, denn hier wird es immer schlimmer werden. Darauf kannst du Gift nehmen. Der 3. Oktober und die Republik waren nichts gegen das, was noch kommen wird. Unser Herr Professor aus Coimbra hat doch gerade erst angefangen. Lasst ihn reden. Lasst ihn doch einfach reden, aber beschwert euch hinterher nicht. Ihr werdet noch Sehnsucht nach Afonso Costa haben. Selbst die Kirchenleute werden Sehnsucht nach Afonso Costa haben. Der hat sich wenigstens offen gegen sie gestellt.«

Duartes Großvater ergötzte sich an Policarpos Rhetorik, bedeutete ihm aber gleichzeitig, leiser zu sprechen. Wegen der Familien, wegen der jungen Damen, wegen der Kinder.
Doch der andere fuhr aus voller Lunge fort: »Drum sage ich, solange ich jung bin und Geld habe, leb wohl, mein portugiesisch Vaterland, lebt wohl, ihr Verse des Camões, denn nur ein elendes Land kann einen schielenden Dichter zum Nationalhelden haben. Ich habe die Volkstänze und Fandangos satt. Muss jetzt nur noch dieses Stück Land dort am Arsch der Welt verkaufen, das meinen Eltern gehört hat, und wenn das erledigt ist, nehm ich den Zug ins segenreiche Europa, das genau genommen erst hinter den Pyrenäen beginnt.«
Policarpo machte eine Pause, um sein ausgegangenes Zigarillo wieder anzuzünden, und Duartes Großvater nutzte das kurze Schweigen und fragte: »Wo liegt denn dieser Arsch der Welt?«
Policarpo stieß eine Rauchwolke aus und antwortete, den Blick zum Himmel gewandt: »Der liegt da, wo der Teufel zu Hause ist. Selbst die Schlangen meiden diesen Ort. So genau weiß ich das aber auch nicht mehr, vielleicht finde ich nicht mal hin. Ich war zehn, als wir von dort weggegangen sind, verstehst du? Er liegt irgendwo hinter Fundão, wenn man über Alpedrinha fährt. Wir haben einen Verwalter dort, aber ich weiß gar nicht, ob der überhaupt noch am Leben ist. Ich muss hinfahren, um zu sehen, in welchem Zustand das Ganze ist.«
Duartes Großvater war neugierig geworden auf diesen Ort, den selbst die Schlangen mieden, und mit der Begründung, sich von dem quälenden Krankenhausalltag erholen zu müssen, sagte er: »Wenn du dorthin fährst, darf ich dir dann das Vergnügen meiner Gesellschaft anbieten?«

Policarpo war natürlich beglückt, und zwei Wochen später machten sie sich auf den Weg. Es war ein Weg von eineinhalb Tagen, auf dem es Policarpo nicht an Gelegenheiten mangelte, mit dem Finger durch die Windschutzscheibe des Citroën 15 CV nach draußen zu zeigen und Duartes Großvater zu fragen: »Soll das Europa sein, Augusto? Das zivilisierte Europa Newtons, Lavoisiers und Descartes'?«
Worauf Duartes Großvater erwiderte: »Den Straßen nach zu urteilen ist es höchstens das von Kaiser Augustus.«
Sie lachten. Und hielten an, um Wasser aus den Quellen zu trinken. Und um einen Teller Suppe und einen Kanten Brot mit Käse zu essen. Und um zu fragen, ob sie nach links oder nach rechts abbiegen müssten. Ob es besser wäre zu wenden oder ob sie geradeaus weiterfahren sollten.
Bis sie nach eineinhalb Tagen ankamen.
Außer den Grundmauern und dem Dach war nicht viel übrig geblieben von dem Herrenhaus, das der Region bis vor nicht allzu langer Zeit noch als Beispiel für gute Bewirtschaftung und Wohlstand gedient hatte. Policarpos Vater war jung verstorben, infolge eines aufsehenerregenden Sturzes vom Pferde, und die Mutter, die sich sowieso längst nach heiteren Douro-Spaziergängen in Gesellschaft anderer Damen sehnte, die, auch wenn sie sonst keine Qualitäten hatten, zumindest lesen und schreiben konnten, nahm das tragische Ereignis zum Anlass, denn alles Schlechte hat sein Gutes, sich sofort ihren Sprössling zu schnappen und von dannen zu ziehen.
Haus und Nebengelasse verwaisten zusehends. Und das Dorf verfiel ohne die beherrschende Stimme des Feudalherren in eine beklagenswerte Armut.
Als sie sich alles angesehen hatten, traten sie in den Garten. Duartes Großvater betrachtete den kleinen Steinsee, be-

trachtete den Müll, der sich in all den Jahren angesammelt hatte, das Unkraut, das sich aus allen Ritzen Bahn brach, und stellte sich seinen Freund Policarpo vor, wie er als Kind siegreiche Armadas auf diesem Gewässer voller Gefahren und Piraten hatte in See stechen lassen.
Policarpo zündete sich ein weiteres Zigarillo an und sagte: »Das ist es.«
Duartes Großvater antwortete prompt: »Das ist es, und genau das will ich dir abkaufen. Nenn mir einen Preis und wir kommen augenblicklich ins Geschäft.«
Policarpo, der völlig überrumpelt war, antwortete: »Bist du verrückt geworden oder ist dir der Schnaps nicht bekommen?«
Duartes Großvater sagte: »Sieh dir nur diese Veranda an, ist die nicht ein Traum? Und da oben richte ich mir eine Bibliothek ein. Dort hinten die Praxis. Policarpo, mehr brauche ich nicht, bis der Tod mich heimsucht.«
Policarpo wollte nicht glauben, was er gehört hatte: »Und ob du mehr brauchst, und ob. Du brauchst Patienten, eine Kundschaft. Und selbst wenn du die hier hättest, wie sollten sie dich bezahlen? Mit Scheffeln voll Bohnen oder mit geräuchertem Speck? Sollen wir hier mal eine Runde drehen? Das Elend, das hier herrscht, ist unvorstellbar. Sie sind nie zum Arzt gegangen, mein Freund. Wenn sie uns in diesen Anzügen sehen, bekreuzigen sie sich, als wären wir mit dem Teufel im Bunde. Komm zur Vernunft. Eine Bibliothek? Das ist vielleicht sogar eine gute Idee, denn bei der ganzen freien Zeit, die du hier haben wirst, kannst du direkt beim Buchstaben A der *Encyclopaedia Britannica* anfangen.«
Doch Duartes Großvater schien wild entschlossen zu sein: »Sobald wir zurück in Porto sind, gebe ich dir das Geld, und das Thema ist beendet.«

Und das Thema wurde beendet, weil die Beurkundung erfolgte und Policarpo ins segensreiche Europa aufbrach, mit dem Versprechen, jedes Jahr einen Brief zu schreiben. Stets im August. Ein Versprechen, das er bis zu seinem Tode einhielt. Ganz gleich, wo er gerade weilte, was wiederum an den Briefmarken ersichtlich wurde: Paris, Rom, Berlin, London, Peking, Dublin, Rio de Janeiro, Tokio, Moskau, Kairo, New York, Montevideo, Stockholm, Wien, Buenos Aires. Duartes Großvater antwortete an die Absenderadressen auf den Umschlägen und erzählte Policarpo die Neuigkeiten aus dem Land, die Geschichten aus dem Dorf und vom Leben am Arsch der Welt.
Viele Jahre lang waren Policarpos Briefe das Fenster, durch das Duartes Großeltern auf die Welt blickten. Vom Einmarsch der Deutschen in Paris bis zur Befreiung Europas durch die Alliierten. Von Stalins Tod bis zu Eusébios Toren. Vom ersten Menschen auf dem Mond bis zum Ende des britischen Weltreichs. All das erzählte er. Entweder, weil er es beobachtet hatte, in der Nähe oder gar selbst beteiligt gewesen war, wie das eine Mal, als es ihm gelang, einen deutschen Wehrmachtsoffizier mit einer Flasche Portwein betrunken zu machen, wodurch dieser schließlich der Résistance übergeben werden konnte.
Für Duartes Großmutter kamen diese Geschichten aus einer fernen Welt, aus einer Welt, der sie nie angehört hatte, aus einer Welt, die sie nur schwer verstand. Für sie war es einerlei, ob man ihr von den Deutschen oder von dreißigköpfigen Wesen erzählte. Den Mond zu betreten war für sie so unwirklich wie am Ostersonntag von den zwölf Aposteln aufgesucht zu werden.
Für den Großvater hingegen waren es Geschichten aus einer Welt, die er hinter sich gelassen hatte. Aus einer Welt, die

einmal die seine gewesen war und die, ganz gleich, wie viele Jahre vergingen, eben immer auch noch seine Welt bleiben würde. Und wenngleich er jeden neuen Brief Policarpos mit wahrer Begeisterung entgegennahm, so legte sich nach der Lektüre doch unverkennbar Nostalgie über seine Augen. Vielleicht, weil sie ihm seine Exilsituation in Erinnerung riefen. Vielleicht aber auch, weil sie ihm die Gründe für ebendieses Exil wieder verdeutlichten.

Policarpos Briefe wurden in der Bibliothek in einer Schublade aufbewahrt. Laut dem Großvater waren sie das Wertvollste, das es im ganzen Haus gab, ein echter Schatz. Duarte durfte diese Schublade erstmals an seinem achten Geburtstag öffnen. Bis dahin war es der Großvater, der ihm die Briefe vorlas. Mehrfach sogar, wie richtige Abenteuergeschichten.

Da er sie Duarte so oft vorgelesen hatte, gab es Stellen, die der Großvater auswendig kannte. Ein paar lange, wie diese ersten beiden Absätze des Briefes, in dem es um den äußerst grausamen Tod des Schneiders Fernando und seiner behinderten Tochter ging:

*Mit Stecknadeln bestückt reckte sich der berühmte Schneider Fernando, der einst in einem der renommiertesten Häuser von Paris in die Geheimnisse seines Handwerks eingeweiht worden war und dort sogar Minister und Diplomaten, Freimaurermeister, Fachleute in Kanonischem Recht, Professoren für Aramäisch, Erben der Königshäuser, stierkampfbegeisterte Unternehmer, auf Wagner spezialisierte Baritone und sogar ein Zwillingspaar eingekleidet hatte, das schwor, eine Inkarnation Allan Kardecs zu sein, was keineswegs Zwietracht zwischen den beiden säte, im Gegenteil, fühlten sie sich doch als Frucht eines Phänomens, das, vereinfacht gesagt, eine Art Seelenspaltung war, und der dann, bereits nach Buenos Aires zurückgekehrt, an einem gewissen elften November gegen fünf Uhr morgens, als er gerade seine zweimonatige Tochter im Arm hielt, von seinem Fenster im zweiten Stock aus beobachtete, wie seine Frau in ein schwarzes Auto stieg, um, ihrem Herzen folgend, für immer mit einem Major der Streitkräfte durchzubrennen, den sie seit ihrer Kindheit kannte, als sie beide in einem an den Ufern eines namenlosen Flusses verlorenen Dorf Nachbarn gewesen waren, es reckte sich also der berühmte Schneider Fernando auf einem kleinen Holzhocker, um die Fernsehantenne auszurichten.*

*Die Tochter des Schneiders Fernando sah sich nämlich gerade, in einem Rollstuhl sitzend, die Beine sehr weiß und dick, die Füße über den Rand der blauen Stoffschühchen tretend und die Zunge zu groß für den Mund, auf dem von elektromagnetischen Wellen durchzogenen Bildschirm das Fußballspiel zwischen Argentinien und Brasilien an. Und obwohl sie angesichts der unerschöpflichen Finten der Spieler den Eindruck tiefer Glückseligkeit vermittelte, schienen ihre Brassen-Augen doch auf einen Punkt jenseits des Bildschirms gerichtet zu sein, als ahnten sie bereits, dass dies das letzte Spiel zwischen Argentinien und Brasilien war, das sie in ihrem Leben sehen würden.*

Wenn der Großvater diesen ganzen Sermon vorgetragen hatte, schloss er für gewöhnlich mit den Worten: »Was für ein Künstler, dieser Policarpo.«

Und Duarte, noch immer verwirrt, noch immer in diesem Gewirr von Worten verfangen, stimmte ihm ohne Zögern zu.

An seinem achten Geburtstag öffnete er zuallererst die Schublade in der Bibliothek und las, vom ersten bis zum letzten, die bis dahin eingegangenen Briefe Policarpos durch. Und er erlebte gleich zwei Überraschungen: dass der Großvater ihm nämlich nie den Brief von 1975 vorgelesen hatte und dass dieser Brief unvollständig war.
Darauf angesprochen, sagte der Großvater, er habe ihm diesen Brief genau deshalb nicht vorgelesen, weil er unvollständig sei. Und unvollständig sei er deswegen, weil Policarpo an diesem Tag offensichtlich nicht ganz richtig im Kopf gewesen sei und daher vergessen habe, alle Papierbogen in den Umschlag zu stecken.
Duarte akzeptierte die Erklärungen des Großvaters vorbehaltlos und sollte erst dann wieder an diese Sache denken, sich erst dann wieder mit diesen beiden Fragen beschäftigen, als es bereits niemanden mehr gab, der sie ihm hätte beantworten können.
Doch als Duarte erstmals sämtliche Briefe Policarpos selbst las, erlebte er eine weitere, noch größere Überraschung: Seine Lieblingsbriefe als Zuhörer waren ganz und gar nicht dieselben wie die als Leser. Und sein Lieblingsbrief als Leser war kein solcher, in dem es um historische Großereignisse ging, und auch kein solcher, der von heldenhaften, glanzvollen Taten erzählte. Mit schrecklichen Menschen. Mit wunderschönen Frauen. Mit auf Köpfe gerichteten Pistolen. Mit Zugentgleisungen, ausgelöst durch Explosionen. Mit Pokerpartien, die in Schlägereien endeten. Mit Pferderennen. Mit giftigen Schlangen, mit sagenhaften Reptilien und Raubtieren. Mit Fakiren, die Nägel verschluckten. Oder durch Wände gingen. Sich die Zunge abschnitten und wieder anklebten. Mit Völkern, die Ratten, Kakerlaken und Frösche aßen. Völker, die noch nie etwas von Jesus Christus

gehört hatten. Völker, die mit Raumschiffen auf den Mond flogen. Mit Affen. Hunden. Elefanten. Spionen. Nichts dergleichen. Duartes Lieblingsbrief war am Ende der, in dem Policarpo erzählte, dass er sich irgendwo im Nordatlantik auf einem großen Frachter eingeschifft hatte. Die Einzelheiten der Reise beschrieb Policarpo nicht näher, man erfuhr also durch den Brief weder wo er losgefahren noch wohin er unterwegs war. Auf den fünf Seiten des Briefes, einem der kürzesten, beschrieb Policarpo in seiner winzigen Handschrift lediglich in allen Einzelheiten einen riesigen Eisberg. Und er endete mit den Worten: »Freund Augusto, noch nie habe ich etwas so Schönes gesehen.« Und Duarte hatte noch nie etwas so Schönes gelesen.

In den über vierzig Briefen, die Policarpo geschickt hatte, ließ sich in nur einem einzigen ein Satz mit bitterem Unterton finden. Der ganze Brief verströmte Freude und Frohsinn, doch im letzten Satz, er kam noch nach den Abschiedsgrüßen, war es, als hätte Policarpo eine Träne vergossen. Es war der erste Brief nach der Revolution vom 25. April. Policarpo beendete ihn so: »Jetzt bin ich alt und komme nicht wieder. Jetzt ist es zu spät.«

Doch Policarpo bezeichnete sich als glücklich. Er lebte in Buenos Aires, wo er ein kleines Hotel besaß, über das er stolz schrieb: »Ein schlecht besuchtes Hotel, zugegebenermaßen, glaube bloß nicht, ich sei ein Magnat, Freund Augusto.«

Merkwürdig war, dass dieser freiheitsliebende Mensch sich am Ende ausgerechnet in einem Land niederließ, wo eine Militärdiktatur herrschte. In diesen Briefen aus Buenos Aires, deren erster das Datum August 1969 trug, gab Policarpo keinerlei Kommentare zur politischen Situation Argentiniens ab und berichtete auch nicht von außerordentli-

chen Ereignissen, deren Protagonist er gewesen wäre. Auch nicht von Begegnungen mit Gestalten von planetarischer Größe. Es waren kleine Geschichten. Die meisten davon handelten von seinen Hotelgästen: hinkende Fußballspieler, Prostituierte ohne Kunden, feige Stierkämpfer, taube Musiker, bankrotte Bankiers, farbenblinde Maler, Schriftsteller. Figuren, denen das Leben in irgendeiner Weise übel mitgespielt hatte und deren Tragödien, erzählt von dem geistreichen Policarpo, eine ungeheure Komik erlangten.
Die letzten vier Briefe nahm Duarte selbst entgegen, aus den Händen Paulinos, des Briefträgers: »Opa, ein Brief von Policarpo. Opa, ein Brief von Policarpo.«
Der Großvater setzte sich in den Korbsessel, putzte seine Brille, öffnete den Umschlag und hatte kaum das erste Wort ausgesprochen, da lachte die Großmutter bereits lauthals. Und während Policarpo sich noch mit Umarmungen und Wünschen für eine gute Gesundheit verabschiedete, stieß sie bereits einen missbilligenden und zugleich dankbaren Seufzer aus: »Oh, dieser elende Schwindler.«
Bis das Jahr kam, da Duarte, als er aus den Händen des Briefträgers Paulino das entgegennahm, was ein Brief von Policarpo zu sein schien, sofort merkte, dass es kein Brief von Policarpo war.
Er rannte zum Großvater. Der Großvater betrachtete den Umschlag und ließ sich in dem Korbsessel nieder. Er setzte die Brille auf. Anders als sonst las er den Brief zunächst für sich. Seine Hände begannen zu zittern. Nach ein paar Minuten sah er auf und sagte: »Policarpo ist gestorben.«
Dann blickte er wieder auf den Brief: »Ein Freund von ihm hat uns geschrieben. Er hatte die Anweisung, uns über seinen Tod zu informieren. Policarpo ist friedlich gestorben. Glücklich, sagt er.«

Die Großmutter begann zu schluchzen und sagte, während sie sich mit ihrer Schürze die Tränen abwischte: »Oh, dieser elende Schwindler.«
Der Großvater saß in seinem Korbsessel auf der Veranda mit Blick in den Garten voller Rosen, Dahlien, Nelken, Kamelien, Bougainvilleen, Stiefmütterchen, Rosmarinstauden und Lavendel. Mitten darin ein Teich mit kristallklarem Wasser. »Du hättest das hier mal sehen sollen. Ein halbes Dutzend Möbel, und die Decken fast am Einstürzen. Diese Mauer hier gab es noch nicht, und auch das Eingangstor war ein anderes. Mit zwei weiteren Männern habe ich hier fast sechs Monate lang geschuftet. Und was hatten die Leute für eine Freude, als schließlich die Sachen für die Praxis kamen. Wir haben einen Arzt. Wir haben einen Doktor. Sie standen Schlange, um mir Kartoffeln, Kaninchen und Ziegenkäse zu bringen. Und die erste Geburt! Ein vier Kilo schweres Baby, das nur unter Mühen zur Welt kam. Sie haben sich weinend an mich geklammert. Mit zwei weiteren Männern war ich hier zugange. Wir haben die Böden saubergemacht, die Wände gestrichen. Viele Scheiben waren kaputt. Decken am Einstürzen. Und wann kamen sie mir mit ihren kranken Schafen an? Herr Doktor, bitte schauen Sie sich doch mal dieses Schaf an, es ist krank. Bringen Sie es rein. Geben Sie ihm das. Mittags und abends. Wenn es nicht besser wird, kommen Sie nächste Woche wieder. Und dann habe ich Patientenkarten mit Namen von Schafen, Kühen und Hunden erstellt. Du hättest das hier sehen sollen, frag deine Großmutter. Aber als ich diese Veranda zum ersten Mal erblickte, da habe ich hier drin was gespürt.«
»Weine nicht, Opa, lass uns lieber jagen gehen. Ein paar Schüsse abfeuern.«
»Na schön, dann gehen wir eben jagen. Feuern wir ein paar

Schüsse ab und lassen den Blick schweifen. Mit ein bisschen Glück treffen wir vielleicht sogar irgendwo auf Policarpo, der gerade wieder in irgendeiner Klemme steckt. Denn ihm habe ich es zu verdanken, dass die Totenwache für meinen Leichnam bald, sehr bald, hier unter dem stillen, forschenden Blick des Gardunha-Gebirges stattfinden wird.«

## *Der Tag des Radrennens*

Es war August, und nicht nur die Tiere, sondern auch die Bäume und Häuser bedienten sich der unterschiedlichsten Strategien, um die unerträgliche Hitze auszuhalten.
Die brennende Zigarre im Mund, auf dem Kopf ein Strohhut, erwartete Doktor Augusto Mendes mit fast jugendlicher Begeisterung – die nicht nur im Widerspruch zu seinem Alter, seinem Gewicht, seiner Größe und gesellschaftlichen Stellung, sondern insbesondere auch zu den hohen Temperaturen stand – das Fahrerfeld der Portugal-Rundfahrt. Mit einer Begeisterung, die sich Jahr für Jahr erneuerte und ausgiebig mit Limonade begossen wurde, seit sich der sturzbetrunkene Larau in dem Versuch, ein Ausreißen zu vereiteln, das Firminos gelbes Trikot gefährdet hätte, auf die Straße geworfen hatte und dabei nicht nur scheiterte, sondern auch noch von einem Begleitmotorrad überfahren wurde und für den Rest seines Lebens gelähmte Beine hatte.
Seitdem waren die Gläschen mit jungem Weißwein und die Schlückchen Likör am Straßenrand verboten. Dennoch gab es nicht nur Limonadenkrüge, sondern auch Wurst, Ziegenkäse, rohen Schinken, Trüffelpilze mit Ei, Olivenölbrote, Platten mit Milchreis, Maispudding und Eischnee-Dessert, angerichtet auf einem Tisch, der jene

Menschen, die sich dort versammelt hatten, um circa eine Minute lang die Radrennfahrer zu beklatschen, in Entzücken versetzte.

Doktor Augusto Mendes, der Probleme mit dem Cholesterin hatte und zudem Diabetiker war, begnügte sich unter normalen Umständen mit der Limonade, doch diesmal genehmigte er sich, angeregt durch die außerordentliche Leistung eines Manuel Zeferino, für den FC Porto startend, der bereits seit der dritten Etappe das gelbe Trikot trug – und von dem es hieß »Er ist zwar kein Nicolau und auch kein Trindade und noch viel weniger ein Agostinho, aber man schaut ihn an und sieht sofort, dass er ein guter Junge ist« –, er genehmigte sich also, die entschiedene Abwesenheit seiner Gattin ausnutzend und an die Verschwiegenheit der Anwesenden appellierend, zwei Löffelchen von dem Eischnee-Dessert.

Dona Laura, für die Radrennen ebenso wie Männer mit Ohrringen, Farbfernseher, Brustimplantate, Gleitsichtgläser, Astronauten und auch der Präsident Ramalho Eanes allesamt Vorboten der Apokalypse waren, hatte sich nach einem ausschließlich an der Olivenpresse und am Herd verbrachten Vormittag im Schlafzimmer eingeschlossen, um zu beten, dass alles schnell vorübergehe, und nicht einmal Pfarrer Albertos Besuch hatte sie aus ihrer Klausur hervorlocken können.

Pfarrer Alberto, der mit unerschütterlichem Glauben Sporting-Fan war und die Glanzzeiten des Clubs persönlich miterlebt hatte – es gab sogar ein Foto, auf dem er Arm in Arm mit Jesus Correia posierte –, war in der Nacht eigens aufgestanden und hatte mit der Feierlichkeit, die die Liturgie verlangt, die ganze Strecke durchs Dorf mit Weihwasser besprengt, vom alten Friedhof bis zur Salzquelle. Eine Strecke voll gefährlicher Kurven, steiler Abfahrten, tückischer Seitenstreifen.

Bocalinda, der nur noch zwei Zähne im Mund hatte – aber nicht irgendwelche, sondern zwei Milchzähne, einen Eckzahn unten und einen Schneidezahn oben, die wacker den 5. Oktober, den 14. Dezember, den 28. Mai, den 27. Juli, den 25. April, den 28. September, den 11. März, den 25. November, die großen und die kleinen Kriege, den Tod der Eltern und den der Kinder überstanden hatten, stets fest im Kiefer sitzend und bereit, bis zum bitteren Ende auszuharren, jeder in seinem Schützengraben, immun gegen die allgemeine Flucht der Kameraden –, berichtete, ein Kofferradio am Ohr, das ihm sein Ältester aus Guinea-Bissau geschickt hatte, mit den ihm zu Gebote stehenden sprachlichen Mitteln über den Verlauf des Rennens.

Als er verkündete, die Fahrer hätten Fundão hinter sich gelassen, flogen sämtliche Köpfe nach rechts, in Erwartung der vorausfahrenden Wagen der Nationalgarde.

Das war so, seit die Straße, die in einem unverkennbaren, fast schon kapriziösen Schlenker eine Tangente zu Doktor Augusto Mendes' Grundstück bildete und noch immer bildet, dank des lang ersehnten Teers Teil der offiziellen Rennstrecke geworden war.

Nur in dem noch heißeren Sommer von 1975 war es, bedingt durch das Revolutionsgeschehen, nicht so. Da es dort in der Gegend jedoch keine Fabriken, keine Latifundien, keine Bankiers und auch keine beleuchteten Springbrunnen gab, beschränkten sich die Auswirkungen der quälenden politischen Lage auf zwei einfache Ereignisse: auf die Rückkehr Amávels, der über zwanzig Jahre in Angola gelebt hatte, und die Absage der Portugal-Rundfahrt.

Amávels Eltern waren verstorben. Geblieben waren ein erbärmliches Haus, direkt neben der Kirche, und die Erinnerung an einen traurigen, zarten, kränklichen, mädchenhaften Jungen, die sich alle bewahrt hatten. Sie waren ziemlich überrascht gewesen, als sie ihn so mutig in afrikanische Gefilde hatten aufbrechen sehen, Glück und Reichtum suchend; und in den darauffolgenden Jahren kursierten Gerüchte, er habe es in Luanda zu etwas gebracht, habe Frau und Kinder, sei ein gemachter Mann und Besitzer großer Ländereien im Norden Angolas mit über fünfhundert schwarzen Bediensteten. Doch wider alle Erwartung ähnelte der Amável, der zurückkam, in allem dem Amável, der damals weggegangen war. Zwanzig Jahre älter zwar, aber ohne Frau, ohne Kinder, ohne schwarze Bedienstete. Derselbe verschämte Gang, dieselbe Art zu sprechen, als bitte er ständig um Erlaubnis, reden und leben zu dürfen.

Das ganze Dorf hatte Mitleid mit dem Unglücksraben und legte Hand an. Nach einem gemeinsamen Arbeitseinsatz von fünf Tagen sah das erbärmliche Haus gleich neben der Kirche ganz anders aus: Es hatte ein neues Dach, Kanalisation, Strom, Möbel, eine gefüllte Speisekammer. Doch Amável sah immer noch nicht besser aus, im Gegenteil, die Leute waren sich bereits sicher, dass er irgendeine schlimme Krankheit eingeschleppt hatte. Eine Krankheit, die womöglich sogar ansteckend war. Seine Augen sahen merkwürdig aus. Die Haut ebenfalls. Der Geruch. Die Umstellung auf das neue Klima, sagten die einen. Malaria, sagten die anderen. Kummer, darüber waren sich alle einig.

Die Tage verstrichen, und da sich keine Besserung einstellte, zwangen sie ihn förmlich in die Praxis von Doktor Augusto Mendes, der ihn kurz abhörte und dann fragte: »Sag mal, Amável, wie lange hast du schon nicht mehr gekackt?« Und

der andere antwortete, das Gesicht rot vor Scham: »Seit ungefähr einem Monat, Herr Doktor.«
Doktor Augusto Mendes befahl ihm, die Hosen herunterzulassen und sich auf alle viere zu stellen. Dann verpasste er ihm ein ordentliches Klistier.
Als jedoch der Bauch des armen Amável erste Regungen zeigte, stürmte der Dummkopf, statt sich gleich dort zu erleichtern, aus der Praxis und rannte die Straße hinunter zu sich nach Hause. Doch als er gerade mit den Hosen in der Hand an Henriquetas Kneipe vorbeikam, schoss ihm auf einmal ein Schwall Scheiße aus dem Hintern.
Amável war verrückt geworden, daran zweifelte keiner mehr. Und die Überraschung war noch größer, als sie ihn mit bloßen Händen in dem Scheißhaufen herumwühlen sahen, als suchte er nach etwas. Und er suchte so lange, bis er es fand: ein Plastiktütchen, das mit etwas gefüllt war, das alle für kleine Diamanten hielten. Was auch immer, Diamanten oder etwas anderes, Amável jedenfalls ließ Hose, Unterhose, Hemd und den Scheißhaufen mitten auf der Straße zurück und ward nie mehr gesehen.
Seitdem rief jedes Mal, wenn sie sich dort vor dem Tor zu Doktor Mendes' Haus versammelten, um die Rennfahrer vorbeiradeln zu sehen, mindestens einer jenen heißen Sommer von 1975 in Erinnerung, als es wegen der Kommunisten – »dieser verdammten Hurensöhne«, wie Larau in seinem Rollstuhl knurrte – keine Portugal-Rundfahrt gegeben hatte und Amávels Undankbarkeit – »verfluchter Rückkehrer, wegen solcher Arschlöcher sind unsere Soldaten gestorben« – der bereits in Verruf geratenen menschlichen Natur einen weiteren Schlag versetzt hatte.
So war es auch in jenem Jahr, als Manuel Zeferino noch immer das gelbe Trikot trug. Bocalinda presste das Ohr ans

Radio, Pfarrer Alberto klammerte sich an die Milchreis-Platte, Adolfo kämpfte mit den Fasern des rohen Schinkens, die ihm zwischen den Zähnen steckten, Fangaias kaute Tabak, Canelo verglich die Zeit, Fangaias sagte »Herr Doktor, ich hoffe nur, dass unser Freund Amável nicht wieder eine Bombe mitten auf der Straße hinterlassen hat«, Larau knurrte »Verfluchter Rückkehrer, wegen solcher Arschlöcher sind unsere Soldaten gestorben«, und Doktor Augusto Mendes, der am eisernen Portal lehnte und nicht antwortete, verspürte ein leises Kribbeln im linken Arm, eine Empfindung, die nicht von den Knochen oder Muskeln herrührte, und auch nicht von der Haut, sie kam vielmehr von außen, wie ein Hauch. Wie heiße Luft. Ein kleiner Rest Glut.
Und aufgrund seiner sechzigjährigen beruflichen Erfahrung, in der er Symptomen eine Bedeutung und Bedeutungen Symptome zugeschrieben hatte, schloss er mit der gebührenden Distanz: »Ich bin am Arsch.«
Die Prognose hätte nicht treffender sein können. Das Kribbeln wurde zur Lähmung. Und die Lähmung breitete sich unerbittlich, wie ein Gift, über den ganzen Körper aus. Die Hände, die sich in einem letzten Versuch, die Senkrechte zu wahren, an die Gitterstäbe des Portals klammerten, verloren ihre Kraft. Und just in dem Augenblick, als die Radler Fundão hinter sich ließen, knallte er mit einer solchen Wucht auf den Boden, dass sogar die Eiswürfel in den Limonadenkrügen erzitterten.
Zwei Männer packten ihn an den Armen. Zwei weitere packten ihn an den Beinen. Sie baten um Verstärkung. Schleppten ihn ins Haus.
Duarte las die Pfeife auf, die auf die Straße gekullert war. Er leerte sie mit zwei harten Schlägen auf den Teer. Steckte sie in die Hosentasche seiner Shorts.

Doch weder mit Klapsen noch mit einem Glas Wasser oder Kampfersäckchen war der Großvater zu beleben, und als die Nationalgarde die Straße wieder für den Verkehr freigab, brachten sie ihn im Taxi von Fernandinho, der mit gleichem Sachverstand auch Krankentransporte durchführte, ins Krankenhaus von Castelo Branco.

Bevor sie losfuhren, bat die Großmutter Ressurreição, ein Auge auf ihren Enkel zu werfen. Ressurreição sagte, die Großmutter solle sich keine Sorgen machen, doch kaum war Fernandinhos Taxi hinter der ersten Kurve verschwunden, bat sie ihre Tochter, auf den jungen Duarte aufzupassen.

Luísa, die nur ein paar Monate älter war als Duarte, kam der Bitte nach, verbarg jedoch nicht ihren Missmut.

Mehr als zehn Minuten lang verharrten die beiden schweigend, den Blick auf die eigenen Füße gerichtet. Bis Luísa sagte: »Solltest du nicht vielleicht deine Eltern anrufen?«

Duarte rief sie an und betete, dass die Mutter abnehmen würde.

Die Mutter nahm ab, und Duarte sagte: »Großvater ist gestürzt, Großvater ging es nicht gut, und er ist gestürzt, jetzt wird er gerade von Großmutter ins Krankenhaus gebracht, mit dem Taxi von Fernandinho, wir haben auf die Radler gewartet, nein, gebrochen hat er sich nichts, zumindest glauben wir, dass er sich nichts gebrochen hat, aber er konnte nicht mehr alleine gehen, konnte auch nicht mehr reden, ja, davor ging es ihm gut, es kam ganz plötzlich, es ist ja so heiß, ja, in Ohnmacht gefallen ist er, ja.«

Die Mutter sagte, ehe sie auflegte: »Wir fahren gleich los, mein Schatz.«

Danach warteten Duarte und Luísa. Sie warteten. Und warteten. Und warteten. Duarte fragte Luísa, ob sie Hunger habe. Luísa, sagte, nein, sie habe nur Appetit auf Erdbeeren. Duarte ging in die Küche, um nachzusehen, ob Erdbeeren da waren. Er fragte sie, ob es auch Honigmelone sein dürfe. Nein, Honigmelone nicht, höchstens noch Mispeln. Mist, Mispeln gibt es nicht, antwortete Duarte. Honig- oder Wassermelone, mehr nicht. Da fielen ihnen die Tabletts am Straßenrand ein. Sie rannten los. Doch als sie hinter dem Tor angelangt waren, fanden sie einen Tisch mit sterbenden Schmeißfliegen, Ameisen, Mücken und in Limonadenresten ertrunkenen Bienen vor. Sie warfen alles in den Müll, wuschen das Geschirr ab und schleppten den schmiedeeisernen Tisch in den Garten.

Dann sahen sie sich im Fernsehen die letzte Etappe an. Eine Massenankunft, es würde eine Sprintentscheidung geben. Vor der letzten Kurve stürzten zwei Fahrer, ohne sichtbare Schäden davonzutragen. Kaputte Reifen und aufgeschürfte Knie. Mehr nicht. Am Klassement änderte sich nicht viel. Die jeweiligen Trikots verblieben bei ihren Trägern. Siegerzeit: sechs Stunden, acht Minuten und dreiundfünfzig Sekunden.

Luísa zeigte sich überrascht: »So lange.«

Duarte erklärte, die Sportler nähmen während der Etappen auch Essen zu sich und machten sogar Pipi, ohne abzusteigen. Das mit dem Essen konnte Luísa sich gerade noch so vorstellen, aber Pipi machen erschien ihr unmöglich.

Duarte beteuerte, dass das keineswegs unmöglich sei, für ein Mädchen vielleicht, aber für einen Jungen nicht, und vielleicht sei das ja einer der Hauptgründe, weshalb es nur männliche Fahrer gebe.

Die noch immer skeptische Luísa forderte ihn auf, es ihr vorzumachen.

Sie gingen in den Garten zu dem mit Steinen eingefassten

Teich. Duarte zog die Pfeife des Großvaters aus der Hosentasche und legte sie auf den steinernen Rand des Teichs. Dann setzte er sich aufs Rad und hielt sich mit den Zehenspitzen im Gleichgewicht. Er machte den Hosenknopf auf, öffnete den Reißverschluss und begann, im Gegenuhrzeigersinn um den See herumzuradeln. Die rechte Hand lag fest auf dem Lenker und sorgte dafür, dass er eine beständige Kurve fuhr, während die linke in der Unterhose steckte und versuchte, den Pimmel herauszuholen. Da Duarte jedoch unentwegt treten musste, gelang es ihm nicht, sein Werk zu vollenden. Zwar konnte er sich im Gleichgewicht halten und sich, in den Pedalen stehend, etwas aufrichten, man sah sogar seine rissige Vorhaut, doch dann verlor er sofort wieder an Geschwindigkeit und schaffte es nicht, die Sache zu Ende zu bringen. Der Kreisumfang war offensichtlich zu klein.
»Es funktioniert nur beim Bergabfahren«, versuchte er Luísa zu erklären. »Sie nutzen das Gefälle, um Pipi zu machen, das ist es.«
Aber Luísa befand sich bereits nicht mehr in einem Zustand, sich auch nur irgendetwas anzuhören. Sie krümmte sich vor Lachen, rollte über den Boden, schlug sich auf Brust und Bauch, beschwerte sich, dass sie keine Luft mehr bekomme, verschluckte sich an ihren Tränen und flehte: »Hör auf Duarte. Hör auf.«
Doch Duarte hörte nicht auf. Und was ihn nun zum Weitermachen veranlasste, war nicht mehr die Absicht, einen empirischen Beweis für die Theorie des Pinkelns auf dem Fahrrad zu erbringen, sondern der Zustand völliger Haltlosigkeit, in dem sich Luísa befand, es war die Neugier zu sehen, wie weit dieser Zustand oder wie weit er selbst in dem Versuch gehen konnte, diesen Zustand zu forcieren. Vor allem aber überraschte ihn diese geheimnisvolle Span-

nung, die sich zwischen ihnen aufgebaut hatte und die es ab einem gewissen Punkt unmöglich machte zu unterscheiden, von welcher Seite sie eigentlich ausging.
Also entkleidete er sich komplett und drehte splitternackt weiter seine Kreise um den See. Nunmehr mit beiden Händen am Lenker. Nunmehr einzig darauf bedacht, Luísas haltloses Gelächter auszulösen. Eine Runde, zwei Runden, drei Runden, vier Runden, fünf Runden, sechs Runden, sieben Runden, acht Runden, bis sich schließlich eine Urinfontäne über seine Beine, den Fahrradrahmen, die Pedale und die schmierige Kette ergoss.
Als Duarte seine Aufführung für beendet erklärte, krümmte Luísa sich bereits nicht mehr vor Lachen, sah nicht einmal mehr zu ihm hin. Sah nirgendwo mehr hin, sondern schluchzte leise wie ein Kind, das das Weinen aufgegeben hatte. Das keine Kraft mehr hatte. Das die Hoffnung aufgegeben hatte, auf den Arm genommen zu werden. Von jemandem getröstet zu werden. Um den See herum eine Urinspur. Ein letzter Schluchzer war zu hören.
Duarte schnappte sich die Pfeife des Großvaters und die verstreuten Klamotten und kleidete sich an. Luísa verharrte weiterhin reglos. Duarte setzte sich an den Rand des Teichs, darauf wartend, dass Luísa etwas sagte, und entdeckte neben seinen Füßen eine Ansammlung von Ameisen, die mit fleißigem Gewusel die Reste eines Käfers auseinandernahmen und Stück für Stück auf einer schnurgeraden Ameisenstraße in ein Loch neben den Bougainvilleen transportierten.
Duarte stand auf und folgte ihrem Verlauf. Er nahm sich einen Stock und machte sich einen Spaß daraus, diesen kleinen Insekten das Leben mal zu erleichtern, mal zu erschweren. Bis er schließlich versuchte, sich auf eine einzige Ameise zu konzentrieren, und zwar von dem Moment, da

sie aus dem Loch herauskam, bis zu dem Moment, da sie mit der Last auf dem Rücken dorthin zurückkehrte. Doch das Durcheinander, das Gedrängel, die Überholmanöver, die Zusammenstöße und die Gier, mit der sich die Ameisen auf die sterblichen Überreste des Käfers stürzten, waren so groß, dass Duarte, dem es nicht möglich war, die von ihm beobachtete Ameise anhand eines körperlichen Merkmals von den anderen zu unterscheiden, über Alternativen nachsann. Und ihm fiel nichts anderes ein, als eine chirurgische Verstümmelung an einem der sechs Beine vorzunehmen. Fünf Beine reichten der Ameise gewiss aus, um ihre Aufgabe in diesem komplexen sozialen Gefüge weiterhin zu erfüllen. Doch sein Vorhaben erwies sich als unerwartet schwierig. Erst beim vierundzwanzigsten Versuch, was eine Bilanz von achtzehn toten und fünf entflohenen Ameisen ergab, und unter Zuhilfenahme unterschiedlichster, in der Praxis des Großvaters gefundener Utensilien, von Pinseln über Lupen bis zu Skalpellen, gelang es ihm, das linke Hinterbein einer Ameise zu amputieren, welche dann, nach ihrer Freilassung und einer kurzen Rekonvaleszenz, hinkend ihren Weg in Richtung Mahlzeit wiederaufnahm. Ohne wegen der frisch erfolgten Verstümmelung bei den Genossinnen auf Mitleid zu stoßen, labte sie sich an Proteinen und Zuckerstoffen, drehte eine halbe Runde und lief anschließend weiter in Richtung Loch. Und genau in dem Augenblick, als sie darin verschwand, stoppte Duarte mit der Timex, die er am Handgelenk trug, die Zeit, um festzustellen, wie lange die Ameise brauchen würde, bis sie sich aufmachte, eine neue Ladung zu holen.

Er konnte sein Experiment jedoch nicht zu Ende führen, da ihn nach zwei Minuten und siebenunddreißig Sekunden eine Mädchenstimme rief: »Duarte, Duarte.«

Duarte sah Luísa an, und Luísa sagte: »Tu mir niemals weh.«
Es war bereits sehr spät, als Dona Laura, gestützt von ihrem Sohn und ihrer Schwiegertochter die Haustür öffnete. Duarte und Luísa schliefen aneinandergekuschelt auf dem Sofa. Der Fernseher lief: John Wayne, zu Pferde, nahm gerade aus den Händen von Korporal Comrad eine Holzkiste entgegen. Er öffnete die Holzkiste vor den Augen der aufgereihten Truppen und zog eine Uhr heraus. »Echtes Silber, aus Kansas City«, informierte der Korporal. John Wayne, grauhaarig und mit Schnurrbart, holte mit der rechten Hand die Brille aus der Brusttasche. Dann las er die auf der Rückseite der Uhr eingravierte Widmung vor: »Für Hauptmann Brittles vom C-Trupp. Der ihn nie vergisst.« Sichtlich gerührt verstaute er die Brille wieder, dankte den Anwesenden, wünschte alles Gute und galoppierte davon. Duarte wachte auf. Neben ihm saß seine Mutter und strich ihm übers Haar, küsste seine Hände. Duarte setzte sich auf, noch ziemlich schlaftrunken, und fragte nach dem Großvater.
»Opa ist im Krankenhaus geblieben«, antwortete die Mutter. »Morgen gehen wir ihn besuchen.«
Da trat der Vater zu ihm, tränenüberströmt, am Kinn einen kleinen Verband, die rechte Hand zerkratzt, als wäre er von einer Katze angefallen worden.
Duarte fiel die Hand des Vaters auf, dann fielen ihm seine faltige Stirn und die grauen Haare auf. Die grauen Haare hatten sich schlagartig vermehrt. Innerhalb von zwei oder drei Wochen oder zwei oder drei Stunden. Vielleicht durch den Schock über die Nachricht. Vielleicht durch den Gesundheitszustand des Großvaters. Vielleicht durch die Fahrt. Vielleicht hatte aber auch einfach noch niemand bemerkt, dass der Kopf des Vaters auf einmal voll grauer Haare war. Nur Duarte mit seiner phantastischen Beobachtungsgabe.

Abgesehen von den grauen Haaren wirkte der Vater außerdem tieftraurig. Doch zum ersten Mal war es eine Traurigkeit, die Duarte verstand. Eine Traurigkeit, die nicht nur ein vager Blick, eine bestimmte Art zu rauchen, ein Fremdsein, eine Verbitterung war. Es war eine Traurigkeit, die sich in unverwechselbaren, fassbaren Anzeichen äußerte. In der Haut. Den Muskeln. Den Augen. Den Händen.
Luísa schlief noch immer, an ein kleines Kissen geklammert, auf das mit Kreuzstich ein Hund gestickt war, der seine rechte Pfote hob und die rote Zunge herausstreckte. Und ihr schlafendes Gesicht drückte eine solche Glückseligkeit aus, dass Duarte spürte, wie ihm vor Scham das Blut in die Wangen stieg. Wie konnte Luísa nur so schlafen? Wie konnte er zulassen, dass Luísa so schlief, an dieses Kissen geklammert, von dem er wusste, dass ein Hund darauf seine rechte Pfote hob und die rote Zunge herausstreckte, während die Augen des Vaters tränenüberströmt waren, er einen kleinen Verband am Kinn trug, seine Stirn zerfurcht und seine Haare grau waren?
Duarte spürte, wie ihm vor Scham das Blut in die Wangen stieg, doch er weckte Luísa nicht. Er sah den Vater an und sagte: »Zeferino fährt noch immer im gelben Trikot, Papa.«
Und Manuel Zeferino, der Fahrer vom FC Porto, ein guter Junge, zwar bei weitem kein Nicolau oder Trindade oder Agostinho, nichts dergleichen, aber ein ehrlicher, fleißiger Kerl, den man nur anzusehen brauchte, um zu merken, dass er keine faulen Tricks benutzte, wenn's raufgeht, geht's rauf, wenn's runtergeht, runter, sollte tatsächlich im gelben Trikot die letzte Etappe erreichen, und zwar just an dem Tag, als Doktor Augusto Mendes im Rollstuhl heimkehrte: der Kopf über die linke Schulter hängend, schlecht rasiert, der Blick schief, die Symmetrie des Gesichts für immer zerstört.

»Es ist ein Kreuz«, sollte Dona Laura immer wieder sagen, wenn sie ihn gewaschen, seine offenen Stellen am Rücken und an den Fußknöcheln behandelt hatte, ihm die eingekoteten Laken gewechselt, die Bettpfanne und den Katheterbeutel geleert hatte. Sechzehn Monate lang. Töpfeweise Caldo Verde, gequetschte Banane, Schälchen mit Milchreis, Milchsuppen und Tee in kleinen Schlucken. Es können Tage sein, es können Jahre sein, hatten die Ärzte gesagt, die sich nicht festlegen wollten. Am Ende waren es sechzehn Monate, in denen er sich an seiner Spucke verschluckte, in den Schlafanzug biss, unverständliche Einsilber stammelte, »Augusto, schau mal, wer dich da besuchen kommt«, »Augusto, schau mal, wer hier ist«, »Augusto, unser Enkelchen«, »Augusto, ich habe gerade mit unserer Schwiegertochter gesprochen«, »Augusto, weißt du, wer heute Geburtstag hat?«, »Augusto, weißt du noch, damals«, »Augusto, du errätst bestimmt nicht, wer«, »Augusto, mein Armer, ich mach ja schon«, »Augusto, heute habe ich dir Maisbrei gekocht«, »Augusto, mir fehlt schon die«, »Augusto, ich bete nur noch zu Gott, dass«, »Augusto, Gott verzeih mir, aber was gäb ich drum, dass«, doch Augusto war eingesperrt in sein eigenes Schweigen, in einen sinnentleerten Wachzustand, war berauscht vom energischen Flug der Fliegen.
»Laura«, »Laura«, »Laura«.
Bis er starb.

## *Der Kater Joseph*

Einmal, es war im Norden Angolas, ein höllisch heißer Tag, befahl der Oberstleutnant António de Spínola, der gerade mit Hauptmann Leandro Carraça, dem Fourier António Mendes und dem Soldaten Jacinto Marta unterwegs war, Letzterer möge den Jeep anhalten. Über den dichten Baumkronen konnte man einen bleiernen Himmel erahnen, und obwohl es erst halb vier Uhr nachmittags war, hatten sie die Scheinwerfer an. Der Soldat Jacinto Marta kam dem Befehl prompt nach, und Oberstleutnant António de Spínola sprang mit einem mächtigen Satz aus dem Wagen, ohne jedoch sein Monokel und die dünne Peitsche zu verlieren. Dann wandte er sich an Hauptmann Leandro Carraça und den Fourier António Mendes und bat sie, ihm zu folgen.
Hauptmann Leandro Carraça warf in seinem bedächtigen Ton ein, es sei vielleicht keine gute Idee, den Soldaten Jacinto Marta alleine zurückzulassen, und schlug vor, dass der Fourier António Mendes ebenfalls im Wagen bleibe. Als zusätzliches Argument brachte er, diesmal jedoch in untypisch ironischem Ton, an, zwei Offiziere sollten genügen, um die Sache zu regeln.
Sowohl der Fourier António Mendes wie auch Oberstleutnant António Spínola erkannten, dass Hauptmann Leandro Carraças letzte, ironisch gemeinte Worte kein Versuch

waren, die Sache, die sie zu regeln hatten, geringzuschätzen, im Gegenteil, sie zeugten lediglich von einem starken Schuldgefühl und einem Gewissen, das unter permanenter Selbstbeobachtung und Selbstkritik stand. Denn sobald etwas mit einem seiner Männer schieflief, betrachtete Hauptmann Leandro Carraça sich als Hauptverantwortlichen. Schlimmer noch: als Alleinschuldigen.

Oberstleutnant António de Spínola kannte Hauptmann Leandro Carraça sehr gut und bewunderte ihn auch für diese Haltung. Er war nahe daran, ihm vorzuschlagen, die Sache alleine zu regeln, fürchtete jedoch, falsch verstanden zu werden. Die beiden verschwanden im Wald.

Im Jeep rückte der Soldat Jacinto Marta, den Freiraum nutzend, den ihm die kurzzeitige Abwesenheit der beiden Offiziere gewährte, dichter an den Fourier António Mendes heran und fragte ihn, den Mund fast am Ohr des anderen, ob er glaube, dass Oberstleutnant António de Spínola vor dem Pinkeln die Handschuhe auszöge. Der Fourier António Mendes musste lachen und gab zu, keine Ahnung zu haben, wie die diesbezüglichen militärischen Vorschriften lauteten, und auch noch nie das Privileg genossen zu haben, bei deren Umsetzung durch Oberstleutnant António Spínola persönlich anwesend zu sein. Sie zündeten sich Zigaretten an.

Der Soldat Jacinto Marta fragte den Fourier António Mendes, ob er glaube, dass Oberstleutnant António Spínola und Hauptmann Leandro Carraça es schaffen würden, Unteroffizier Raul Figueira dazu zu bewegen, von dem Baum herabzusteigen und ins Lager zurückzukehren. Der Fourier António Mendes antwortete, Oberstleutnant António de Spínola sei ein Militär von großer Überzeugungskraft und Hauptmann Leandro Carraça ein guter Mensch, und die-

se beiden Eigenschaften zusammen könnten Unteroffizier Raul Figueira vielleicht von seiner Idee abbringen, so lange auf einem Baum zu leben, bis der Krieg vorüber sei. Außerdem seien bereits drei Tage vergangen und der Mann dürfte sehr hungrig und durstig sein.
Der Soldat Jacinto Marta wollte die Meinung des Fouriers António Mendes über den Unteroffizier Raul Figueira wissen, doch der sagte nur, Unteroffizier Raul Figueira stamme aus der Algarve und es sei immer sehr schwierig, eine begründete Meinung zu Menschen aus der Algarve zu äußern. Von Zeit zu Zeit erhellte ein flackernder Blitz ihre Gesichter, und in diesen kurzen Augenblicken konnte der eine in dem anderen eine wachsende Anspannung erkennen. Es behagte ihnen gar nicht, dass sie dort festsaßen, einem etwaigen Hinterhalt hilflos ausgeliefert.
Der Soldat Jacinto Marta sagte, es sei vielleicht besser, die Scheinwerfer des Jeeps auszustellen. Und den Motor ebenfalls.
Der Fourier António Mendes war anderer Meinung. Aus zweierlei Gründen: So dunkel, wie es war, und bei diesem aufziehenden Sturm könnte es für Oberstleutnant António Spínola und Hauptmann Leandro Carraça äußerst schwierig werden zurückzufinden, wenn die Scheinwerfer nicht an wären. Und sollten sie selbst das Pech haben, unerwünschten Besuch zu erhalten, wäre es gut, wenn sie mit dem Jeep sofort losfahren könnten.
Der Soldat Jacinto Marta hieß die Argumente des Fouriers António Mendes gut, fragte jedoch nach, welche unerwünschten Besuche es rechtfertigen könnten, dass ein Fourier und ein Soldat zwei Offiziere mitten im Wald im Stich ließen. Darauf vermochte der Fourier António Mendes nicht mehr zu antworten, denn ein stetig lauter werdendes

Geräusch, eine Kraft, die die Erde erzittern ließ, kam mit schwindelerregender Geschwindigkeit näher.
Sie sprangen, ihre G3 in der Hand, aus dem Jeep und legten sich flach auf den Boden, jeder zu einer Seite: der Fourier António Mendes in die Richtung, in die die Scheinwerfer zeigten, der Soldat Jacinto Marta in die andere.
Erst als sich der Himmel über sie ergoss, wurde ihnen klar, dass der ohrenbetäubende Lärm nichts anderes gewesen war als der heranrauschende Regen. Es regnete zum ersten Mal, seit sie in Luanda angekommen und nach Norden, in Richtung kongolesische Grenze, aufgebrochen waren. Vor elf Monaten war das gewesen.
Der Soldat Jacinto Marta stand auf, dankte dem Herrn und machte sich daran, das Segeltuchverdeck für den Jeep zu suchen. Als er jedoch mit seiner Hand in das Fach unter dem Rücksitz fuhr, stieß er einen Schrei aus, als hätte er gerade ein Wesen aus einer anderen Welt nicht nur gesichtet, sondern ertastet.
Der Fourier António Mendes trat vorsichtig näher und leuchtete mit einer Taschenlampe in das Fach. Zwei grüne Katzenaugen leuchteten in der Dunkelheit auf. Unbeweglich. Die Pupillen zwei senkrechte Schlitze. Der Fourier António Mendes beschrieb kreisförmige Bewegungen mit der Taschenlampe, doch die Augen blieben vollkommen starr. Da griff er hinein und packte das Tier am Hals, das zur großen Verblüffung des Soldaten Jacinto Mora keinerlei Widerstand leistete.
Es war eine ausgestopfte Katze. Grau-orangefarbene Flecken sprenkelten ihren Rücken, von den Ohren bis zu den Hinterpfoten. Sie war auf einem rechteckigen Holzsockel befestigt, auf dem eine kleine Inschrift stand:

JOSEPH
* 03.08.1924
† 01.09.1939

Der Fourier António Mendes las die Inschrift laut vor, drehte sich zum Soldaten Jacinto Marta um und sagte ihm, Auge in Auge, als verriete er ihm ein Geheimnis, dass der Kater Joseph genau an dem Tag gestorben sei, an dem er selbst geboren wurde.
Der Soldat Jacinto Marta wollte es nicht glauben. Der Fourier António Mendes beteuerte, dass es stimme. Erster September neunzehnhundertneununddreißig. Dann stellte er den ausgestopften Kater zurück in das Fach, das eigentlich ein Verdeck aus Segeltuch enthalten sollte, und die beiden legten sich unter den Jeep, um sich gegen den Regen zu schützen und eine Zigarette zu rauchen.
Minutenlang verharrten sie in Schweigen. Der Weg wurde allmählich zu einem Schlammfluss. Sie wussten beide, dass sie nicht viel länger tatenlos zusehen konnten.
Der Soldat Jacinto Marta fragte erneut, ob es wirklich wahr war, ob er wirklich genau an dem Tag geboren sei, an dem der Kater Joseph seine Seele dem Schöpfer übergeben habe. Der Fourier António Mendes versuchte, diesen Zufall herunterzuspielen, und sagte, am ersten September neunzehnhundertneununddreißig seien ganz bestimmt Tausende von Katern gestorben. Und viele davon mit Namen Joseph. Obgleich das wirklich ein Name sei, der nicht mal dem Teufel für einen Kater einfallen würde.
Der Soldat Jacinto Marta nutzte die Gelegenheit, dem andern zu erzählen, er habe als Kind einen Kater gehabt, der Ezequiel hieß. Nun ja, gehabt sei vielleicht zu viel gesagt. Ein verfickter Hurensohn sei das gewesen, aber er habe sich

an ihn und seinen Bruder gewöhnt. Manchmal sei er gut drei Wochen lang hinter den Fotzen hergerannt, ohne dass ihn irgendjemand gesehen habe. Wenn er dann wiederkam, war er nur noch Haut und Knochen. Aber sobald er bei ihnen war, bei ihm und seinem Zwillingsbruder, wich er nicht von ihrer Seite. Sie schliefen sogar zusammen, die drei. Ein sagenhafter Kater. So was hatte man noch nie gesehen. Er liebte Haselnüsse. Mann, was war der verrückt nach Haselnüssen. Einen Hund habe er auch gehabt, den Malaquias, der war verrückt nach Walnüssen, Unmengen konnte der davon verdrücken, aber Ezequiel nicht, bei Ezequiel waren es die Haselnüsse.

Einmal, fuhr der Soldat Jacinto Marta fort, habe er zusammen mit seinem Zwillingsbruder, na ja, sie seien eben Jungs gewesen, ein ungefähr gleichaltriges oder vielleicht ein Jahr jüngeres Nachbarsmädchen hinter einen Heuschober gelockt und sie gezwungen, ihre Unterhose auszuziehen und vor ihren Augen Pipi zu machen. Das Mädchen, Isaura hieß sie, konnte aber nicht pinkeln, vielleicht weil sie zu verschreckt war oder eben gerade nichts kam. Da habe der Bruder ihr den Finger in ihr Löchlein gesteckt, um zu sehen, was dann wohl passieren würde, und da begann Isaura zu bluten. Als sie das Blut über ihre Beinchen rinnen sahen, seien sie voll Panik davongerannt.

Erst am darauffolgenden Sonntag fragte der Vater seine beiden Söhne, ob sie ein Mädchen namens Isaura kennen würden. Sie beugten die Köpfe tiefer über die Teller, stopften sich Essen in den Mund und bejahten mit einer Art Grunzen.

Der Vater fragte weiter: Ob sie öfter mit ihr spielen würden, ob sie sie mochten, ob sie in ihre Klasse gehe, ob sie jünger sei als sie, ob älter, ob sie ein anständiges Mädchen sei, ob

sie andere Freundinnen habe, wer die anderen Freundinnen seien.
Und bei jeder Frage stopften sich die beiden Brüder noch mehr Essen in den Mund, sodass die Antworten immer unverständlicher wurden. Als ihre Teller leer waren, nahm der Vater den Topf und tat ihnen noch mehr Fleisch und Kartoffeln auf, mit der Bemerkung, er sähe sie gerne so, mit diesem Appetit. Denn nichts bereite einem Vater mehr Freude als Kinder, die so gut aßen.
Als die beiden Brüder dies hörten, nahmen sie noch einmal nach, obwohl sie bereits satt waren, in der Hoffnung, auf diese Weise Gnade vor dem Vater zu erlangen. Einmal, zweimal, dreimal, bis der Topf leer war. Am Ende fragte der Vater, ob sie wüssten, was mit der kleinen Isaura passiert sei.
Sie schüttelten den Kopf und sagten nein.
Er fragte sie, ob sie am letzten Dienstag nach der Schule mit ihr zusammen gewesen seien.
Sie schüttelten den Kopf und sagten nein.
Er fragte sie, ob sie Isaura schon einmal wehgetan hätten.
Sie schüttelten den Kopf und sagten nein.
Er fragte sie, ob sie sie schon einmal gezwungen hätten, sich vor ihnen auszuziehen.
Sie schüttelten den Kopf und sagten nein.
Er fragte sie, ob sie ihr schon mal zwischen die Beine gefasst hätten.
Sie schüttelten den Kopf und sagten nein, und bei jeder Antwort, die sie gaben, liefen dem Vater Tränen übers Gesicht. Tränen, die auf das weiße Tischtuch tropften. Auf das Besteck, auf seinen noch immer umgedrehten Teller.
Bis er nichts mehr fragte. Ein letztes Mal nahm er den Topf, beugte sich darüber und fischte mit einem Kochlöffel zwei Augen heraus. Er legte auf jeden Teller ein Auge und zwang

die beiden, sitzen zu bleiben, bis sie aufgegessen hatten. Es waren die Augen des Katers Ezequiel.
Dass sie unter dem Jeep lagen, nützte ihnen kaum noch etwas, doch der Fourier António Mendes hatte das Gefühl, als müssten sie für immer dort bleiben. Nach einer langen Stille, einer Stille, die eigentlich keine war, wegen des Regens, wegen der Bäume, wegen des Motorgeräuschs, wegen des Katers Joseph, wegen des Katers Ezequiel, wegen aller Tiere und auch des Bluts, das über Isauras kleine Beine lief, einer Stille, die aber dennoch eine sehr tiefe Stille war, vernahmen sie ein zweimaliges kräftiges Klopfen auf die Motorhaube des Jeeps und die Stimme von Oberstleutnant António de Spínola, der fragte, ob das eine militärische Übung sei oder das Fahrzeug womöglich einen Schaden aufweise.
Mit einem Gesichtsausdruck, als sei er gerade aus einem Traum erwacht, beeilte sich der Fourier António Mendes zu erklären, dass es sich nicht um eine militärische Übung handele und dass das einzige Problem des Fahrzeugs das Fehlen der Segeltuchplane sei, die bei einem solchen Regen äußerst hilfreich war.
Oberstleutnant António de Spínola musterte den Fourier António Mendes von oben bis unten und fragte ihn, woher er komme.
Der Fourier António Mendes nannte ihm den Namen des Dorfes, in dem er geboren war und bis zum Beginn seiner militärischen Laufbahn gelebt hatte.
Oberstleutnant António de Spínola fragte, wo das Dorf liege.
Der Fourier António Mendes antwortete, es liege im Landkreis Fundão.
Oberstleutnant António de Spínola fragte, ob es nördlich oder südlich des Gardunha-Gebirges liege.

Der Fourier António Mendes antwortete, es liege auf der Südseite.
Oberstleutnant António de Spínola fragte, welches der Ursprung und die Bedeutung des Wortes Gardunha sei.
Der Fourier António Mendes antwortete, er wisse weder Ursprung noch Bedeutung des Wortes Gardunha.
Oberstleutnant António de Spínola fragte, ob seine Vorfahren auch von dort stammten.
Der Fourier António Mendes sagte, seine Mutter ja. Seine Mutter und seines Wissens auch ihre Eltern. Der Vater hingegen sei im Norden geboren. In Porto.
Oberstleutnant António de Spínola fragte ihn, ob er Jude sei.
Der Fourier António Mendes verneinte das.
Oberstleutnant António de Spínola fragte, ob er wisse, ob seine Familie jüdische Wurzeln habe.
Der Fourier António Mendes antwortete, falls es diese Wurzeln gebe, habe er noch nie davon gehört. Das Einzige, was er mit Gewissheit sagen könne, sei, dass sowohl seine Mutter wie auch sein Vater katholisch seien.
In diesem Augenblick tauchten etwa zwanzig Meter vor ihnen zwei Gestalten auf: Hauptmann Leandro Carraça und Unteroffizier Raul Figueira, der große Mühe hatte zu gehen – was bei jemandem, der die letzten drei Tage auf einem Baum verbracht hatte, nicht weiter verwunderlich war. Der Soldat Jacinto Marta lief auf ihn zu, um ihn zu stützen, doch Unteroffizier Raul Figueira lehnte die Hilfe ab, so, wie er vermutlich bereits die Hilfe von Oberstleutnant António de Spínola und Hauptmann Leandro Carraça abgelehnt hatte.
Die fünf völlig durchnässten Militärs stiegen in den Jeep: Der Soldat Jacinto Marta saß am Steuer, neben ihm Oberst-

leutnant António de Spínola, auf der Rückbank der Fourier António Mendes, Unteroffizier Raul Figueira und Hauptmann Leandro Carraça.
Heftiger Regen peitschte auf sie nieder, und die Piste sah aus wie ein einziger Schlammfluss. Der Soldat Jacinto Marta hatte große Mühe, das Fahrzeug unter Kontrolle zu halten, und nicht einmal die Anwesenheit eines der hochrangigsten Vertreter der portugiesischen Streitkräfte hielt ihn davon ab, abwechselnd und mit jeweils gleicher Inbrunst den heiligen Hieronymus, die Heilige Jungfrau Maria und die Fotze seiner Tante Alice anzurufen.
Sie mussten mehrmals aussteigen, um sehen zu können, wo der Weg weiterging, und als sie schließlich die Lichtung mit dem halben Dutzend verfallener Häuser erblickten, die ihr Lager darstellten, wandte Oberstleutnant António de Spínola sich an den Soldaten Jacinto Marta und teilte ihm mit, er werde einen Sonderantrag bei der Provisionsabteilung stellen, damit er drei Kerzen erhalte.
Der Soldat Jacinto Marta sah ihn verständnislos an.
Oberstleutnant António de Spínola lachte auf und erklärte, er solle sie zum Dank an seine drei Schutzpatrone anzünden: den heiligen Hieronymus, die Heilige Jungfrau Maria und die andere, deren Namen er aus nachvollziehbaren Gründen nicht aussprechen wolle.
Als sie sich wuschen und die Uniformen wechselten, fragte der Soldat Jacinto Marta den Fourier António Mendes, warum zum Teufel Oberstleutnant António de Spínola dem anderen all diese Fragen zu seiner Familie gestellt habe.
Der Fourier António Mendes antwortete schulterzuckend, er habe nicht die geringste Ahnung.
Dann fragte er ihn nach seiner Meinung zu Unteroffizier Raul Figueira.

Der Fourier António Mendes antwortete, ein, zwei Wochen auf der Krankenstation zur Behandlung der Wunden an den Fingern würden ihn schon wieder herstellen. Aber mit seiner militärischen Karriere sei es vermutlich vorbei.
Der Soldat Jacinto Marta fragte, was das für Wunden an den Fingern seien.
Der Fourier António Mendes erklärte, er habe, als sie im Jeep zurückgefahren seien, bemerkt, dass die Finger von Unteroffizier Raul Figueira keine Nägel mehr hätten, als seien sie ihm herausgerissen worden.
Sie verließen den Schlafsaal und gingen in den Speisesaal. Bereits mit Thunfisch und Kartoffeln im Mund fragte der Soldat Jacinto Marta den Fourier António Mendes noch, ob es nicht angebracht wäre, die Geschichte des Katers Joseph zu recherchieren.
Der Fourier António Mendes antwortete, es gebe keine Geschichte zum Recherchieren.
Ein paar Minuten später gestand der Soldat Jacinto Marta dem Fourier António Mendes mit leiser Stimme, dass ihm diese Scheiße nicht mehr aus dem Kopf gehe.
Der Fourier António Mendes fragte: »Was für eine Scheiße?«
In ebendiesem Augenblick setzte Unteroffizier Raul Figueira, nachdem er aus der Krankenstation und dem Quartier geflüchtet war, nachdem er in diesem Wolkenbruch gut zwei Kilometer gelaufen war, an einem am Wegesrand stehenden Baum, einem Baum, der gute zehn Meter in die Höhe ragte, einem Baum, der nicht von schlechten Eltern war, einem Baum, der allen anderen Bäumen ein Vorbild war, seinem Leben ein Ende, indem er sich mit einem Revolver in den Mund schoss.
Wegen des noch immer erbarmungslos laut niederprasseln-

den Regens und des Klapperns des Geschirrs bekamen es weder der Soldat Jacinto Marta noch der Fourier António Mendes noch Hauptmann Leandro Carraça noch Oberstleutnant António de Spínola noch irgendein anderer der im Speisesaal Anwesenden mit. Die Nachricht verbreitete sich erst am nächsten Morgen, ausgeschmückt mit den ausgefallensten Details, trotz Oberstleutnant António de Spínolas Bemühungen, die Umstände des Vorfalls strengstens geheim zu halten.

Duarte hatte sich die Stiefel ausgezogen und die eiskalten Füße am Kamin gewärmt. Die Erzählung des Vaters, eine seiner vielen endlos langen Angola-Geschichten, schien beendet zu sein, und ohne die Augen von den Flammen abzuwenden, fragte Duarte, was Gardunha nun eigentlich bedeute.

Der Vater gestand ihm, dass er es noch immer nicht wisse, versprach ihm jedoch, den inzwischen zum General ernannten António de Spínola zu fragen, wenn er ihn irgendwann wiedersähe.

Duarte fasste an seinen linken Strumpf, der ihm nass vorkam, und zog ihn mit einem Ruck aus. Dasselbe tat er mit dem rechten. Mit bloßen Füßen stand er auf den warmen Granitplatten. Mit ganz weißen Füßen. Dann fragte er den Vater, was mit dem ausgestopften Kater passiert sei.

Der Vater lockerte ein wenig die schwarze Krawatte und den Hemdkragen. Die Augen aufs Feuer gerichtet, erzählte er, am nächsten Tag, als die Formalitäten zur Überführung des Leichnams von Unteroffizier Raul Figueira, zunächst nach Luanda, dann nach Lissabon und anschließend in ein kleines Dorf an den Ufern des Guadiana, erledigt gewesen seien, habe es nicht mehr geregnet. Vielleicht um zu verhindern, dass die Soldaten sich zu viele Gedanken wegen des Selbstmords von Unteroffizier Raul Figueira machten, ordnete Oberstleutnant António de Spínola an, dass vier Fahrzeuge weiter nördlich, nahe der kongolesischen Grenze, eine Aufklärungsfahrt unternahmen. Es war eine schlecht kartographierte, praktisch unerschlossene Gegend. Fünf Jahrhunderte waren sie schon dort, und trotzdem gab es nicht mal eine beschissene Landkarte, die was taugte. Als Erster in der Kolonne fuhr der Jeep mit dem Kater Joseph.

»Irgendwann haben wir gemerkt, dass der Weg abbricht, ungefähr hundert oder zweihundert Meter vor uns, an einer kleinen Lichtung nach einem Abhang. Da der Jeep mit dem Kater Joseph den Abhang bereits hinunterfuhr, beschloss der am Steuer sitzende Soldat Jacinto Marta, bis ganz nach unten zu fahren, dort zu wenden und wieder hochzufahren. Natürlich kam keiner von uns auf die Idee, dass dort eine Mine vergraben sein könnte. Doch dann flog der Jeep einfach in die Luft und fing augenblicklich Feuer.«

Aus der Küche erklang das Klappern von Töpfen und Pfannen. Nicht einmal nach der Beerdigung ihres Mannes vergaß Dona Laura, dass die Mägen weiterhin gefüllt werden mussten. Und bevor Duartes Mutter, die General António de Spínola noch nie gemocht hatte, aufstand, um ihr zu helfen, sagte sie: »Ich glaube, ich habe mal irgendwo gelesen, dass Gardunha Zuflucht oder Versteck bedeutet. Auf Arabisch.«

# DRITTER TEIL

*Der größte Beethoven-Interpret seiner Zeit*

Duarte kannte diese Musik von innen her. War völlig vertraut mit ihr. So, wie man das Haus kennt, in dem man wohnt, wo man selbst im Dunkeln oder mit geschlossenen Augen seinen Weg findet. Nur von Erinnerung geleitet. Von einer Erinnerung, die eigentlich gar keine war. Eher ein Erkennen. Denn wenn Duartes Finger begannen, ein bestimmtes Beethoven-Stück zu ertasten, so taten sie das, selbst beim ersten Mal, nie – und das galt für jedes Beethoven-Stück – mit der Begeisterung des Entdeckers, mit der Erregung desjenigen, der sich in ein Abenteuer stürzt, sondern mit der Gelassenheit eines Menschen, der sich in einem angenehm vertrauten Raum bewegt.
Vielleicht sah Duarte Beethoven deshalb, wegen dieser fehlenden Reibung, dieses Mangels an Konfrontation und Dialog, niemals als Mensch. Er wusste zwar Geburtsdatum und Todestag. Daten und Orte. Er kannte auch sein Äußeres, von einem halben Dutzend Kupferstiche. Er konnte auch Zahlen nennen: fünf Klavierkonzerte, zweiunddreißig Klaviersonaten, unzählige Bagatellen. Doch nie stellte er sich vor, wie Beethoven am Klavier gesessen und Takte ausprobiert, Achtelnoten gekritzelt, sich Schlusssätze und Kadenzen ausgedacht hatte. Wie er an einer bestimmten Note zweifelte. Eine Lösung zugunsten einer anderen verwarf.

Er hatte nie die Präsenz einer menschlichen Seele hinter dieser Musik gespürt. Sie nicht einmal erahnen können. Duarte spielte Beethoven wie jemand, der das Kreuzworträtsel auf der vorletzten Seite der Zeitung löst. Vollkommen gleichgültig gegenüber der genialen Hand des Schöpfers.
Und trotzdem oder gerade deswegen wurde die Zahl derer, die in den gewundenen Gängen des Lissabonner Konservatoriums halb verwirrt, halb staunend, halb ungläubig versicherten, Duarte werde ohne jeden Zweifel der größte Beethoven-Interpret seiner Zeit werden, immer größer. Und das war umso bemerkenswerter, als ein Großteil seines Triumphs sich der Fähigkeit verdankte, der unbewussten, versteht sich, Beethovens Musik von der Person Beethoven zu trennen.
Als der erste Satz der Sonate sechsundzwanzig verklungen war, war das ganze Auditorium bereits seinem Talent erlegen. Es hagelte Beifall und Jubel. Im Publikum flossen Tränen. Hätte es jedoch einer gewagt, die drei Stufen zu dem kleinen Podium hochzusteigen, auf dem Duarte sich mit gemessenen Verbeugungen bedankte, und ihn gefragt, welches sein größter Traum sei, so hätte Duarte ihm bestimmt geantwortet, er habe nicht nur einen Traum, sondern gleich zwei: dass der FC Sporting den Europapokal der Landesmeister gewinnt und dass der Indio einmal Anerkennung als größter Künstler seiner Zeit findet.

## *Der Indio*

Alle kannten ihn nur unter dem Namen Indio, der unerklärlicherweise perfekt zu ihm passte. Und bestimmt nicht wegen seiner blonden Locken. Oder seiner viel zu blauen Augen. Oder seiner breiten, knochigen Schultern. Oder der tiefen Augenringe. Oder wegen irgendetwas anderem, das ihn von all den anderen unterschied, die nicht unter dem Namen Indio bekannt waren.

Duarte nannte ihn ebenfalls Indio, obwohl er seinen wahren Namen kannte. Aus Gründen des Alphabets drückten sie gemeinsam die Schulbank, und ohne dass dies in irgendeiner Weise vorhersehbar gewesen wäre, wurden sie unzertrennliche Freunde.

An der Straße, die Duarte jeden Morgen auf seinem Schulweg entlangging, entstand gerade ein Elendsviertel, das sich in einem Labyrinth aus schlammigen Pfaden und Wellblechhütten den Hang bis zum Wasserreservoir der Gemeinde hinaufzog. Dort, wo einer dieser Pfade in die Straße mündete, wartete der Indio täglich gegen acht Uhr morgens auf Duarte, und dann gingen sie gemeinsam weiter zu ihrer ersten Schulstunde.

Trotz allem – und mit allem waren die schmutzigen Fingernägel des Indios gemeint, der muffige Geruch seiner Klamotten, die Läuseplagen, die häufigen Pilzerkrankungen

zwischen seinen Fingern, der faulige Karies-Atem, die Rotzkaskaden im Winter und die Blutkaskaden im Sommer – war Duarte glücklich, einen Freund zu haben, der in einer Baracke wohnte. Zumal ihm diese Freundschaft, auch wenn man das Gegenteil hätte vermuten können, ein Gefühl von Sicherheit verlieh, resultierend aus seinem plötzlichen und unerwarteten Aufstieg innerhalb dieses komplizierten, unbarmherzigen hierarchischen Gefüges der Sechs- bis Achtzehnjährigen, die diesen geographischen Raum zwischen dem gemeindlichen Wasserreservoir dort oben und der Bahnlinie dort unten bewohnten. Seit man ihn nämlich in Gesellschaft des Indios sah, wurde Duarte nie mehr überfallen und auch nicht mehr verfolgt, nicht getreten oder mit Stricken an die Straßenlaternen gebunden und auch nicht gezwungen, sich die Hosentaschen mit Hundescheiße vollzustopfen.
Und mochte dies für Duarte auch Grund genug sein, sich über diese Freundschaft zu freuen, so erklärte es dennoch nicht den Zustand von Verzückung, in dem er lebte: Er schlief mit dem Gedanken an den Indio ein, wachte mit dem Bedürfnis auf, ihn wiederzusehen, war traurig über seine Armut, sein schulisches Unvermögen, seine Schwierigkeit, drei Worte hintereinander zu artikulieren, ohne zu stottern oder die Reihenfolge der Konsonanten zu vertauschen.
Im Unterricht füllten sich Duartes Augen jedes Mal mit Tränen der Erbitterung, wenn der Freund mit offenem Mund, die Kreide zwischen den Fingern, vor der Schiefertafel stand und nicht in der Lage war, den Zähler vom Nenner zu unterscheiden, den Akkusativ zu erkennen oder gar den Dativ, zu verstehen, was eine rationale Zahl war, die Regeln für die Grundrechenarten anzuwenden oder ein Datum auf Französisch zu schreiben.

Doch all das erschütterte nicht seinen Glauben an den Freund. Ebenso wenig wie die Gewissheit, dass diesem eine glorreiche Zukunft bevorstand. Und das Privileg, sein Banknachbar zu sein, schwellte Duartes Brust mit Stolz und Dankbarkeit. Denn er war absolut überzeugt davon, dass der Indio ein Genie war.
Angesichts der Armut, in der der Indio lebte, verhielt Duarte sich wie ein echter Mäzen. Mit dem Geld, das er zu Weihnachten und zum Geburtstag bekam, kaufte er ihm Zeichenblöcke und Bleistifte verschiedener Marken und Härten: zuerst die von Viarco, dann die von Faber-Castell, dann die von Staedtler und schließlich von Caran d'Ache.
Im Gegenzug erteilte er ihm Aufträge: Zeichne einen Hund, einen Bernhardiner, einen Dalmatiner, einen Dobermann. Zeichne ein Pferd. Zeichne einen Löwen, der ein Zebra jagt. Zuerst, wie er hinter dem Zebra herrennt, und dann, wie er es am Nacken packt. Zeichne einen Cowboy, der von Pfeilen durchbohrt wird. Der gerade hinfällt. Dessen Knie bereits den Boden berühren. Zeichne die ganze Mannschaft von Sporting. Nein. Nicht die ganze. Nur den Jordão, wenn er ein Tor schießt. Weißt du, wie er Tore schießt?
Es gab Dinge, die der Indio nicht zeichnen konnte, weil er sie schlichtweg nicht kannte oder nicht wusste, wie sie aussahen. Dann zeigte Duarte ihm Zeitschriften, Sammelhefte, Comics, Zeitungsausschnitte. Oder versuchte, sie zu beschreiben. Oder vorzumachen. Und wenn der Indio sie zeichnete, korrigierte er. Mach es eher so. Nein, so. Das hier größer. Das kleiner. Das hier länger. Und auf die eine oder andere Art lernte der Indio, was ein Leopard war. Ein U-Boot. Ein Ferrari. Ein Überseedampfer. Eine Anemone. Der Eiffelturm. Asterix. Tropische Blumen. Die Wüsten. Romanische Brücken. Eisbären. Sandokan. Piranhas. Joa-

quim Agostinho. Das Parthenon. Der Kreml. Die Freiheitsstatue. Mao Tse-tung.
Damit brachten sie Stunden zu. In den Klassenräumen, im Speisesaal, auf Parkbänken, über die Kühler von Autos gebeugt, am Bordstein, auf Mauern.
Oftmals hörte Duarte mehr, als dass er sah. Er schloss die Augen und lauschte: Auf das Geräusch des in tausend winzige Partikel zersplitternden Graphits, auf das der Finger, die die Beschaffenheit des Blattes erspürten, das der Atmung, der Striche, der Schatten, der Zweifel, der Sackgassen, der Lösungen.
Und mittels dieser Geräusche versuchte er, sich im Geiste selbst zu beschreiben, was der Indio gerade tat. Doch am Ende, wenn er die Augen öffnete, war das, was er sah, immer überraschend. Duarte, der dem Indio beigebracht, der dem Indio gezeigt hatte, was ein Leopard war, hätte sich am Ende niemals träumen lassen, dass ein Leopard so aussehen könnte.
In seinem Zimmer bewahrte Duarte in drei Pappheftern sämtliche Zeichnungen auf, alle ordentlich mit Datum und Entstehungsort versehen. Offensichtlich gab es für ihn drei Kategorien, denn jeder der Hefter trug ein Etikett, auf dem eine Art Code stand: IMA, IQO oder IGA.
Welches auch immer die Zuordnungskriterien sein mochten, es waren weder chronologische noch thematische. So gab es zum Beispiel in jeder Mappe Zeichnungen von großen Raubtieren. Oder Porträts. Porträts von Schulkameraden. Porträts von Fußballspielern. Porträts von Schauspielern. Von John Wayne gab es insgesamt acht Porträts: zwei in Hefter IMA, drei in Hefter IQO und drei weitere in Hefter IGA. Eine der Zeichnungen aus dem Hefter IGA, John Wayne zu Pferde, mit einer schwarzen Binde über dem lin-

ken Auge, stammte vom selben Tag und Ort wie eine andere mit John Wayne im Schaukelstuhl, die jedoch in Hefter IQO aufbewahrt wurde.
Bei der Durchsicht dieser Hefter erfuhr man außerdem, dass der Indio zwischen dem vierzehnten und neunzehnten Januar ausschließlich Pottwale zeichnete: insgesamt zweiundzwanzig Pottwale. Oder zweiundzwanzig Zeichnungen ein und desselben Pottwals, denn bestimmte Narben am Rücken, offensichtlich von Harpunen beigebracht, sind auf allen zweiundzwanzig Zeichnungen erkennbar, woraus sich schließen lässt, dass es sich stets um dasselbe Tier handelte. Zwanzig dieser Zeichnungen wurden im Hefter IMA aufbewahrt. Die beiden anderen im Hefter IGA.
Ein anderes Thema, das die beiden Freunde sehr beschäftigte, war der Radsport. So findet man beispielsweise einen Schlussspurt von drei nicht zu identifizierenden Fahrern. Oder ein auseinandergerissenes Peloton bei einem Anstieg, es könnte der zum Turm der Serra da Estrela sein. Und fünf Zeichnungen von Joaquim Agostinho: zwei, wie er ins Ziel einfährt, nur er, mit hocherhobenen Armen, die drei anderen, wie er nach Alpe d'Huez hochfährt: von vorn, von der Seite und von hinten. Auf allen drei Zeichnungen eine Plakette mit der Aufschrift Alpe d'Huez. Es sind die einzigen Zeichnungen aus dem ganzen Œuvre des Indios, auf denen etwas geschrieben steht.
Alle Zeichnungen zum Radrennsport wurden in der Mappe IGA aufbewahrt. In ebendieser Mappe IGA befand sich außerdem die einzige Zeichnung, für die Farbe verwendet wurde. Sie datiert vom neunzehnten März und stellt einen Panoramablick über das Viertel dar, in dem der Indio wohnte. Man erkennt, dass er sich große Mühe gegeben hat, die verschiedenen Wege zu verdeutlichen, die das Vier-

tel durchziehen, und inmitten dieser unregelmäßigen Geometrie eine rot angemalte Baracke.
In diesem ganzen von Duarte verwalteten Nachlass gab es nur eine Zeichnung, die in keinem der drei Hefter verwahrt wurde. Es war der Eisberg. In Duartes Augen das Meisterwerk, das für sich genommen bereits das Genie seines Schöpfers verdeutlichte. Es war keine Auftragsarbeit gewesen. Duarte hatte sie zum Geburtstag geschenkt bekommen. Als er die Zeichnung auswickelte und betrachtete, einen riesigen Eisberg, der im antarktischen Meer schwamm, in einem schwarzen Meer unter einem noch schwärzeren Himmel, hatte Duarte das Gefühl, ein Wunder zu erleben. Der Eisberg schien sich zu bewegen. Er strahlte ein unwirkliches Licht aus. Duarte schloss die Augen und öffnete sie wieder. Ungläubig. Verzaubert.
Der Indio, der sich der Wirkung der Zeichnung auf Duarte bewusst war, sagte: »Ich musste nur den Himmel und das Meer zeichnen, siehst du.« Dann fügte er hinzu: »Und dabei habe ich noch nie einen Eisberg gesehen. Meine Grundlage war das, was du mir von diesem Mann mit dem komischen Namen erzählt hast, diesem Soundso, der deinem Großvater immer diese Briefe schreibt.«
Der Eisberg wurde an einer der Wände von Duartes Zimmer aufgehängt, und dort blieb er acht Jahre lang.
Ein einziges Mal nur kam der Indio zu Duarte nach Hause, und dieser Besuch diente einem bestimmten Zweck: Der Indio sollte ein Porträt des Freundes anfertigen. Was er nicht wusste und wovon er nicht einmal die geringste Ahnung hatte, war, dass Duarte Klavier spielte und dass das Porträt genau das darstellen sollte, Duarte am Klavier, genauer gesagt, beim Spielen der Klaviersonate Nr. 26 von Beethoven.

Wichtiger als das Porträt war für Duarte jedoch der Wunsch, den Indio mit dieser Musik zu konfrontieren. Seine Reaktion zu beobachten. Und es war mehr: Die Neugier, in welcher Weise diese Musik, diese Klaviersonate Nr. 26, den Indio inspirieren würde oder auch nicht. Oder einschüchtern. Daher sagte er zu ihm: »Mach, was du willst. Du brauchst mich auch gar nicht zu zeichnen. Darum geht es mir nicht. Mach einfach das, wozu die Musik dich anregt.«

Der Indio schien zu verstehen. Er legte sich Blätter und Stifte zurecht und machte es sich auf dem Sofa bequem.

Duarte setzte sich ans Klavier, nahm Haltung an, betrachtete die Partitur und begann mit dem ersten Satz: *Das Lebewohl.*

Die intensiven Sonnenstrahlen der letzten Junitage, gefiltert durch die Nesselvorhänge, erfüllten das Haus mit einem sanften Licht. Von unten, aus dem Hinterhof, erklang das dumpfe Aufprallen eines Balls, der gegen ein Garagentor gedonnert wurde.

An der dem Sofa, auf das der Indio sich gesetzt hatte, gegenüberliegenden Wand hing über einer Glasvitrine, in der Teller, Kaffeetassen, Weinkelche und Gläser aller Art aufbewahrt wurden, ein Bild, das eine Jagdszene darstellte: Zwei Männer, begleitet von mehreren Hunden, irischen Settern vielleicht, liefen einen Pfad in einem dichten Wald entlang. Einer der Männer, von dessen Gürtel Fasanen und Rebhühner baumelten, schritt, das Gewehr über der Schulter, ruhig einher. Der andere, ein paar Meter dahinter, schien einen Moment innezuhalten, offensichtlich um sein Gewehr zu laden.

An der angrenzenden Wand befand sich in der Ecke das schwarze Klavier, auf dem sich sechs goldene Lettern abzeichneten, die das Wort YAMAHA bildeten. Weiterhin befand sich an dieser Wand, neben dem Klavier, ein hohes Möbel, das auf den ersten Blick aus Mahagoni zu sein schien, bei näherem Hinsehen jedoch aus dunklem Nussbaum war. Es setzte sich aus zwei Teilen zusammen: Über einem Unterteil lag eine Platte aus rosa-weiß gesprenkeltem Marmor. Dieses Unterteil verfügte über drei Schubladen und drei mit goldenen Schlössern versehene Türen. Das Oberteil bestand aus zwei Regalbrettern, auf denen verschiedene Gegenstände aufgereiht waren, die man gemeinhin als Nippes bezeichnet, sowie fünf Fotografien: eine Braut, ein Dreirad fahrender Junge, ein rauchender, einen Schneemann umarmender Mann, ein Mädchen auf einem Esel und eine Familie, die auf den Stufen einer endlos langen Treppe sitzt, vermutlich der zum Bom Jesus in Braga.

Auf der Marmorplatte ein Aschenbecher mit zwei Zigarettenkippen, eine Ausgabe der Zeitung *Record*, wo auf grünem Untergrund »Die Stunde der Wahrheit« zu lesen war, ein Telefonbuch, eine Brille, eine Schere, eine Uhr der Marke Citizen, ein Briefbeschwerer, eine Wasserrechnung und ein Nagelknipser. Zwischen dem Möbel und dem Sofa, auf das der Indio sich gesetzt hatte, stand ein ovaler Tisch, darum sechs Stühle.

Als der erste Satz verklungen war, wechselte Duarte nicht die Noten. Er wischte sich die Hände an der Jeans ab, beugte Schultern und Ellbogen, legte die Finger auf die Tasten und machte sich an den zweiten Satz: *Abwesenheit*.

Und in diesem Augenblick sollte sich alles ändern, in dem Augenblick, als er die ersten neun Noten des zweiten Satzes der Klaviersonate Nr. 26 spielte. Oder genauer gesagt, in dem Augenblick, als in Duartes Ohren die ersten neun Noten des zweiten Satzes der Klaviersonate Nr. 26 erklangen. Denn das Problem schien folgendes zu sein: Er empfand keinerlei Übereinstimmung zwischen dem, was er hörte, und dem, was er spielte. Nichts klang für ihn vertraut.

Nach kurzer Zeit erkannte Duarte jedoch selbst, dass das, was passierte, eigentlich ganz einfach war: Dadurch, dass der Indio neben ihm saß und er versuchte, sich in seine Haut, in seine Befindlichkeit als Zuhörer hineinzuversetzen und zu versuchen, die Emotionen vorauszusehen, die diese Musik in ihm auslöste, zu erspüren, was er gerade empfand, hörte nicht nur der Indio Beethovens Musik zum ersten Mal.

Und das, was Duarte hörte, hätte nicht erschreckender sein können. Es war, als tauchte er ein in einen unwirtlichen Ort. Einen eisigen Ort. Und inmitten dieser Ödnis spürte er eine merkwürdige menschliche Präsenz. Ein grenzenloses Leid. Jemanden, der ihn überrumpeln, vielleicht von hinten packen oder ihm von weitem zuwinken und mit einer zutiefst traurigen Stimme sagen würde: »Endlich bist du gekommen.«

Ein tödlicher Schüttelfrost befiel Duarte. Sein Körper war schweißgebadet. Er wagte sich noch ein paar Takte weiter vor und nahm dann plötzlich die Hände vom Klavier. Er schlang die Arme um seine Beine, machte sich klein, die Augen auf den Boden gerichtet, und war kurz davor, in Tränen auszubrechen.

Hinter sich vernahm er etwas, das nach dem Klappern einer Gürtelschnalle klang. Er lugte unter seinem linken Arm hindurch: Der Indio saß noch immer auf dem Sofa, völlig entrückt und ohne mitzubekommen, was um ihn herum geschah. Er hatte sich zurückgelehnt, den Kopf im Nacken. Die Hose hatte er geöffnet, und während der Daumen der rechten Hand, lange blonde Schamhaare freilegend, den Gummizug der Unterhose weghielt, rieb die wundersame linke frenetisch das erigierte Glied.

Duarte rührte sich nicht, nicht einmal, als der Indio einen kleinen Seufzer ausstieß und zwei Schuss Sperma in die Luft spritzten. Der erste landete auf dem Teppichboden. Der zweite auf dem Sofa. Ein paar Tropfen fielen noch auf die Zeichenblätter, die für immer weiß bleiben sollten.
Als der Indio schließlich merkte, dass Duarte aufgehört hatte zu spielen und unter seinem linken Arm hindurchsah, stand er auf, knöpfte sich die Hose zu und rannte hinaus. Die Tür fiel krachend ins Schloss.
Die beiden Freunde sahen sich nie wieder, und Duarte spielte nie wieder Beethoven.

## *Der Tod des Indios, die Unverträglichkeit mit den Romantikern und der Blutfleck*

Als die Nachricht wie ein Windhauch von Mund zu Mund getragen wurde und es keinen Raum für Zweifel und Irrtümer mehr gab, spielte Duarte bereits seit geraumer Zeit keinen Beethoven mehr. Weder Beethoven noch einen anderen der Komponisten, die in den achtzig Jahren nach Beethovens Tod in den bedeutendsten Städten Europas auf die eine oder andere Weise in dessen Fußstapfen getreten waren. Duarte hatte die Romantik schlicht und einfach aus seinem musikalischen Vokabular gestrichen. Laut den Worten seines Lehrers war das, als würde ein Fußballer sich weigern, den Ball zu spielen, sobald dieser sich außerhalb des Strafraums befinde. Selbst für einen Torwart wäre so etwas undenkbar.

Doch dem war so, und da Duarte lange vor seiner Unverträglichkeit mit Beethoven und den Romantikern bereits eine Unverträglichkeit mit Mozart festgestellt hatte, wenngleich in diesem Fall aus rein persönlichen, eher kleinlichen Gründen, konzentrierten sich seine musikalischen Studien nun auf zwei scheinbar unzusammenhängende Epochen, deren Schnittmenge – wie Duarte entdecken sollte – jedoch alles andere als eine leere Menge war: den Barock, mit speziellem, sich natürlich ergebendem Fokus auf Bach, und den

Expressionismus, dessen prominentester Vertreter der unwahrscheinliche Hindemith war.
Doch es war Beethoven, an den Duarte sich erinnerte, als ihm die Nachricht zu Ohren kam: Die Leiche des Indios sei in einem Keller aufgefunden worden, der einst als Lagerraum für ein Restaurant diente, dessen Spezialität mit Koriander gewürzte Schweinsfüßchen und Garnelen-Omelettes waren, das aber – nachdem einer seiner Besitzer wegen Mordes an seinem Partner und seinem Bruder zu dreizehn Jahren Gefängnis verurteilt worden war und die Erben, zwei Söhne des ermordeten Partners sowie Ehefrau und Tochter des mordenden Partners, sich als unfähig erwiesen hatten, das Geschäft weiterzuführen – irgendwann dichtmachte und sich zunächst in eine Ruine verwandelte, anschließend in eine Höhle für Kleindealer und Drogensüchtige und zuletzt zu einer der wichtigsten Adressen für den Konsum und Handel mit Heroin, Haschisch und Marihuana wurde und von seiner treuen Kundschaft, aus welchen Gründen auch immer, pompös »Das Heiligtum« genannt wurde.
Die Todesumstände des Indios waren noch geheimnisumwittert und ihre Aufklärung wurde einem unverzüglich zum Tatort geeilten Sonderkommando der Kriminalpolizei unterstellt, welches mit einem, zumindest in diesen Breiten, nie gesehenen technischen Apparat ausgestattet war, der die neugierigen Schaulustigen zutiefst beeindruckte.
Man sperrte den Tatort ab und versiegelte ihn, suchte nach Indizien, sammelte Zeugenaussagen und ordnete die Autopsie des Leichnams an.
Das Wenige, das man wusste, wusste man von dem Deutschen und dem Fanã, jenen beiden Drogensüchtigen, die den Leichnam entdeckt und Alarm geschlagen hatten, wodurch sich die Einnahme ihrer ersten Tagesdosis um ein paar

Minuten verzögerte. Und unter den berichteten Details gab es eines, das, weil es unterschiedlichste Assoziationen zu wecken vermochte – seien es moralische, morphologische oder ästhetische –, am Ende fast bedeutsamer wurde als die Tatsache, dass er tot war. Sie erzählten nämlich, der Indio, der über einem Stapel Bierkisten gelegen habe, sei splitternackt gewesen und man habe ihm den eigenen abgeschnittenen Penis in den Mund gesteckt.

Alles deutete darauf hin, dass der Deutsche und Fanã die Wahrheit sagten, denn die Berichte der beiden stimmten nicht nur überein, sondern erwiesen sich auch auf längere Sicht als konsistent. Und als man sie über die Eier, die Eier des Indios, befragte, ob die auch abgeschnitten worden seien, waren sowohl der Deutsche als auch der Fanã maßvoll genug zuzugeben, dass man das nicht habe erkennen können, weil alles so blutüberströmt gewesen sei, und deshalb hätten sie so schnell wie möglich von dort fortgewollt.

Duarte erfuhr über seine Mutter vom Tod des Indios.

Die Mutter fragte ihn mit allergrößter Vorsicht, als liefe sie über dünnes Eis: »Dieser Freund von dir, der dir die Zeichnung geschenkt hat, die in deinem Zimmer hängt, hieß der nicht Indio?«

Duarte bejahte dies.

Dann fragte sie, ob sie noch Umgang miteinander pflegten, ob sie sich noch sähen.

Duarte sagte, sie sähen sich schon seit einiger Zeit nicht mehr.

»Warum?«, fragte die Mutter, und Duarte zuckte mit den Schultern, als wollte er die Sache damit abschließen.

Da trat die Mutter zu ihm und sagte: »Er ist gestorben. Offensichtlich hat man ihn heute Morgen tot aufgefunden.«

Und mehr sagte sie nicht. Mehr fragte sie auch nicht. Denn

sie sah seine Augen. Denn sie sah seine Hände. Seinen Bauch. Die Beine. Die Lippen. Die Finger. Die unmenschliche Anstrengung, einen Schrei zu unterdrücken. Die Wut. Die Liebe. Und als sie das alles sah, als sie das alles spürte, fiel sie auf die Knie und zog ihn in ihre Arme.

Fünf Tage später wurde der Leichnam des Indios, nachdem er fein säuberlich mit dem Skalpell zertrennt worden war, an die Familie zurückgegeben, damit sie die gebührenden Bestattungsrituale durchführen konnte. Gegen vier Uhr nachmittags kam er ins Leichenschauhaus, wo in der Totenkammer bis um zehn Uhr des folgenden Morgens die Totenwache abgehalten wurde.

An diesem Morgen lief Duarte zwischen zwanzig nach neun und zehn Uhr zwölfmal um die Kirche herum. Nicht dass ihm der Mut gefehlt hätte einzutreten, nein, das hatte er zu keinem Zeitpunkt beabsichtigt. Er versuchte lediglich, eine tröstliche Distanz zu wahren, oder wenigstens eine für ihn erträgliche Distanz. Eine Distanz, bei der er sich nicht zu nah und auch nicht zu fern fühlte.

Im Zuge dieser Suche hatte er sich zudem eine schwierige Aufgabe gestellt, nämlich ausgehend von einem Kanaldeckel, der gleichzeitig Anfangs- und Endpunkt war, in jeder Runde drei Schritte weniger zurückzulegen als in der vorherigen.

Die neun ersten Runden klappten wunderbar, doch als er mit der zehnten fast fertig war, also in der Runde, in der er bereits dreißig Schritte weniger machen musste als in der Anfangsrunde, sprach ihn ein blondes Mädchen an, das vor dem Portal der Leichenhalle eine Zigarette rauchte. Ein Mädchen, das ihm während der letzten beiden Runden schon aufgefallen war.

Das Mädchen trat näher und fragte ihn, ob er ein Freund ihres Bruders gewesen sei.

Duarte zögerte mit der Antwort, antwortete dann aber mit ja.
Da sagte das Mädchen, dass sie ihn erkannt habe.
Duarte zeigte sich überrascht.
Das Mädchen erklärte: Sie habe ihn nicht deshalb erkannt, weil sie ihn schon einmal gesehen habe, sondern aufgrund einer Zeichnung des Bruders, die über seinem Nachtschränkchen hinge. Es sei eine Zeichnung mit einem Jungen, der Klavier spiele.
Das Mädchen fragte Duarte, ob er Klavier spiele.
Duarte bejahte.
»Die Zeichnung trifft dich sehr gut«, antwortete sie und verschwand, die Zigarettenkippe wegwerfend, mit einem korpulenten Mann, vermutlich dem Angestellten des Bestattungsunternehmens, der ihr Bescheid gegeben hatte, dass es nun losgehe.
Duarte bemerkte noch, dass auf der Zigarettenkippe der Abdruck des roten Lippenstifts des Mädchens zu sehen war.
Dann drehte er zwei weitere Runden, bereits ohne die Schritte zu zählen, und beobachtete, wie der Kleinbus des Bestattungsunternehmens losfuhr zum Friedhof. In dem Auto saßen, den Sarg begleitend, die Mutter und die beiden Schwestern des Indios: seine einzige Familie.
Keine Freunde, keine Nachbarn, keine Bekannten. Es formierte sich kein Trauerzug. Der Verkehr lief ganz normal weiter. Und wieder einmal musste Duarte an Beethoven denken. An Beethovens berühmtes Begräbnis, das vor über hundertfünfzig Jahren annähernd zwanzigtausend Menschen in den Straßen von Wien versammelt hatte. Die ihm danken wollten, und sei es auch nur seinem Beitrag für die Musik. Und daran, dass er sich an einem weit zurückliegenden Tag im Mai überlegt hatte, dass auch sein Freund Indio,

wenn er einmal Abschied nähme von der Flüchtigkeit der Dinge, eine solche Bezeugung verdient hätte, seines Talents, seines umfassenden, fundierten Œuvre wegen. Und dass er selbst traurig und stolz einen der sechs goldenen Griffe des Sargs in die Hand nehmen würde.

Niemals mehr öffnete Duarte einen der drei Hefter, in denen unter den merkwürdigen Bezeichnungen IMA, IQO und IGA der künstlerische Nachlass des Indios verwahrt war. Der Eisberg war somit der einzige sichtbare Beweis für sein Talent, zumindest bis zu dem Tag, an dem sich der Nagel löste, mit dem das Bild an der Wand befestigt war, wodurch ihm das Schicksal widerfuhr, auf dem Kleiderschrank im Schlafzimmer einzustauben, wo sich bereits ein Mikroskop, eine elektrische, drei Oktaven umfassende Orgel der Marke Casio, ein Cowboy-Hut und ein Globus befanden.

Duarte setzte sich auch nie wieder auf das Sofa, das in die Kulturgeschichte eingegangen wäre, hätten sich denn je seine Erwartungen erfüllt, weil darauf der Indio gesessen hatte, um seine erste umfassendere Werkgruppe zu beginnen – eine Serie von zweiunddreißig Klaviersonaten –, mit der er eine neue Kunstepoche, einen programmatischen und konzeptionellen Umschwung einläuten sollte, der Kulturhistorikern und -biographen späterer Jahrhunderte großes Kopfzerbrechen bereiten würde.

Doch das war nicht eingetroffen. In Wirklichkeit hatte sich der Indio zum Klang des ersten Satzes der Klaviersonate Nr. 26 und der ersten neun Noten und einiger weiterer Takte des zweiten Satzes derselben Sonate einfach nur einen heruntergeholt.

Der Stoff des Sofas wirkte samten, obwohl man nicht mit Bestimmtheit sagen konnte, dass es Samt war. Und auch nicht, was es sonst sein könnte. Die Farbe bot ebenfalls Anlass zu zahlreichen Spekulationen. Für die Mutter war es ein trockenes Grün. Für den Vater, der der Meinung war, trocken und grün passe eher zu einem Wein als zu einer Farbe, war es ein helles Braun. Nur in einer Hinsicht waren sich alle einig, das Sofa war ein Ausbund an Robustheit und Bequemlichkeit. An dem Tag, als sechs starke Arme es auf den Wohnzimmerboden stellten, schworen alle, niemals ihre Füße darauf zu legen. Und auch nicht darauf zu essen. Und auch nicht zu rauchen. Und keine Zeitung darauf abzulegen. Nicht einmal darauf zu schlafen.

Daher ist es nur verständlich, dass Duarte in Panik geriet, als es ihm nicht gelang, den Spermafleck, den der Indio darauf hinterlassen hatte, ordentlich zu beseitigen. Zuerst versuchte er es mit Klopapier. Dann mit einem feuchten Tuch. Anschließend mit Gallseife. Der Fleck erinnerte an eine Schnecke, die nicht nur gewunden war, sondern sich auch noch zu bewegen schien.

Die Wahrheit zu erzählen kam für Duarte nicht in Frage: Mama, Papa, der Indio, ein Schulkamerad von mir, der hat sich hier einen runtergeholt, als ich ihm netterweise die 26. Klaviersonate vorgespielt habe. Er konnte auch nicht einfach sagen, dass er von nichts wisse. War er doch der Einzige im Haus, der überhaupt von etwas wissen konnte. Also fühlte er sich in der Pflicht, die Schuld auf sich zu nehmen, eine Schuld, die, wenngleich sie eine verdiente Strafe nach sich zöge, dennoch keine Schande wäre, und für ihn war sonnenklar, dass das nur über eine Lüge möglich war.

Er hatte also eine knappe halbe Stunde Zeit, um sich eine Lüge auszudenken, die einerseits ihren ersten, wichtigsten Zweck erfüllte – die Wahrheit zu verschleiern –, ihn aber gleichzeitig nicht auf feige Weise jeder Verantwortung enthob.

Er kam auf die Idee zu sagen, es sei Joghurt. Damit gäbe er zu, eine der fundamentalen Regeln der korrekten Sofa-Nutzung verletzt zu haben, weil er darauf zum Fernsehen Joghurt gegessen hatte. Doch als er die Kühlschranktür öffnete, stellte er fest, dass er nach einer anderen Lösung suchen musste.
Er könnte sagen, er habe nach der Schule einen Spatz im Wohnzimmer vorgefunden, der auf das Sofa gekackt hatte. Dass der Vogel vermutlich durch das Fenster im Wintergarten hereingekommen und es äußerst schwierig gewesen sei, ihn einzufangen. Aber dann stellte er sich den Vater vor, der am nächsten Tag wie ein Verrückter durchs Viertel zöge und versuchte, sämtliche geflügelten Tiere mit der Steinschleuder zu töten. Schlimmer noch: Jeden Vogel fragte, ob er den Hurensohn kenne, der auf sein Sofa gekackt habe.
Er könnte sich darauf übergeben. Sich auf dem Sofa übergeben, und dann käme es sowieso nicht mehr darauf an. Er aß hintereinanderweg vier Bananen und anschließend ein Schinkenbrötchen. Trank ein Glas eiskalte Milch. Wartete zehn Minuten ab und steckte sich dann den Finger in den Hals. Nichts. Der krampfartige Husten löste fast eine Ohnmacht bei ihm aus.
Die Zeit wurde knapp. Er hörte, wie der Aufzug gerufen wurde. Da erspähte er auf der rosa-weiß gesprenkelten Marmorplatte, wo in der *Record*-Ausgabe auf grünem Hintergrund »Die Stunde der Wahrheit« zu lesen war, eine Schere. Er stach sich leicht in den Daumen der linken Hand. Ein Tröpfchen Blut benetzte die Haut. Er quetschte den Finger aus. Das Tröpfchen schwoll ein wenig an, war aber dennoch zu wenig. Er atmete tief durch, schloss die Augen und stach tiefer. Das Blut begann nun unkontrolliert zu strömen. Er wickelte sich das Taschentuch aus seiner Hosentasche um

den Finger, auf welches, wie bei allen Taschentüchern, die der Großvater ihm geschenkt hatte, in einer Ecke ein D gestickt war. Es war blau. Verschiedene Blautöne bildeten ein Schachbrettmuster. Das D war in das dunkelste Blau gestickt worden. Er kniete neben dem Sofa nieder. Löste vorsichtig das zerknitterte Taschentuch.
Da erinnerte sich Duarte, dass sein Großvater bestimmte Briefe stets mit einem dicken Lacktropfen versiegelt hatte, auf den er dann, solange der Tropfen noch weich war, einen goldenen Ring mit den gotischen Lettern MA presste, die sich auf dem Lacktropfen AM lasen, Augusto Mendes. Duarte presste seinen Finger auf den Spermafleck des Indios und verschmierte ihn mit Blut.

# VIERTER TEIL

## *Der Barbier Alcino*

Es gab nur einen freien Stuhl, und auf diesen Stuhl setzte sich Duarte. Nicht nur, weil er leer war, sondern weil es der Barbier Alcino gewesen war, der ihm im Namen des ganzen Ladens einen guten Morgen gewünscht hatte.

Bei den meisten Barbieren, die in dieser Zeit gerade die Bezeichnung Frisöre anzunehmen begannen, um der von ihnen ausgeübten Tätigkeit besser gerecht zu werden, war die Anzahl der Stühle größer als die der arbeitenden Barbiere. In manchen Fällen doppelt so groß. In äußersten Fällen sogar fünf Stühle auf einen einzigen Barbier. Was vielleicht weniger einen Rückgang der Kundschaft signalisierte – schließlich waren die Auswirkungen der Landflucht und des Marcelistischen Frühlings sowie der massiven Rückkehrerwelle aus Afrika stärker zu spüren denn je –, sondern die in neun Jahrhunderten allzu oft deutlich gewordene Unfähigkeit, Angebot und Nachfrage ins Lot zu bringen.

Dieser Tendenz deutlich widersprechend, gab es im Salon Playboy genau die gleiche Anzahl von Stühlen wie Barbieren: vier. Und das war für Duarte immer ein Grund gewesen, diesem Frisörsalon den Vorzug zu geben.

Alles in allem hatte er sich bereits achtzehnmal in den Salon Playboy begeben, und zwar stets mit der Absicht, sich die Haare schneiden zu lassen. Da er im Gegensatz zu zahlreichen anderen Kunden, in der Regel Männer mit Halbglatze und dicken Goldarmbändern, keine bestimmte Vorliebe für einen der vier Barbiere hatte, hätte man erwarten können, dass jeder von ihnen ihm wenigstens vier Mal die Haare schnitt. Oder wenigstens drei Mal. Dieser simplen arithmetischen Erwartung widersprach die Realität jedoch gründlich.

An erster Stelle kam Silvino, mit elf Haarschnitten. Silvério lag auf dem zweiten Platz, mit vier. Den dritten Rang belegte Júlio, der drei Mal Gelegenheit gehabt hatte, seine quietschende Schere über Duartes Kopf zu schwingen. Übrig blieb also Alcino, der ihn aus irgendeinem unerklärlichen Grund oder einer simplen Dysfunktion des Zufalls bislang nie bedient hatte.

Diese Ergebnisse könnten zu der Annahme verleiten, dass Alcino im Salon Playboy der Barbier war, der in der Kundengruppe mit Stammfrisör die größte Anhängerschaft hinter sich vereinte, wodurch die Wahrscheinlichkeit, dass er Duarte bediente, auf natürliche Weise schwand. Diese Argumentation weiterführend wäre Silvino dann der unbeliebteste Barbier, da er sich jenen Kunden widmete, die es aus mangelnder Anspruchshaltung oder schlichtweg aus Unfähigkeit, ihren Willen zu bekunden, dem Zufall überließen, sie an einen der vier Stühle zu führen.

Duarte verspürte einen gewissen Widerwillen, diese Hypothese für gültig zu erklären. Einen Widerwillen, der nicht Frucht einer rationalen Überlegung, sondern rein affektiver Natur war. Silvino hatte ihm bereits elf Mal die Haare geschnitten, und er hatte nicht den geringsten Grund zur Klage gehabt. Nicht die kleinste Verletzung. Keine Kotelette länger als die andere. Kein schiefer Pony. Nichts. Und trotzdem war Silvino nicht sein Lieblingsfrisör geworden,

da es Duarte nämlich immer schon schwergefallen war, Vorlieben zu entwickeln.
Andererseits hatte Duarte es sich auch angewöhnt, den Salon Playboy nicht an Tagen mit viel Betrieb zu besuchen. Er vermied die Tage vor Weihnachten. Die Osterwoche. Die ersten Tage im August. Den neunzehnten März. Den ganzen Oktober. Die erste Januar-Hälfte. Lokale Feiertage von Nachbargemeinden. Daher fand er, wenn er die Glastür zum Salon Playboy öffnete, die vier Barbiere oder zumindest drei, meist rauchend, Zeitung lesend, Lottozahlen vergleichend, Kreuzworträtsel lösend oder einfach nur ihre Nagellänge prüfend vor. In diesen Fällen war es immer Silvino, der freiwillig seine Pause unterbrach und ihn, die brennende Zigarette noch zwischen den Lippen, im Namen des ganzen Ladens begrüßte und aufforderte, Platz zu nehmen, stets im zweiten Sessel vom Fenster aus. Vielleicht haben Barbiere ja auch ihre Lieblingskunden und Duarte war Silvino vom ersten Tag an sympathisch gewesen.
Welches auch immer die komplizierten Gesetze der Zuteilung eines bestimmten Barbiers auf einen bestimmten Kunden waren, an diesem Morgen erlebte Duarte ein völlig neues Szenario: Silvério schien auf dem überdimensionierten Kopf von Senhor Walter Spitzenklöppelei zu betreiben. Schwer zu sagen war, ob Senhor Walters Glatze einem verfrühten Haarausfall oder einem steten, übermäßigen Wachstum seines Schädels geschuldet war. Silvérios Strategie bestand jedenfalls darin, die obere Hälfte des Kopfes mit den überschüssigen Haaren von den Seiten zu bedecken und diese mit Hilfe eines komplexen Knotensystems zu verbinden. Senhor Walter war Besitzer eines der renommiertesten Elektrogeschäfte, und er hatte einmal seine Frau, Dona Fátima, in der Kühltruhe erwischt, zusammen mit

einem seiner Angestellten: Jorginho, der seitdem nie mehr in den Salon Playboy kam.
Auf dem nächsten Stuhl hatte Silvino im buschigen Kraushaar Senhor Eusébios gerade die Überreste einer Fahrkarte gefunden, einer Rückfahrkarte Queluz–Rossio. Eigentlich hieß Senhor Eusébio gar nicht Eusébio, sondern Pedro. Das wussten aber nur ein paar wenige Menschen, und einmal fragte ihn einer dieser Menschen, warum er Eusébio genannt werde, wenn er doch eigentlich Pedro heiße. Senhor Eusébio gestand, dass er das nicht wisse, und erzählte, er sei bereits als Kind von seinen Eltern so genannt worden.
Neben ihm pfiff Júlio gerade *O Sole Mio*, wobei das Surren seiner Scheren vage an Casimiro Ramos' Gitarre erinnerte, wenn dieser Alfredo Marceneiros Fado *Casa da Mariquinhas* begleitete. Júlio war technisch der Versierteste der vier Barbiere, ein wahrer Künstler. Ein Talent, das sich weniger im Endergebnis zeigte als in der pompösen Darbietung. Er wohnte in der Bahnhofsstraße mit einem dreißig Jahre jüngeren Mann zusammen. Laut Júlio war der Junge sein Neffe. Sohn einer Schwester, von der noch nie jemand gehört hatte, und die angeblich kürzlich verstorben sei. Doch nur wenige glaubten diese Geschichte, und am Ende gab es im Viertel zwei Fraktionen: diejenigen, die glaubten, der Junge sei sein Sohn, und diejenigen, die glaubten, der Junge sei sein Geliebter. Letztere Fraktion hatte schließlich mehr Anhänger, zumindest von dem Tag an, als sich Júlio als überhaupt erster Mann im Viertel die Haare färbte, in einer Farbe, die laut Packung den Namen Cashew trug, während er gleichzeitig die Präsidentschaftskandidatur Diogo Freitas do Amarals unterstützte, indem er stolz einen grünen Mantel mit Wahlaufklebern trug.
Aus diesen Gründen war es also der Barbier Alcino, der Du-

arte, kaum dass er den Salon Playboy betreten hatte, einen guten Tag wünschte und damit seine Bereitschaft signalisierte, ihn zu bedienen. Noch ehe Duarte sich jedoch erstmals auf den hintersten Stuhl setzen konnte, bemerkte er etwas, das ihm seltsamerweise noch nie aufgefallen war. Etwas, das bei einem Barbier berechtigterweise als höchst bedeutsam erachtet werden musste: Alcinos Hände zitterten wie Espenlaub. Sie schienen von widerstreitenden Impulsen und von keiner eindeutigen Absicht geleitet zu werden.

Unverkennbar war auch die Schwierigkeit, die es dem Barbier Alcino bereitete, Duarte den riesigen, vom Hals bis zu den Füßen reichenden Umhang zuzubinden. Dann besprengte er sein Haar mit Wasser und drückte schließlich die Zigarette aus, die seit Urzeiten zwischen seinen Lippen zu brennen schien. Duarte fühlte sich, als stünde er kurz vor der ersten Abfahrt in der Achterbahn, doch genau in dem Augenblick, als der Barbier Alcino zur Schere griff, verschwand das Zittern. Die beiden Hände vollführten Bewegungen von absoluter Präzision. Sowohl die Hand mit der Schere als auch die mit dem Kamm. Als hätte sein Gehirn sich im entscheidenden Augenblick schreiend Respekt verschafft: »Auf geht's, Kinder, jetzt wird es ernst«, ein Befehl, den die Hände wie zwei ausgelassene, aber gehorsame Kinder befolgten.

Doch jedes Mal, wenn der Barbier Alcino die Schere ablegte, um die Haare erneut mit Wasser einzusprühen oder die Höhe des Stuhls anzupassen oder Haare von Stirn, Nase und Nacken zu pinseln, kam das Zittern wieder. Die fahrigen Kinder kehrten unruhig in die Pause zurück. Gleichermaßen ungewöhnlich war, dass in den Augenblicken, da der Barbier Alcino die Schere erneut in die Hand nahm und seine Hände wieder ein untadeliges Benehmen an den Tag

legten, seine Lippen offensichtlich außer Kontrolle gerieten. Sie spitzten sich. Dehnten sich. Kreisten. Als kaute der Barbier Alcino einen Kaugummi, der zu groß war für seinen Mund, welchen er aber dennoch, wenngleich mit Mühe, geschlossen halten konnte.
Duarte stellte sich vor, dass sich im Körper des Barbiers Alcino, ausgelöst durch irgendeine merkwürdige Krankheit, ständig eine viel größere Menge an Energie bildete, als der Barbier Alcino für sein Barbierdasein benötigte. Und dieser Energieüberschuss wurde, damit der Barbier Alcino nicht explodierte, über die Hände freigesetzt, die wie eine Art Ventil funktionierten. Waren aufgrund irgendeiner höheren Gewalt die Hände nicht in der Lage, diese Funktion auszuüben, traten die Lippen in Funktion, die die nächste Stufe dieses Sicherheitssystems waren. Und griffe der Barbier Alcino etwa einmal zur Schere, während er beispielsweise rauchte, finge er womöglich an, mit den Augen zu zwinkern oder unkontrolliert auf den Boden zu stampfen.
Duarte stellte sich den Barbier Alcino als Zehnjährigen vor: Mit fürchterlicher Handschrift und kaum in der Lage, sich alleine anzukleiden, die Hemdknöpfe zuzumachen, die Schnürsenkel zu binden, Murmeln, Billard, geschweige denn Snooker oder Domino zu spielen, im Stehen zu pinkeln, ein Glas Wasser von der Küche ins Wohnzimmer zu tragen oder eine Münze aus der Geldbörse zu fischen, ohne dass alle anderen auf den Boden fielen. Die Eltern natürlich in größter Sorge um die Zukunft ihres Sohnes Alcino. Bis sie eines Tages sehen, wie er nach einer Schere greift, und da erblicken sie auf einmal Licht am Ende des Tunnels, wenn nicht gar ein Wunder: Ihr Sohn wird Barbier werden, der beste Barbier des Salons Playboy.
Duarte ist sich nicht sicher, ob der Barbier Alcino wirklich

der beste Barbier des Salons Playboy ist, doch er glaubt, dass er der einzige Barbier auf der ganzen Welt ist, der seinen Kunden das Gefühl vermittelt, gerade einem Unglück entronnen zu sein. Mehr noch: etwas Wundersames erlebt zu haben. So, wie manche Malereien uns nicht ihrer ästhetischen Qualitäten wegen rühren, sondern weil wir wissen, dass sie von Kindern ohne Arme gemalt wurden.
Duarte schien Alcinos Erfolgsgeheimnis herausgefunden zu haben, und als der seine Arbeit für beendet erklärt und ihm von hinten einen kleinen Spiegel hinhält, sieht Duarte in dem großen Spiegel vor sich nicht nur sein eigenes Bild unendlich oft reproduziert, sondern auch das des Barbiers Alcino an seiner Seite, unerschütterlich auf seinem endlos langen Weg. Und in diesen kurzen Augenblicken scheinen sowohl seine Hände wie auch seine Lippen Ruhe zu geben.

## *Die Gesangslehrerin*

Als die Gesangslehrerin »Unser Duarte« sagte, wandte Duarte sich um, weil er sehen wollte, ob sonst noch jemand im Raum war.
»Unser Duarte.«
Seine Großeltern hatten ihn immer so genannt: »Unser Duarte«, »Unser Enkel Duarte«, »Unser Duarte Miguel«.
Selbst nach ihrer Verwitwung sprach die Großmutter weiterhin von »Unser Duarte«, was Duartes unangenehmes Gefühl, der Großvater würde ihn vom Himmel aus beobachten, noch verstärkte.
Doch in dem Raum war sonst niemand. Nur er und die Gesangslehrerin. Und dieses erste »unser«, das man auch nur als zweifachen Fehler hätte betrachten können – zum einen grammatikalisch, wegen des Plurals, zum anderen inhaltlich, weil etwas Besitzergreifendes mitschwang –, und das im Übrigen auch zweifach passend war wegen des slawischdeutschen Akzents der Lehrerin, nahm in Duartes Kopf auf einmal eine unerwartet erotische Färbung an, als handelte es sich um eine Einladung oder die Ankündigung eines Geständnisses.
Duarte wusste nicht, dass die Lehrerin in Bratislava geboren war. Und auch nicht, dass ihre Kindheit mit der Ermordung des Vaters – der ein hochrangiges Mitglied der slowakischen

Kommunistischen Partei gewesen war und trotz seiner versöhnlichen, liebenswerten Art und seiner bescheidenen politischen Ambitionen eine der vielen Säuberungswellen nicht überlebt hatte, mit denen das Regime von Zeit zu Zeit seine Hygiene wieder herstellte – ein jähes Ende fand.
»Die Schattenseiten unseres Berufes«, sollte dreißig Jahre später, an einem Tisch im Lissabonner Sheraton-Hotel, jener Mann sagen, der ihn hatte hinrichten lassen. Womit er sich aber gar nicht auf seine Henker-Vergangenheit und auch nicht auf die erbitterten Machtkämpfe bezog, die die Großmächte sich gerade lieferten, sondern auf die Tatsache, dass er, seit die Mauer gefallen war, nur noch ein Fünftel des Jahres mit seiner Familie verbrachte, während die anderen vier Fünftel in Flugzeugen, Hotelzimmern und auf todlangweiligen Sitzungen mit Bankern und Industriellen aus der Zementbranche vergeudet wurden.
»Die Schattenseiten des Kapitalismus«, sollte er noch hinzufügen.
An dem Tisch würden außer dem Sprecher noch zwei Banker und ein Vertreter der Zementindustrie sitzen. Und alle sollten sie sich lachend ihre Zigarren anstecken.
Deshalb wusste Duarte auch nicht, dass die Gesangslehrerin als Mädchen nach einer spektakulären Flucht der Mutter – welche nicht nur die Diplomatie und die Polizei beschämte, sondern gar drei Grenzposten in den Selbstmord trieb –, niemals wieder durch Bratislavas schöne Straßen schlenderte, dennoch aber die ersten Jahre ihres Exils an den Ufern der Donau verbrachte, gar nicht so viele Kilometer flussaufwärts, nämlich in Wien, wo sie jeden Sonntag, nachdem sie im Stephansdom lange Gebete für den Vater zum Himmel gesandt hatte, Papierschiffchen in den gewundenen Fluss warf – Schiffchen, die über die Strömung Hoffnungsbot-

schaften an ihre unter dem Joch böser Männer lebenden Landsleute transportierten.
Duarte wusste nichts von alledem. Gar nichts. Nicht einmal, dass die Gesangslehrerin als Mädchen zur Sopranistin wurde, als sie ein Schumann-Lied sang, ein Lied, das so begann, *Tief im Herzen trag' ich Pein,* und dann weiterging mit *muss nach außen stille sein*, und dass das vermutlich die Verse waren, die die großartige Sopranistin im Kopf hatte, als sie, noch nicht wissend, dass es Verse von Camões waren, als Camões ihr vermutlich noch gar kein Begriff war, einen Vertrag mit der Wiener Oper zerriss, um in eine Art zweites Exil zu gehen und einfache Gesangslehrerin am Konservatorium von Lissabon zu werden.
Eigentlich wusste Duarte nichts über sie außer ihrem Namen, der voller »i«, »v« und »h« war und einen umgekehrten Zirkumflex trug – ein Name, über den Duarte stundenlang brütete, als wäre er ein Anagramm oder die Zahlenkombination eines Safes –, und ein paar im Flur aufgeschnappten Gerüchten, denen er mit gespieltem Desinteresse höchst aufmerksam gelauscht hatte.
Demnach galt es als nahezu sicher, dass die Gesangslehrerin eine Liebesbeziehung zu einem Cellisten des Gulbenkian Orchesters unterhielt, einem gewissen Gonzalez, Argentinier, der enge Hosen und Ringe liebte und mit derselben Leichtigkeit Gedichte von Borges und Mallarmé auswendig hersagte, wie er, ebenfalls auswendig und mit demselben Strahlen in den Augen, die sechs von Mario Alberto Kempes bei der Fußballweltmeisterschaft 78 geschossenen Tore nacherzählen konnte und sich vielleicht deshalb, wegen der Hosen, der Ringe, der Gedichte und der Tore von Kempes, in seinem Orchester den Ruf eines Schwulen eingehandelt hatte.

Andererseits galt es ebenfalls als nahezu sicher, dass die Gesangslehrerin, vielleicht nebeneinanderher oder auch alternierend, je nach Anlässen und Verfügbarkeiten, Arbeitszeiten und freien Tagen, Exkursionen und Seminaren, Gelüsten und Aversionen, eine Liebesaffäre, diesmal rein sexueller Art, mit einer Röntgenärztin des Capuchos-Krankenhauses unterhielt, die sie über diesen Gonzalez kennengelernt hatte, dessen Freundin und möglicherweise auch Geliebte besagte Ärztin geworden war, als der Cellist einmal wegen einer Fraktur des linken Ringfingers, die ihm gute vier Monate lang das Cellospielen untersagte, in dieses Krankenhaus gekommen war.
Bot das Liebesleben der Gesangslehrerin auch Anlass zu verschiedenartigen Spekulationen, Mutmaßungen und Zweifeln, so lag das dennoch weniger an einem offen promisken Auftreten als an einer Reihe von Merkmalen, mehrheitlich körperlicher Natur, die unwiederbringlich zur Herausbildung dieses vermeintlichen Lebenswandels und gar zu einer Charakterdefinition beitrugen.
In diesem Prozess spielten die Brüste und der Hintern der Lehrerin eine entscheidende Rolle – die Brüste, die zwischen Mai und September, wie einmal jemand bemerkte, an bestimmte Madrigale von Monteverdi erinnerten. Der Hintern, ebenfalls Objekt vielfältiger metaphorischer, hyperbolischer und sogar onomatopoetischer Würdigungen, erlebte seinen Höhepunkt wiederum, als ein Oboist, ein schüchterner Junge, dem ein Ohr fehlte, ihn mit dem zweiten Satz von Mozarts 24. Klavierkonzert verglich. Angesichts der fragenden Blicke seiner Kollegen erklärte er: »Die Welt scheint stillzustehen. Die Zeit steht still. Nichts ist mehr wichtig. Alles hält inne.« Worauf alle unisono mit einem »Ja, verdammt« antworteten.

Und selbst jene Aspekte, die eigentlich Anlass zu Geringschätzung hätten bieten können – und das waren bei näherer Betrachtung gar nicht so wenige –, gereichten in den Augen der Bewunderer nur dazu, das vermeintlich laszive Temperament der Gesangslehrerin zu betonen und somit die Hoffnung aller auf eine Affäre mit ihr zu stärken.
Für Duarte waren es nicht wirklich Hoffnungen. Natürlich hatte er sich bereits vorgestellt, wie er die Gesangslehrerin vögeln würde, doch so, wie er sich auch vorgestellt hatte, Rui Jordão millimetergenaue Pässe zuzuspielen. Es waren lediglich Träumereien, ohne weitere Auswirkungen auf das reale Leben als ein kurzes Glücksgefühl zwischen zwei Bahnstationen. Und so, wie er nie ins José-de-Alvalade-Stadion gegangen war, um sein fußballerisches Können unter Beweis zu stellen, hatte er auch niemals etwas unternommen, um von der Gesangslehrerin wahrgenommen zu werden. Im Gegenteil. Nur über Anonymität gelang es ihm, irgendeine Verbindung zu den Objekten seiner Begierde herzustellen.
Und das änderte sich auch nicht groß, als er einmal mit zwei kräftigen Ohrfeigen von ihr wiederbelebt wurde. »Schwächeanfall«, hatte sie mit ihrem slawisch-deutschen Akzent gesagt. Flauer Magen. Unterzuckerung. Erschöpfung. »Iss einen Berliner Pfannkuchen mit Eiercreme. Dann geht es dir besser.« Das tat er. Und kaute dann auf einer Plombe herum, die sich aus einem Zahn gelöst hatte. Mit einem Abdruck auf der linken Wange, der sich bis zum Abendessen hielt.
In den darauffolgenden Wochen tat Duarte jedes Mal, wenn sie einander begegneten, so, als würde er sie nicht sehen. Er bückte sich, um die Schnürsenkel auf- und wieder zuzubinden, als hinge von der Vollkommenheit der Knoten, von der

akkuraten Symmetrie der Bänder, von der gleichmäßigen Kräfteverteilung auf die Ösen nicht nur das Wohlbefinden seiner Füße, sondern sein Leben ab. Er suchte Dinge in seinen Taschen. Dinge von größter Bedeutung. Putzte sich die Nase. Rupfte mit den Zähnen Härchen von den Fingern. Rieb sich die Augen. Stellte die Uhr auf die entferntesten Zeitzonen um. Fing an, die Partituren durchzusehen, die er gerade dabeihatte.

Bis der Tag kam, als er, während er das Präludium b-Moll BWV 867 spielte, aufs Klavier fiel wie eine Marionette, deren Fäden plötzlich gekappt worden waren.

Obwohl der Aufprall auf dem Klavier ihn sofort wiederbelebte, wurde erneut die Gesangslehrerin gerufen, als handelte es sich um einen von ihr betreuten klinischen Fall. Sie kam angelaufen. Setzte sich neben ihn. Duarte presste sich ein Taschentuch auf die Augenbraue, ein Taschentuch in verschiedenen Grüntönen, die ein Schachbrettmuster bildeten, auf das in einer Ecke, in dem dunkelsten Grün, ein D gestickt war. Die Gesangslehrerin hielt Duartes Hand und nahm vorsichtig das Taschentuch ab, um zu sehen, wie schlimm die Verletzung war. Dann hielt sie ihm den rechten Zeigefinger vor die Augen. Führte ihn von einer Seite zur anderen. Fühlte seinen Puls. Zog ihm die Augenlider nach unten. Fragte ihn, ob er glaube, gehen zu können. Half ihm, sich aufzurichten, und führte ihn in einen angrenzenden Raum, der leer und nur schwach beleuchtet war. Setzte ihn auf einen Stuhl. Fragte ihn, ob er sich besser fühle. Ging kurz hinaus. Kam mit einem Erste-Hilfe-Köfferchen in der Hand wieder. Einem weiß-roten Köfferchen. Sie öffnete das Täschchen und sagte »Unser Duarte«, während sie eine Gaze-Kompresse nahm und sie doppelt faltete.

Und vielleicht blieb deswegen, wegen ihres vorübergehenden Beschäftigtseins, das »Unser Duarte« in der Luft hängen und wartete auf ein Prädikat, wenigstens ein Prädikat, das ihm einen Sinn verleihen würde, während Duarte, das Subjekt, das ebenfalls in der Luft hing, sich umsah, ob sonst noch jemand im Raum wäre, jemand, der dieses »unser« gerechtfertigt hätte.

Doch da war sonst niemand. Die Gesangslehrerin befeuchtete gerade eine Ecke der Kompresse mit einer Tinktur. Sie kam näher. Hielt mit der linken Hand seinen Kopf fest. Ihr Daumen auf seiner Stirn. Die übrigen Finger auf seinem Haar. Fest. Jede Flucht verhindernd. Jede Bewegung. Und dann legte sie die jodgetränkte Kompresse auf die Wunde und beendete, als man es schon nicht mehr erwartete, ihren Satz: »muss zusehen, dass er was gegen diese Ohnmachtsanfälle unternimmt.«

Doch im Augenblick hatte Duarte bereits seine Hände unter ihre Bluse geschoben, in Richtung Busen.

Angesichts der Passivität der Gesangslehrerin, die er als Erlaubnis weiterzumachen deutete, setzte Duarte seinen Vorstoß fort: Er schob den BH nach oben und suchte die Brustwarzen, die gleich mit der ersten Berührung steif wurden. Er zog die Hände wieder heraus und löste die Knöpfe der Bluse: drei Knöpfe. Er begann, an ihren Brüsten zu lecken, um die Brustwarzen herum, die immer größer zu werden schienen. Härter. Er saugte daran. Leckte und saugte abwechselnd. Gierig.

Die Gesangslehrerin fuhr mit dem Verarzten fort, als passierte ein paar Zentimeter tiefer, an ihrem eigenen Körper, gar nichts. Bis sie schließlich einen Verband über der Wunde befestigte, sich losmachte, ihren BH ordnete, die drei Blusenknöpfe zumachte und mit ihrem unverwechselbaren slawisch-deutschen Akzent sagte: »Unser Duarte sollte et-

was mehr Vernunft in diesem Köpfchen haben.« Dann ging sie hinaus, das Erste-Hilfe-Köfferchen unterm Arm.
In den darauffolgenden Tagen flüchtete Duarte vor der Gesangslehrerin, und er bedauerte es, dass er nicht Kontrabass spielte, das einzige Musikinstrument, das gleichzeitig als Versteck dienen konnte: Er spähte die Flure aus, die Säle, öffnete vorsichtig die Türen einen Spalt breit, schloss sich in der Toilette ein, achtete auf Gerüche, auf das Klackern hoher Absätze, auf blonde Haare, auf Intervalle, Kopfstimmen, Akzente. In verblüffendem Zickzacklauf bewegte er sich durch die Flure, als versuchte er, sich vor Scharfschützen in Sicherheit zu bringen.
Seine Nervosität legte sich nur dann für ein paar Stunden, wenn er in den Briefkasten sah und feststellte, dass kein Brief darin war, der die Eltern zu einer Unterredung bitten würde. Zu einer dringenden Unterredung. Einer Unterredung, deren einziger Tagesordnungspunkt sein ungehöriges Verhalten gegenüber einer Lehrkraft war.
Der Brief kam nie an, doch das Zusammentreffen ließ sich irgendwann nicht mehr vermeiden: Die Gesangslehrerin erwartete ihn, hinter einer Tür versteckt. Kaum dass Duarte seinen Kopf in den Flur steckte, um zu prüfen, ob die Luft rein sei, sprang sie ihm entgegen, packte ihn am Arm und führte ihn, Zufall oder nicht, in denselben Raum, in dem sie Wochen zuvor auch gewesen waren.
Sie sagte: »Duarte, du verhältst dich wie ein Dummkopf. Wie ein Blödmann. Wie ein Verrückter, der vor mir flüchtet. Noch verrückter, als du sowieso schon bist.«
Dann lachte sie schallend, nahm seine Hände und sagte: »Du hast wunderbare Hände. Das ist eine Gabe. Eine äußerst seltene Gabe. Falls du wieder zur Vernunft kommst, wirst du viel bessere Brüste berühren als die meinen.«

Sie lachte erneut. Doch das Lachen verlor sich sogleich in den schwachen Lichtstrahlen, die durch die Ritzen der Jalousien drangen. Sie machte eine kleine Pause, als müsste sie Atem holen, blickte zu Boden, und in diesem Augenblick überschattete eine unerwartete Traurigkeit ihre Augen. Eine Traurigkeit, die Duarte bei ihr nie für möglich gehalten hätte. Und es war, als entdeckte Duarte unter der zerbrochenen Maske nicht nur jene unauslöschlichen Narben, die die Jahre ihr dort zugefügt hatten und die der sichtbare Beweis für ihren ganzen Kummer, ihr ganzes Pech waren, sondern auch die Scherben, die Trümmer der Kindheit jener Gesangslehrerin, jenes zur Waise gewordenen Mädchens, jenes exilierten Mädchens, das zur Frühlingszeit in Wien Papierschiffchen ins Donauwasser setzte, in der Hoffnung, Wind und Strömung würden sie bis nach Bratislava bringen.
Schließlich blickte die Gesangslehrerin auf und sagte: »Sieh zu, dass du was gegen diese Ohnmachtsanfälle unternimmst. Wir wollen nicht, dass dir was Schlimmes zustößt.«
Sie küsste ihn auf die Wange. Drückte seine Hände. Und als sie schon fast an der Tür war, wandte sie sich, die Maske des Glücklichseins bereits wieder dort, wo sie hingehörte, noch einmal um und fügte hinzu: »Duarte, du bist unser ganzer Stolz.«
Duarte blieb noch ein paar Minuten sitzen. Allein. Oder in Gesellschaft dieses letzten Satzes: »Duarte, du bist unser ganzer Stolz.« Und wieder einmal empfand Duartes Kopf dieses »unser« nicht als zweifachen Fehler – grammatikalisch, wegen des Plurals, inhaltlich, weil etwas Besitzergreifendes mitschwang –, doch diesmal nahm es auch keine erotische Färbung an. Es wurde zu einem Vorboten, zu einem Gefühl der Verlassenheit, einer grenzenlosen Einsamkeit.

# FÜNFTER TEIL

## *Der Arzt, der Bach liebte*

Der Arzt begann damit, ihn nach Alter, Gewicht und Größe zu befragen. Dann wollte er etwas über Allergien wissen. Über Ernährungsgewohnheiten. Rauchen. Alkoholkonsum. Drogen. Schlafgewohnheiten. Chronische Krankheiten. Operationen. Familiäre Vorbelastungen. Literarische Neigungen. Lieblingsfußballvereine. Sexualleben.
Der Arzt trug am kleinen Finger der linken Hand einen goldenen Ring, auf dem in gotischen Lettern die Buchstaben H und C eingraviert waren. So lauteten nicht die Initialen seines Namens oder des Namens, unter dem der Arzt bekannt war, was Duarte zu der Überlegung veranlasste, der Ring stamme vielleicht von jemand anderem. Es war jedoch ein Männerring, ohne Zweifel. Vielleicht vom Vater. Oder vom Großvater. Oder von einem Onkel. Oder einem Bruder. Oder sogar von einem Sohn. Auf jeden Fall von jemandem, der bereits verstorben war. Und von jemandem, dessen Finger dünner gewesen waren, denn der kleine Finger war für Duarte immer eine Notlösung, wenn es um das Tragen von Ringen ging. Außer natürlich bei einem Wappenring. Aber das hier war kein Wappenring, obwohl man ihn auf den ersten Blick dafür halten konnte. Es war ein Ring mit Initialen. Im gotischen Stil.
Während Duarte antwortete, machte der Arzt sich hiero-

glyphische Notizen auf einem Din-A4-Blatt. Einem weißen. Unlinierten. Das ordentlich auf der Mahagoniplatte des Schreibtischs lag. Er schrieb mit einem schwarz-grün gestreiften Pelikanfüller, der einen angenehmen, intensiven Geruch nach Tinte verströmte.

Als das Vorgespräch beendet war, lehnte der Arzt sich im Stuhl zurück und bat Duarte, alle drei Ohnmachtssituationen zu beschreiben, und zwar so ausführlich, wie es ihm sein Gedächtnis erlaube.

Das tat Duarte und achtete dabei auf die chronologische Reihenfolge. Er beschrieb die Umstände. Versuchte, nichts zu vergessen, was ihm bedeutsam oder für eine klinische Analyse des Falls relevant erschien. Er bemühte sich, nicht zu dramatisieren, und das gelang ihm so gut, dass er am Ende das Gefühl hatte, nicht über sich selbst zu sprechen, sondern über jemanden, den er kaum kannte. Eine Empfindung, die sich mit jedem neuen Satz, den er von sich gab, verstärkte, als löschte sich der Teil seiner Geschichte, den er in Erinnerung rief, dadurch aus oder gehörte einfach nicht mehr ihm.

Der Pelikanfüller ruhte nun auf dem Blatt und wies eine Feder auf, von der Duarte wusste, dass sie aus Iridium war. Iridium. Mit dem Symbol Ir. Und er wusste, dass es sich dabei laut Periodentabelle um ein Übergangsmetall mit der Ordnungsnummer 77 handelte. Ein seltenes. Das kürzlich aufgrund einer Theorie, die das Aussterben der Dinosaurier mit einem riesigen Krater auf der Halbinsel Yukatan in Mexiko in Verbindung brachte, berühmt geworden war. Laut einigen Wissenschaftlern war dieser Krater nämlich vor über sechzig Millionen Jahren durch den Einschlag eines Asteroiden entstanden. Was nicht nur zur Folge hatte, dass die Dinosaurier ausstarben, sondern dass dort überall Iridium

freigesetzt wurde. Außerirdisches Iridium. Das zumindest behaupteten die auf Stratigrafie spezialisierten Geologen. Menschen, die ihr ganzes Leben lang an Steilküsten hingen oder in tiefen Löchern steckten, um an Gesteinsformationen unsere Vergangenheit abzulesen. Schicht für Schicht.
Während Duarte sich mit jedem Satz leerer und leerer fühlte und sich dabei fragte, ob das Iridium, aus dem die Federspitze des Pelikanfüllers gefertigt war, wohl von dem berühmten Asteroiden, jenem Dinosauriermörder, stammte, versuchte der Arzt, mal mit Daumen und Zeigefinger, mal mit Daumen und Mittelfinger, mal sogar mit allen dreien gleichzeitig, den goldenen Ring zu drehen. Doch sämtliche Versuche scheiterten, wobei nicht zu erkennen war, ob dieses Unvermögen ihm Grund zu Besorgnis oder zu Erleichterung war.
Es begann zu dämmern, und je sanfter das von den Polyestervorhängen gefilterte Straßenlicht wurde, umso lauter wurden die Geräusche der Krankenwagen, der Flugzeuge, der über die Bürgersteige gezerrten Kisten mit Flaschen, der Hupen, der Verabredungen treffenden Studenten, des allgemeinen Ladenschlusstumults, der Wassereimer, der Besen, der gestapelten Stühle, der Aufzüge.
Duarte beendete seinen Bericht über die drei Vorfälle auf die gleiche Art, wie er ihn begonnen hatte: Er schlug die Beine übereinander. Der Arzt knipste die Stehlampe neben dem Schreibtisch an, wodurch die umliegenden Gegenstände wieder eine konkrete Existenz annahmen, und das trug eindeutig dazu bei, dass wieder eine tiefe Stille in dem Sprechzimmer einkehrte.
Bis der Arzt ihn fragte, ob die Musik, die er gespielt habe, in allen drei Fällen dieselbe gewesen sei. Duarte bejahte dies, in dem Bewusstsein, diese Tatsache bislang verschwiegen zu

haben. In allen drei Fällen habe er ein Präludium von Bach gespielt. Der Arzt wollte wissen, welches Präludium. Duarte antwortete: das BWV 867 in b-Moll. Und um diese Tatsache abzuschwächen, fügte er hinzu, er habe es vorher schon viele Male gespielt. Hunderte Male.

Der Arzt fragte ihn dennoch, ob er irgendetwas an diesem Präludium als besonders empfinde: die technischen Anforderungen, die Emotionalität, etwas, das es von allen anderen Bach-Präludien unterscheide. Und ehe Duarte ihm antworten konnte, fragte er noch, ob das Präludium in einem dieser beiden berühmten, von Bach herausgegebenen Büchern enthalten sei, von denen ein jedes aus vierundzwanzig Präludien und vierundzwanzig Fugen bestand, womit Bach sämtliche Tonlagen von C-Dur bis h-Moll abdeckte.

Duarte war beeindruckt von den Bach-Kenntnissen des Arztes. Und er bejahte das. Ja, es sei Teil des ersten Bandes des *Wohltemperierten Klaviers*. Und dann überraschte er sich selbst, indem er noch einmal bejahte. Ja, er empfinde an diesem Präludium etwas als besonders. Nicht nur am Präludium, sondern auch an der dazugehörigen Fuge. Und seine große Angst, die größte Angst seines Lebens sei es, dass das, was er bisher nur in diesen beiden kleinen Stücken finden könne, sich früher oder später wie eine ansteckende Krankheit auf das Gesamtwerk von Bach übertrage. So, wie es ihm bereits mit Beethoven ergangen sei. Aber bei Beethoven sei das ja sogar verständlich. Oder zumindest nicht allzu schwer nachvollziehbar. Der sei ja ganz offensichtlich krank gewesen. Aber Bach. Bach habe einen Stall voller Kinder gehabt. Habe den ganzen Tag nur gesungen. Einen gesunden Appetit gehabt. Nirgendwo auf der Welt hätte es einen glücklicheren Menschen geben können. Er habe komponiert wie jemand, der in aller Herrgottsfrühe

aufsteht, um Trauben zu ernten. Bei Bach sei so etwas nie zu erwarten gewesen.
Hier machte Duarte eine Pause, die der Arzt sogleich nutzte, um ihn zu fragen, was das sei. Was das sei, das er bereits bei Beethoven entdeckt habe und nun in diesen beiden Bach-Stücken wiederfinde.
Duarte antwortete, ohne den Blick von dem auf dem Blatt abgelegten Pelikanfüller abzuwenden: »Einsamkeit und Tod.«
Nach einem langen Schweigen fragte der Arzt, ob ihn dieses Gefühl ebenfalls überkomme, wenn er diese Musik von anderen Pianisten gespielt höre.
Duarte antwortete, er höre niemals Musik. Er besitze keine Platten. Gehe nicht in Konzerte.
Der Arzt fragte ihn, ob er Musik liebe.
Darauf wusste Duarte keine Antwort.
Der Arzt fragte ihn, warum er angefangen habe, Klavier zu spielen.
Duarte sagte: »Nicht ich habe angefangen, Klavier zu spielen. Das waren meine Hände.«
Das Gesicht des Arztes öffnete sich zu einem Lächeln. Zu einem Lächeln, das viel länger anhielt, als man hätte erwarten können, und das nicht nur ein vollkommenes Verständnis für das soeben Vernommene verriet, das Verständnis eines Menschen, der begriffen hatte, dass dies keine rein rhetorische Antwort gewesen war, sondern gleichzeitig auch eine Art Komplizenschaft. Und eine Traurigkeit. Als hätte er gerade einen Leidensgenossen gefunden.
Der Arzt griff zu dem Pelikanfüller und ordnete auf einem weißen Blatt Blut- und Urinuntersuchungen, ein EKG, ein Elektroenzephalogramm und ein CT an. Dann erhob er sich und begleitete Duarte ins Wartezimmer, wo dessen

Mutter wartete. Er verabschiedete sich von den beiden mit einem Händedruck und bat sie, ihn anzurufen, sobald die Ergebnisse da seien. Dann wandte er sich an seine Helferin und erklärte die Sprechstunde für beendet. Er wünschte ihr ein schönes Wochenende.
Der Arzt kehrte ins Sprechzimmer zurück und zog die Tür hinter sich zu. Er blickte auf das Blatt auf seinem Schreibtisch. Zerriss es in acht Teile und warf die Schnipsel in den Papierkorb. Er griff zum Hörer und wählte eine Nummer. Nach fünfmaligem Klingeln teilte ihm eine Stimme vom Band mit, dass der Anruf derzeit nicht entgegengenommen werden könne, und forderte ihn auf, nach dem Signalton eine Nachricht zu hinterlassen. Er legte auf. Trat ans Fenster. Spähte zwischen den Vorhängen hindurch. Es war bereits dunkel. Er sah, wie seine Helferin in ein Auto stieg, das mit blinkenden Warnleuchten bereit stand. Wartete darauf, dass das Auto losfuhr. Doch die Fahrertür ging auf, ein Mann in einem dunkelblauen Trainingsanzug kam heraus und lief schnurstracks zu der Telefonzelle auf der anderen Straßenseite. Die Helferin kurbelte ihr Fenster ein Stück herunter und zündete sich eine Zigarette an. Ihr Gesicht konnte er nicht erkennen. Nur den rechten Arm und die Beine. Und die Hand, jedes Mal, wenn sie durchs geöffnete Fenster die Asche abstreifte. Der Mann in dem dunkelblauen Trainingsanzug überquerte erneut die Straße und wandte sich an die Assistentin. Nach einem kurzen Wortwechsel überquerte er wieder die Straße und ging zu der Telefonzelle. Doch die war nun besetzt, mit einer Frau darin. Der Mann in dem blauen Trainingsanzug überquerte wieder die Straße, offenbar schien er nicht warten zu wollen, stieg ins Auto, schaltete die Warnblinkanlage aus und fuhr los. Das Beifahrerfenster war bereits hochgekurbelt. Der Arzt setzte

sich wieder an seinen Schreibtisch. Griff zum Hörer und wählte eine Nummer. Dieselbe Stimme von vorhin teilte ihm mit, dass der Anruf derzeit nicht entgegengenommen werden könne. Und sie forderte ihn erneut auf, nach dem Signalton eine Nachricht zu hinterlassen. Er wartete auf den Ton und sagte: »Stolz scheint mir kein sinnvoller Ausdruck von Liebe zu sein. Nicht mal von Eigenliebe. Ich werde am Wochenende die ganze Zeit zu Hause sein. Und auf einen Anruf warten. Oder auf einen Besuch. Ich küsse dich.«

Er legte auf. Schloss die Schreibtischschubladen ab. Zog die Jacke an. Löschte die Lichter. Sperrte die Tür ab. Ging die Treppe hinunter. Trat auf die Straße. Machte sich auf den Heimweg. Betrat ein Café. Bestellte ein Schnitzel im Brötchen und dazu ein dunkles Bier. Kaufte eine Schachtel Zigarillos. Trat wieder auf die Straße. Öffnete die Tür zu seinem Haus. Rief den Aufzug. Betrat die Wohnung. Kleidete sich aus. Betrachtete sich im Badezimmerspiegel. Völlig nackt. Nur der Goldring am kleinen Finger der linken Hand, im Spiegel am kleinen Finger der rechten Hand. Er überlegte zu masturbieren, ließ es jedoch sein. Duschte. Schlüpfte mit dem noch feuchten Körper in einen weißen Bademantel.

Auf dem Boden, an einer der Wohnzimmerwände aufgereiht, mehrere Holzkisten mit hunderten von Schallplatten. In der Kiste für Bach suchte er unter verschiedenen Variationen, Suiten, Partiten und Toccaten, Konzerten und Passionen das Präludium und die Fuge in b-Moll aus dem ersten Band des *Wohltemperierten Klaviers.* »The Well-Tempered Clavier, Book 1 / Preludes and Fuges 17-24«, las er auf dem Cover, das Glenn Gould mit Stirnlocke und Krawatte zeigte. Ein Wahnsinnstyp. Was für grandiose Finger. Lauter kleine Finger. Mindestens dreißig kleine Finger an jeder Hand hatte dieser Schwachsinnige.

Er legte die Platte auf den Teller, die B-Seite. Dann nahm er den Bügel und setzte die Nadel, von der er wusste, dass sie aus Iridium war, auf der zweiten Leerrille auf. Er zündete sich ein Zigarillo an und legte sich aufs Sofa.

Das ganze Wochenende über verließ er nicht das Haus. Zog den Morgenmantel nicht aus. Ging nicht ans Telefon. Empfing keinen Besuch.

## *Der Holocaust*

In Duartes Traum waren es achtundzwanzig Regalbretter, die die Wände seines Zimmers fast gänzlich bedeckten. Und die existierten in Wirklichkeit auch. Anfangs waren es nur zwei gewesen, und er hatte vorgehabt, seine Partituren chronologisch zu ordnen. Die Vorstellung, die zeitliche Entwicklung der Musik auf unmissverständliche Weise veranschaulicht zu sehen, gefiel ihm. Doch es gab so viele Zweifel an den genauen Daten, zu denen bestimmte Werke publiziert wurden, und noch größere Zweifel, was ihren jeweiligen Entstehungszeitraum betraf. In bestimmten Fällen, wie dem der ersten beiden Klavierkonzerte Beethovens, wurde das zuerst komponierte Werk als das zweite bezeichnet und als Opus 19 veröffentlicht, das danach komponierte hingegen als das erste und als Opus 15 publiziert.

Und war es bereits schwierig genug, eine stimmige Chronologie innerhalb des begrenzten Universums der Werke eines einzelnen Komponisten zu etablieren, so erwies sich die Aufgabe, dieses Universum auf die Gesamtheit der Werke verschiedener Komponisten einer Epoche auszuweiten, als schier unmöglich. Denn oftmals verfügte man über keine weiteren Informationen als das Publikationsjahr, und bestimmte Jahre waren einfach teuflisch kompliziert, wie Duarte zu seiner Verzweiflung feststellen musste.

Er hatte seine Lehrer befragt, Meinungen von Kennern eingeholt, sich in Bibliotheken vergraben, hatte mit der wertvollen Hilfe seiner Mutter Briefe nach Leipzig, Wien, Berlin, Bonn, Warschau, New York, Buenos Aires und Paris geschrieben. Es kamen lediglich drei Antworten: Die aus Warschau war erhellend; die aus Paris verdichtete nur den Nebel, der über den Jahren 1834 und 1902 lag, und die aus Buenos Aires besagte lediglich, dass der Mensch, an den sie den Brief gerichtet hatten, bereits verstorben war.
Nach neun Wochen begnügte Duarte sich schließlich mit der alphabetischen Reihenfolge. Zumindest die Namen der Komponisten schienen eindeutig zu sein: Bach, Bartók, Beethoven, Berg, Bizet, Brahms, Bomtempo, Clementi, Chopin, Czerny, Debussy, Field, Grieg, Haydn, Hindemith, Liszt, Mendelssohn, Mozart, Prokofjew, Rachmaninow, Satie, Schönberg, Schostakowitsch, Schubert, Schumann, Skrjabin, Webern.
Doch als er alle Partituren eingeräumt hatte, gefiel ihm nicht, was er sah. Zu institutionell. Zu viele »B« und »S«. Satie eingepfercht zwischen Rachmaninow und Schönberg: zwei Exilierte in Amerika, der eine vor den Kommunisten geflüchtet, der andere vor den Nazis, und beide voreinander. Er hatte Mitleid mit dem Franzosen. Fand, dass seine *Gymnopédies* und seine *Gnosiennes* mit ihren kleinen, Bilder von Karussells und Zuckerwatte, Spaziergänge durch Montmartre und rauchende Tänzerinnen mit spindeldürren Beinen evozierenden Dissonanzen zwar nicht zum Weltbesten zählten, eine dermaßen feindlich gesonnene Gesellschaft indes auch nicht verdient hatten.
Er versuchte es mit einer anderen alphabetischen Ordnung, diesmal nach Vornamen: Alban, Alexander, Anton, Arnold, Béla, Carl, Claude, Dmitri, Edvard, Erik, Franz,

Franz, Frédéric, Georges, Jakob, João, Johann, Johannes, John, Joseph, Ludwig, Muzio, Paul, Robert, Sergej, Sergej, Wolfgang.
Die vertraute Beziehung, die sich ganz unerwartet zwischen ihnen einstellte, gefiel ihm. Als wären sie alle Schulkameraden. Oder Kinder, die aus ein und demselben Waisenhaus stammten. Kinder, denen gleich bei der Geburt die Nachnamen abgenommen worden waren. Kinder unbekannter Eltern, was vielen von ihnen sicher gefallen hätte. Und er fand, dass ihre Nachnamen, gelinde gesagt, lächerlich klangen – Mendes zwischen Mendelssohn und Mozart, Lourenço zwischen Liszt und Mendelssohn –, ihre Vornamen jedoch – Duarte zwischen Dmitri und Edvard, Miguel zwischen Ludwig und Muzio – keine schlechte Figur machten. Und so blieben sie. Und so vermehrten sie sich und machten stets neue Regalbretter nötig.
Das Sammeln der Partituren war längst zu einem Prozess geworden, der unabhängig von seiner musikalischen Ausbildung und zudem in einem viel schnelleren Rhythmus erfolgte. Und er unterlag keinen ästhetischen oder formalen Kriterien. Sondern drängte sich einfach durch die Unerbittlichkeit der Zahlen auf. Duarte verspürte einen Sammelzwang, und der Gedanke, es könnte womöglich noch lebende Komponisten geben, die Klaviermusik schrieben, quälte ihn. Wie viele Sonaten hatte dieser geschrieben? Wie viele Nocturnes jener? Wie viele Präludien? Wie viele Bagatellen? Wie viele Konzerte? Wie viele Trios? Wie viele Suiten? Wie viele Impromptus? Wie viele Fugen? Wie viele fehlen mir noch?
Er gab keine Ruhe, ehe er nicht alles besaß. Eine neue Partitur, die ihm jemand geschenkt, die er selbst gekauft oder von der er einfach nur eine Fotokopie gemacht hatte, blätterte er

durch und stellte sie an den gebührenden Platz. Dort blieb sie und wartete, bis sie an der Reihe, bis ihre Zeit gekommen war. Duarte fühlte sich gut, wenn sie dort stand, jederzeit verfügbar. Das gab ihm Trost. Ein Gefühl von Sicherheit. Irgendwann würde er die Zeit dafür haben.
Und in dem Maße, wie die Anzahl der Partituren wuchs, wuchs auch die Anzahl der Regalbretter, und umso klarer wurden die Umrisse und Grenzen jenes Universums, in dem Duarte zu leben vorhatte. Ein Universum, das gleichzeitig Zufluchtsort und Mittel zur Flucht war.
Selbst nach der Entzweiung mit Mozart, dem Konflikt mit Beethoven, selbst, als er mit keinem der Romantiker mehr kompatibel war, hielt Duarte die Unversehrtheit dieses Universums aufrecht. Es war wie eine Kapelle, deren Kaplan sich, wenngleich nicht als leidenschaftlicher Atheist, so doch als wütender Skeptiker gegenüber wichtigen Aspekten der Doktrin entpuppt hatte.
Aber in Duartes Traum sollte dieses phantastische Gebilde auf einmal zusammenbrechen: Er betrat das Haus mit sechs Pappkartons und begann mit Wolfgang, dem Wunderknaben. Dem gehätschelten Kind, das den Clown mimte. Ein cleveres Kerlchen, wenn er mit den Noten spielte. Ein Amateur, der nicht in der Lage war, von außerhalb des Strafraums ins Tor zu treffen, sich die kurzen Hosen schmutzig zu machen, zu foulen oder einen 40-Meter-Pass zu schießen, immer nur verspielt, verloren in dem Labyrinth, in das sein Können ihn verstrickte. Außer vielleicht bei dem Konzert in c-Moll, seien wir gerecht, bei dem Klavierkonzert Nr. 24. Da, ja. Da warst du fast ein Mann. Aber da war es schon zu spät, verdammt. Du hattest schon zu viel Zeit damit vergeudet zu sagen, seht mich an, ich bin Mozart. Seht, was ich kann. Und das hier. Und das. Wartet. Wartet.

Ich weiß noch einen Trick, den ich euch zeigen kann. So genial bin ich. Seht, wie ich wichse. Mit meinen Fingerspitzen wichse. Und ihr klatscht alle Befall, verzückt über mein Sperma, das aus euren Mündern rinnt. Wolfgang, du Hurensohn. Oh, Duarte spielt Bach wie ein junger Gott. Was für ein Können. Was für eine Klarheit. Beethoven ist auch nicht schlecht. Vor allem bei den ersten Sonaten. Bei den letzten gibt es aber auch noch ein paar tolle Stellen. Es zählt das Alter. Die Würze. Aber Mozart. Für Mozart gibt es einfach keine Worte. Ihr seid doch alles Hurensöhne, auch der, für den es keine Worte gibt. Und du, kleiner Wolfgang mit der lächerlichen Perücke, wichse ruhig mit deinen Fingern am Schwanz der anderen. Und was dich betrifft, Ludwig, komm mir bloß nicht mit den Geschichten über deinen Vater. Der Alte hat einen über den Durst getrunken, was? Und als deine Mutter starb, wurde es noch schlimmer, stimmt's? Weißt du, mein Vater wacht jede Nacht schreiend auf, weil er glaubt, dass er im Wald von Negern angegriffen wird, und er schluckt täglich vierzig Tabletten, nur um sich, wenn er aufsteht, an den Namen seines Sohnes erinnern zu können. Ah, deine Geliebte, deine unsterbliche Liebe. Welche war es noch mal? Magdalena, die dich für verrückt hielt? Giulietta, die deine Tochter hätte sein können? Erzähl mir bloß nicht, du hättest ihr im Klavierunterricht nicht die Hand zwischen die Beine geschoben. Gib's schon zu. Oder Joséphine, die zwar nicht verheiratet, aber zumindest verlobt war? Oder ihre Schwester, Thérèse? Alles Mädchen aus der Gesellschaft, mein großer Irrer. Ihre Eltern haben dir Geld gegeben, damit du weiterarbeiten, Symphonien und Streichquartette, Konzerte und Sonaten schreiben kannst, und du hast ihre Töchter vernascht. Oder Antonie? Mir deucht, sie war es. Ebenfalls verheiratet, noch dazu mit einem einflussreichen Typen, Donnerwetter, an Mut hat es dir nicht gefehlt. Hast du sie wenigstens vernascht? Ach, hör mir doch auf mit deinen Problemen. Die Ohren zum Beispiel. So ein Pech aber auch. Aber ich sag dir eins: Wenn ich am Bahnhof Rossio aus dem Zug steige, treffe ich an der Ecke zur Calçada do Carmo immer einen Mann, der Akkordeon spielt. O weia, spielt der Mann schlecht! Aber er tut mir leid, und ich geb ihm jedes Mal eine Münze. Er tut mir leid, aber nicht, weil er schlecht spielt. Sondern weil er ohne Augen zur Welt kam. Kannst du dir seine Augen vorstellen? Anstelle der Augen zwei Löcher. So kam er zur Welt. Und jedes Mal, wenn ich ihm eine Münze gebe, schenkt er mir dafür ein Lächeln, zu dem du niemals in der Lage wärst. Komm mir also nicht damit, dass du schlecht hörst. Du hast deine Musik mit deinem ganzen Elend, deinem Leid, deinen Krankheiten, deiner Verrücktheit getränkt. Und übrig geblieben ist ein ekelerregender Gestank, den keiner aushält. Mit welchem Recht? Und ihr alle, die ihr eure Lektion gelernt habt? Franz Peter, willst du nicht antworten? Hat dich so deine Mutter gerufen, damit du deine Suppe essen kamst? Die arme Frau Elisabeth? Franz Peter, komm sofort zu Tisch. Und du Robert, was war eigentlich dein Problem? Du wolltest Geiger werden, aber deine Finger haben das nicht ausgehalten. So ein Mist. Oder war es Clara? Nein. War sie lesbisch? Nein, das kann nicht sein. Du beliebst zu scherzen. Aber das könnte doch auch cool sein. Oder, Frédéric? Du weißt es bestimmt, denn deine Sand war ja offensichtlich auch für beide Seiten offen, oder etwa nicht, Frédéric? Hatte was mit irgendeiner französischen Schauspielerin, an deren Namen ich mich nicht mehr erinnere. Und du, Johannes? Und du, John? Und du, Sergej? Und du, Franz? Und du, Carl? Meine Romantiker, alle stockschwul.

Romantiker und Postromantiker, Spätromantiker und Bastarde, Impressionisten, Expressionisten, Zwölftonmusiker, Atonalisten. Alles Hurensöhne. Verschont mich mit eurem Gejammer. Nur du, Johann. Nur du hast mir niemals Kummer bereitet. Kein einziger Grund zur Klage. Nichts anzumerken, nichts zu beanstanden, Genosse. Nicht mal, als Maria starb, hast du dich gehen lassen. Ein gutes Jahr später hast du Anna geheiratet. So muss es sein. Nimm hin und schweig, es riecht nach Erdbeere, schmeckt aber nach Vanille. Essen, vögeln, spielen. Alles im Sinne der Heiligen Schrift. Da wir gerade von der Heiligen Schrift sprechen, hast du dir das wirklich alles selber ausgedacht oder hat es dir jemand ins Ohr geflüstert? Jemand wie Gott. So wie damals dem Moses auf dem Berg Sinai. Mach dies, mach jenes. Vergiss dies nicht. Nimm jenes noch dazu. Ich kann bis heute nicht glauben, dass diese ganze Musik aus dem Kopf eines einzigen Sterblichen gekommen sein soll, wenn ich dir das mal sagen darf. Fünf Sterne, Kamerad. Kein einziger Grund zur Klage. Nur mein Körper hat es nicht ausgehalten, aber das war nicht deine Schuld. Anfangs dachte ich das zwar, ich geb's zu. Wegen des Präludiums in b-Moll. Ja, dem aus dem ersten Band des *Wohltemperierten Klaviers*. Das klang mir ein bisschen nach Kitsch. Vielleicht, weil dein Sohn gestorben war. Aber du warst nicht schuld. Mein Körper war es, der es nicht ausgehalten hat. Irgendwas an deinem Kontrapunkt ist mit meinem zentralen Nervensystem in Konflikt geraten. Drum musste ich aufhören. Nichts zu machen. Eine Zeitlang habe ich es noch mit Paul versucht. Johann, der Paul würde dir gefallen. Ein stattlicher Kerl. Er hat ein paar Klaviersonaten geschrieben, die sind ein wahres Wunder. Aber keiner hat ihn beachtet. Dich ja übrigens auch nicht. Nur der Händel, der Händel, dieser teuflische Händel. Aber dieser Paul, der hat was. Jedes Mal, wenn ich den vierten Satz der dritten Sonate gespielt habe, fielst du mir ein. Ich dachte: Wenn der gute alte Johann das hören würde, würde er sich freuen. Aber dann ging es nicht mehr. Ich hab es nicht mehr ausgehalten. Es wurde zur Qual. Ging nicht mehr.

Und im Traum nahm Duarte das, was nicht in die sechs Kartons passte, in Plastiktüten mit. Vierzehn Mal lief er zwischen seinem Zimmer und dem Hinterhof seines Wohnhauses hin und her, der gleichzeitig der Hinterhof des Viertels war, wo ein Fußballplatz, von der ersten Generation der hier lebenden Kinder angelegt und an einem lange zurückliegenden São-Pedro-Fest mit allen Ehren eingeweiht, das Ende der asphaltierten Straßen und den Anfang des Brachlands markierte, das sich damals noch endlos weit zu erstrecken schien und sogar friedlich weidende Schafe oder den Sturzflug übende Raubvögel bereithielt.

Hinter einem der Tore machte er zwei Haufen mit den Partituren. Vierhundert Jahre Musikgeschichte. Er zündete ein Streichholz an. Dann noch eines. Und noch eines. Und noch eines. Und noch eines. Und noch eines. Und noch eines. Und noch eines. Und noch eines. Und noch eines. Und noch eines. Und noch eines. Bis die Flammen ein Eigenleben entwickelten und die Feuerzungen gut zwei Meter hoch loderten.

Der Wind trieb den Rauch und die Asche über die Wintergärten, die mit alten Möbeln und medizinischen Enzyklopädien vollgestopft waren, in die Wohnungen. Mit Bildbänden über alte Zivilisationen: Ägypter, Griechen, Römer, Perser, Chinesen, Präkolumbianische Gesellschaften. Singer-Nähmaschinen, dekoriert mit Spitzendeckchen und Porzellantieren. Kupfermörsern. Kautschukbällen. Korkschiffchen. Eiffelturm-Miniaturen. Wellensittichkäfigen. Riesigen Käfigen voller Wellensittiche. Voller Wellensittich-Familien. Jenen Vögeln, die sich vor allem bei den Rückkehrern aus den Ex-Kolonien großer Beliebtheit erfreuten, vielleicht, weil sie ihnen ein wenig das tropische Flair zurückbrachten, und die trotz ihrer schwachen stimmlichen Anlagen, zumindest verglichen mit den bei einem Singvogel erwartbaren, gerade auf Kosten des Kanarienvogels in Mode kamen.

Man hörte Pfiffe. Man hörte Beifallklatschen. Man hörte Beschimpfungen. Und inmitten dieses ganzen Rauchs und Winds lief Duarte wie ein zaudernder Wolf im Hühnerhaus hinter den Partituren her, die aufgrund ihres eher stürmischen Temperaments verzweifelt versuchten, den Flammen zu entkommen.

Im Traum sah Duarte seine Mutter dem Schauspiel beiwohnen, die Stirn gegen die Fensterscheibe gepresst, das Gesicht tränenüberströmt. Der Vater stieg zu Fuß die Treppen hinab, weil es Augenblicke gibt, da ein Mann die Treppe benutzen muss, auch wenn es einen Aufzug gibt. Er stieg also die Treppe hinab und fragte Duarte, ob er Hilfe brauche. Er habe noch eine Flasche Petroleum in der Garage. Dann wäre es einfacher. Ginge schneller. Er wisse, wovon er rede. Ganze Dörfer. Schreiende Mütter. Strohhütten, verstehst du? Mit einem einzigen Streichholz in Brand gesetzt. Die Körper brauchten länger. Der Geruch. Also nahm man Petroleum. Also nahm man Napalm. Und dann ging es ganz schnell.

Als der Holocaust beendet war, zog der Vater ein kleines Behältnis aus der Hosentasche. Ein Gläschen. Er sagte zu Duarte: »Füll hier Asche rein.« Duarte verstand nicht, weder im Traum, noch in der Realität, noch irgendwo sonst. Der

Vater wiederholte »Füll hier Asche rein« und sprach weiter, »damit du nie vergisst, was du getan hast. Damit du einen materiellen Beweis für das hast, was hier passiert ist. Etwas, das du sehen, das du anfassen kannst, damit du Gewissheit hast.« Und der Vater füllte eigenhändig Asche in das Gläschen, während er sprach: »Denn irgendwann wirst du zweifeln. Irgendwann, wenn du es am wenigsten erwartest, wirst du zweifeln, ob das alles wirklich passiert ist. Oder ob es nicht nur ein Traum war. Du wirst schweißgebadet aufwachen. Die Erinnerung hilft dir in solchen Augenblicken nicht viel weiter. Und dann greifst du dir das hier.« Er reichte ihm das randvoll mit Asche gefüllte Fläschchen und fügte hinzu: »Was gäbe ich dafür, ein halbes Dutzend solcher Fläschchen zu besitzen.«
Duarte nahm das Fläschchen und steckte es ein. Er betrat das Haus durch die Garage. Fuhr mit dem Aufzug in den dritten Stock. Bat die Mutter, so schnell wie möglich das Klavier zu veräußern. Schloss sich in seinem Zimmer ein. Ringsum die Trostlosigkeit leerer Regalbretter. Achtundzwanzig leere Regalbretter. Dazwischen, wie im ewigen Eis driftend, der Eisberg, der stärker denn je zu strahlen schien. Duarte stellte das Glas mit der Asche auf den Mahagonischreibtisch und trat zu dem Bild des Indios. Es war ihm noch immer ein Rätsel: so viel Licht. Er legte sich ins Bett und betrachtete es. Wollte nicht zu Mittag essen. Wollte nicht zu Abend essen. Wollte mit niemandem reden. Sich nicht einmal bewegen. Es gab nur ihn und den Eisberg vor seinen Augen. Für immer. Ihn und den Eisberg. Sonst nichts. Sonst niemanden.
Duarte wachte schweißgebadet aus seinem Traum auf. Durch die Ritzen drang noch kein Licht. Im Stockwerk über ihm schien jemand zu weinen. Ihm fiel niemand ein,

der im Stockwerk über ihm wohnte und so weinen könnte. Vielleicht war es ja gar nicht im Stockwerk über ihm. Vielleicht im Nebengebäude. Oder im Gebäude neben dem Nebengebäude. Oder noch weiter weg. An einem Ort, wo es gar keine Gebäude gab. Er spürte, dass seine Nase blutete. Rutschte ans Fußende des Betts. Streckte den Arm nach dem Schreibtisch aus, um die Lampe zu suchen. Doch was seine Hand ertastete, war ein Gläschen voller Asche.

## *Die Mutter und das Ende der Sowjetunion*

Obgleich es ein Samstag war, stand sie früh auf: um Viertel nach acht. Sie zog sich an: Jeans, rote Bluse, Sandalen. Sie frisierte sich: Pferdeschwanz, über die linke Schulter hängend. Sie aß einen Naturjoghurt. Aß eine halbe Banane. Putzte sich die Zähne. Verließ das Haus. Rief den Aufzug, doch das Lämpchen leuchtete nicht auf. Sie wartete sechs Sekunden und drückte erneut den Knopf. Nichts. Sie nahm die Treppe: drei Stockwerke. Die Eingangstür glitt ihr aus der Hand und knallte zu. Sie setzte die Sonnenbrille auf. Betrat das Café. Trank einen Espresso. Verlangte eine Schachtel grüne Kaugummis. Verließ das Café. Ging auf den Marktplatz. Kaufte Äpfel: ein Kilo und hundert Gramm. Birnen: ein Kilo und siebenhundert Gramm. Bananen: neunhundertfünfzig Gramm. Erdbeeren: ein Kilo. Kirschen: ein Kilo und fünfhundert Gramm. Stichlinge: zwölf. Schellfische: zwei. Seebarsche: vier. Stockfisch: einen. Kürbis: ein Viertel. Rüben: zwei. Spinat: ein Bund. Möhren: zehn. Kartoffeln: vier Kilo. Brunnenkresse: ein Bund. Brokkoli: vierhundert Gramm. Blumen: Gerbera. Brot: zwei Mischbrote und zwölf weiße Brötchen. Lupinenkerne: fünfhundert Gramm. Sie verließ den Markt. Setzte die Sonnenbrille wieder auf. Stellte die Tüten fünf Mal auf dem Boden ab, um die Arme auszuschütteln. Betrat das Haus.

Rief den Aufzug. Das Lämpchen leuchtete nicht auf. Sie stieg die Treppen hoch: drei Stockwerke. Stellte die Tüten zweimal auf dem Boden ab: im ersten Stock und zwischen dem zweiten und dem dritten. Sie setzte die Tüten erneut ab, um die Tür aufzuschließen. Brachte die Tüten in die Küche. Setzte sich. Dehnte die Arme. Dehnte die Finger. Trank ein Glas Wasser. Stand auf und ging ins Badezimmer. Pinkelte. Wusch sich die Hände. Ging zurück in die Küche. Räumte die Einkäufe weg: in den Kühlschrank, was in den Kühlschrank gehörte, in die Vorratskammer, was in die Vorratskammer gehörte. Sie stellte die Blumen in einen Krug mit Wasser. Stellte den Krug auf den Wohnzimmertisch. Verließ das Haus. Stieg die Treppen hinab, ohne den Aufzug zu rufen. Die Eingangstür hielt sie gut fest. Sie setzte die Sonnenbrille auf. Ging zwei Straßen weiter. Betrat den Supermarkt. Nahm sich einen Einkaufswagen. Kaufte Milch: vier Liter, halbfett. Kaffee: hundert Gramm. Reis: Langkorn, ein Kilo. Spaghetti: zwei Packungen mit je fünfhundert Gramm. Schinken: Hinterschinken, zweihundert Gramm. Edamer: zweihundert Gramm in Scheiben. Frischkäse: eine Packung mit sechs Einzelportionen. Rote Bohnen: eine Dose mit achthundertfünfundvierzig Gramm. Weiße Bohnen: eine Dose mit achthundertfünfundvierzig Gramm. Kichererbsen: eine Dose mit achthundertfünfzig Gramm. Thunfisch: sechs Büchsen. Eier: Handelsklasse A, zwölf Stück. Mülltüten: dreißig Liter, vier Stück. Spülmittel: ein Liter. Pulver für die Spülmaschine: eine Packung mit zwei Kilo und fünfhundert Gramm. Waschpulver: vierzig Einzelportionen. Kernseife: einen Riegel von vierhundert Gramm. Flüssigseife: zwei Packungen mit je dreihundert Millilitern. Zahnpasta: zwei Packungen. Shampoo: eine Flasche für normales Haar. Spülung: eine Flasche für normales Haar. Joghurt: acht natur, acht Erdbeere, vier Tutti-Frutti. Fruchtsäfte: Apfel, ein Liter, Birne, ein Liter. Natürliches Mineralwasser: vier Flaschen mit je dreiunddreißig Millilitern. Sie verließ den Supermarkt. Ging zwei Straßen weiter. Öffnete die Eingangstür. Stieg die Treppen hoch. Betrat die Wohnung. Räumte die Einkäufe weg: in den Kühlschrank, was in den Kühlschrank gehörte, in die Vorratskammer, was in die Vorratskammer gehörte. Sie schloss sich im Badezimmer ein. Drehte den Warmwasserhahn auf. Prüfte die Temperatur. Wartete ein paar Sekunden ab. Drehte den Kaltwasserhahn ein wenig auf. Prüfte die Temperatur. Steckte den Stöpsel in den Abfluss. Entkleidete sich. Betrachtete sich im Spiegel. Die Füße. Die Beine. Die Hände. Sie dehnte die Finger. Beugte die Arme. Senkte die Arme. Betrachtete die Brüste. Befühlte sie. Maß ihren Umfang. Ihre Festigkeit. Ihr Gewicht. Streichelte die Brustwarzen. Zuerst die linke. Dann die rechte. Die Brustwarzen reagierten sofort. Sie lächelte. Löste den Pferdeschwanz. Schüttelte die Haare aus. Stellte sich auf die Waage: zweiundfünfzig Kilo. Sie drehte die Wasserhähne zu. Legte sich in die Badewanne. Blieb liegen. Völlig untergetaucht. Über der Wasseroberfläche: die Nase und die großen Zehen. Unter der Wasseroberfläche: Stille. Manchmal ein Pochen. Das Herz. Dann erneut Stille. Stille. Stille. Stille. Stille. Stille. Stille. Stille. Stille. Stille. Stille. Stille. Stille. Stille. Stille. Bis sie mit der rechten Hand den Stöpsel unter ihrem Nacken suchte und herauszog. Ihr Körper tauchte langsam auf. Zuerst die Augen. Die Stirn. Dann der Mund. Das Kinn. Die Ohren. Die Brustwarzen. Der Bauch. Die Füße. Die Beine. Die Schultern. Die Arme. Die Hände. Die Finger. Die ganze Frau. Sie stand auf. Seifte Kopf und Körper ein. Drehte die Wasserhähne auf. Hielt sich die Brause über den Kopf.

Über die Brust. Über die Schultern. Stieg aus der Wanne. Wickelte sich in ein weißes Handtuch. Öffnete eine Schranktür. Holte eine Rasierklinge heraus. Hob die Arme und fuhr mit der Rasierklinge über die Achseln. Zuerst über die linke, dann über die rechte. Sie setzte sich auf den Klodeckel. Stellte die Füße auf den Rand des Bidets. Spreizte die Beine. Fuhr mit der Rasierklinge über die Leistengegend. Cremte den Körper ein. Zog sich an: weißes Baumwollkleid. Sie verließ das Badezimmer. Betrat die Küche. Ihr Mann frühstückte gerade: Milchkaffee mit eingetunktem Brötchen. Ihr Sohn frühstückte gerade: nur Milch mit einem Butterbrötchen. Sie wünschten einander einen guten Morgen. Sie hängte das Badetuch auf. Sagte dem Mann, dass der Aufzug kaputt sei. Der Mann sagte, vielleicht sei er ja gar nicht kaputt, sondern nur eine Tür in irgendeinem Stockwerk nicht richtig zu. Sie ging wieder hinaus. Rief erneut den Aufzug. Das Lämpchen leuchtete nicht auf. Sie stieg in den vierten Stock und überprüfte die Aufzugtür. Sie stieg in den fünften Stock und überprüfte die Aufzugtür. Sie ging die Treppen hinunter. Überprüfte im zweiten Stock die Aufzugtür. Überprüfte die Aufzugtür im ersten Stock und drückte den Knopf. Das Lämpchen leuchtete nicht auf. Sie überprüfte die Aufzugtür im Erdgeschoss. Trat auf die Straße. Setzte die Sonnenbrille auf. Nahm die Sonnenbrille wieder ab. Betrat den Frisörsalon. Die Angestellte, die sie stets bediente und außer Frisörin auch noch Seherin und Kartenlegerin war, Muscheln warf und aus der Hand las, sah sie hereinkommen und sagte: »Oh, Dona Paula, was für ein Licht, was für eine gute Aura. Sie sind heute von Engeln umgeben.« Sie antwortete lachend: »Ach was, das ist nur das Weiß, das mir gut steht, meine Liebe.« Dann setzte sie sich auf den Drehstuhl, legte den Kopf in den Nacken, schloss

die Augen und fügte hinzu: »Daniela, heute erfülle ich dir deinen Wunsch. Ich möchte, dass du mich blond machst. Du darfst den Farbton bestimmen, schneiden und frisieren, wie es dir am besten gefällt. Wenn du fertig bist, gib mir Bescheid.« Die Frisörin lachte begeistert auf und nahm die Herausforderung an. Die ganze Zeit über wechselten sie kein Wort. Ihre Augen blieben geschlossen, doch nicht so, als wartete sie gespannt auf eine Überraschung, sondern eher, als gebe sie sich mit Leib und Seele einer Wonne hin. Danielas Hände, die sich einer Unmenge von Hilfsmitteln bedienten, schienen nicht zu zweifeln an dem Weg, den sie einzuschlagen hatten, als wäre dieser Eingriff lange geplant worden. Und in der Tat hatte gleich ab dem Tag, an dem Daniela in dem Frisörsalon anfing, eine Vertrautheit zwischen ihnen geherrscht. Die Frisörin erzählte ihr persönliche Dinge, bat sie um Rat. Zum Dank las sie ihr aus der Hand, legte ihr die Karten und sah nicht nur ihre Zukunft voraus, sondern erriet auch ihre Vergangenheit. Die Vergangenheit vor der Vergangenheit: »Dona Paula, in einem Ihrer früheren Leben waren Sie mal blond. Da bin ich mir ganz sicher. Das müssen wir ausprobieren.« »Ich war mal blond und du auf dem Mond«. Jahrelang ging das so: »Irgendwann lassen Sie sich schon noch darauf ein.« »Und mein Mann kommt hier vorbei und verpasst dir eine Tracht Prügel.« Daniela führte die letzten Ausbesserungen durch, drehte den Stuhl zum Spiegel, seufzte tief, fasste Mut und verkündete: »Es ist so weit, Dona Paula.«
»Ich mach die Augen erst auf, wenn du mir versprichst, mich nie wieder Dona zu nennen.«
Daniela versprach es, und sie öffnete die Augen. Was sie erblickte, war das Gesicht ihrer Mutter, genauso, wie sie es in Erinnerung behalten hatte. Daneben, über ihrer Schulter,

das von Daniela, in dem die Tränen gerade das Make-up verschmierten und zwei Wimperntuscheschlieren auf die noch jugendlichen Wangen zeichneten. Sie blickten einander im Spiegel an. Hielten sich an den Händen. Umarmten sich. Daniela sagte: »Ich wünsche Ihnen alles erdenklich Gute und werde weiterhin für Sie beten.«
Sie setzte die Sonnenbrille auf und verließ den Frisörsalon. Betrat das Café. Bestellte einen Espresso und einen Pastel de Nata. Grüßte einen Nachbarn, der an einem der Tische saß und Kreuzworträtsel löste. Fragte ihn, ob er schon bemerkt habe, dass der Aufzug kaputt sei. Der Nachbar erinnerte sie daran, dass er im Erdgeschoss wohne und daher den Aufzug nie benutze. Sie trank ihren Espresso. Aß ihren Pastel de Nata. Bezahlte. Verabschiedete sich von dem Nachbarn und dem Kellner. Betrat den Schreibwarenladen von Senhor Sabino. Kaufte eine Zeitung. Öffnete die Tür zu ihrem Wohnhaus. Stieg die Treppe hoch: drei Stockwerke. Betrat die Wohnung. Der Sohn fragte: »Hat Papa es schon gesehen?« Sie antwortete: »Nein, noch nicht.« Sie lief durch die Wohnung. Hob Unterhosen vom Boden auf. Strümpfe. Schlafanzüge. Papiertaschentücher. Öffnete Fenster. Wechselte Laken. Stellte die Waschmaschine an. Zog die Schürze über. Schälte acht Kartoffeln. Legte sie in einen Topf mit Wasser. Gab Salz zu. Zündete die größte Herdflamme an. Wusch die Seebarsche. Füllte Wasser in einen Topf. Zündete die mittlere Herdflamme an. Gab Salz und Pfeffer hinzu. Eine Zitronenscheibe. Ein wenig Milch. Als das Wasser kochte, legte sie vorsichtig die Seebarsche hinein. Sie stellte die Flamme auf die kleinste Stufe. Sah auf die Uhr. Ließ es kochen. Stellte den Backofen an. Butterte eine feuerfeste Auflaufform. Legte die Seebarsche hinein. Gab die gekochten Kartoffeln dazu. Streute Pfeffer über das Ganze. Begoss

es mit Zitronensaft. Bedeckte es mit Sahne. Stellte die Form in den Ofen. Sah auf die Uhr. Der Mann kam in die Küche und sagte: »Der Wartungsdienst für den Aufzug ist bereits verständigt, er müsste heute noch kommen.« Er bemerkte die blonden Haare der Frau. Vier Sekunden lang blickte er auf die blonden Haare der Frau. Fast hätte er gesagt: »Du erinnerst mich an jemanden.« Er sagte: »Teufel noch mal.« Dann spähte er in den Backofen. Sie bat ihn, den Tisch zu decken. Der Mann deckte den Tisch. Sie sah auf die Uhr. Spähte in den Backofen. Rief den Sohn. Holte die Form aus dem Ofen. Stellte sie auf den Tisch. Bestreute sie mit kleingeschnittener Petersilie. Sie setzten sich an den Mittagstisch. Der Ehemann fragte, ob sie Wein trinken wolle. Ja, sie wollte. Der Mann füllte ihr Glas. »Was ist nur in dich gefahren?«, fragte er. »Mir war einfach danach«, antwortete sie. Sie aßen Kirschen. Danach zündete der Mann sich eine Zigarette an. Der Sohn stand auf. Sie sagte: »Ich trinke heute keinen Kaffee. Habe heute früh schon zwei getrunken.« Der Mann drückte seine Zigarette in der Soße auf dem Teller aus. Sie räumte den Tisch ab. Brachte die Küche in Ordnung. Hängte Wäsche auf. Stellte die Spülmaschine an. Setzte sich aufs Sofa. Der Sohn verschanzte sich in seinem Zimmer. Sie schloss die Augen. Erinnerte sich an ein Gedicht von Cesário Verde. Stand auf. Suchte das Buch von Cesário Verde. Holte es aus dem Regal. Setzte sich mit dem Buch in der Hand aufs Sofa. Ohne es zu öffnen. Sie ließ es auf ihrem Schoß liegen. Schloss die Augen. In ihrer Erinnerung erstand das Gesicht von Cesário Verde. Nicht hübsch und nicht hässlich. Düster. Melancholisch. Sie erinnerte sich an ihren Vater, der Cesário Verde nicht gemocht hatte. Zu krank. Zu konfus. Der Vater hatte Shakespeare-Sonette auswendig vorgetragen und die Mutter hatte seine Aussprache verbessert. Worauf er erwiderte: »Manchmal vergisst du, dass ich aus Torres Vedras komme. Es ist ein Wunder, das ich überhaupt weiß, wer Shakespeare war.« »Von Grabstätten groß wie Berge«, so hieß das Gedicht, an das sie sich erinnert hatte. Vielleicht war sie eingeschlafen. Sie schreckte auf, als das Telefon klingelte. Der Sohn kam aus seinem Zimmer gerannt und sagte, das Spiel fange gleich an. Sie setzten sich vor den Fernseher. Der Sohn war für Holland. Sie für die Sowjetunion. Der Ehemann war dafür, dass sich jemand verletze, dass das Spielfeld eingenommen werde, dass Panzerwagen aus Moskau kämen, dass es ein Elfmeter-Schießen gäbe und sie für immer und ewig danebenschössen und die Leute nach wer weiß wie vielen Stunden das Münchner Olympiastadion verlassen, die Fernsehsender ihre Direktübertragungen unterbrechen und die Spieler auf dem Rasen zurücklassen würden, die jeden Elfmeter verschossen. Die Sache würde in der UN-Generalversammlung diskutiert werden. Bis van Basten schließlich nach einem Pass von Mühren von der Strafraumlinie aus einen erstklassigen Schuss hinlegte und der Ball in einem unwahrscheinlichen Bogen – der, wie der Sohn scharfsichtig beobachtete, gar nicht zur Schussgeschwindigkeit passte, weshalb sich entweder kurzfristig die Erdanziehungskraft erhöht hatte oder das Phänomen nicht mit den drei Newton'schen Gesetzen, sondern mit der Quantenmechanik erklärt werden musste – über Dassajew hinweg ins Tor traf. Ein wunderschönes Tor, gab sie zu. Ein Sowjet würde niemals ein solches Tor schießen, gestand sie ein. Das war es dann wohl. Siebzig Jahre wissenschaftlicher Sozialismus, Diktatur des Proletariats, fortschrittliche Demokratie, aber eine beschissene Europameisterschaft gewinnen sie nicht, gab sie zu. Na ja, eine haben sie vor wer weiß wie vielen Jahren mal gewonnen. Aber jetzt hätten sie es bitter nötig gehabt. Wo in Sibirien Tausende von Menschen erfroren sind, und dann steht dieser elende van Basten im Münchner Olympiastadion ganz alleine an der Strafraumgrenze. Ein wunderschönes Tor, gestand sie ein. Der Sohn war aufgesprungen und hatte Tor gebrüllt. Der Ehemann war sich sicher gewesen, dass es Abseits war. Der Sohn hatte den Vater für verrückt erklärt, Abseits, wieso denn, so ein Quatsch. Bis der Vater sich nach den zahlreichen Beweisaufnahmen aus den verschiedensten Kameraperspektiven und in unterschiedlichsten Geschwindigkeiten geschlagen gab und sagte, die Vorlage von Mühren sei eine Scheißvorlage gewesen, das Tor von van Basten nur ein Glückstreffer, Dassajew habe schlecht verteidigt und seit Beckenbauer gebe es sowieso keinen richtigen Fußball mehr. Und das einzig Vernünftige, das die Sowjets versucht hätten, sei die Abschaffung der Pfaffen gewesen, und er verstehe gar nicht, warum sie, die sie so eine Betschwester sei, überhaupt zur Sowjetunion halte. Sie antwortete nicht. Ging in die Küche. Wollte den Rest des Spiels nicht mehr sehen. Auch nicht die Pokalübergabe. Auch nicht das Überreichen der Medaillen. Sie wollte gar nichts mehr sehen. Schloss sich in der Küche ein. Kochte Suppe. Kochte Stockfisch mit Sahnesoße. Machte Mousse au Chocolat. Bereitete das Abendessen vor: Rindersteaks mit Pommes frites und Spiegeleiern. Sie setzten sich an den Tisch. Aßen. Der Ehemann zündete sich eine Zigarette an. Rauchte die Zigarette. Drückte die Zigarette in dem schmutzigen Mousse-Schälchen aus. Sie sagte: »Ich habe Krebs.« Sie legte die Hand auf die linke Brust und sagte: »Hier.« Dann sagte sie: »Am Montag werde ich operiert, morgen muss ich ins Krankenhaus.« Dann sagte sie: »Die Speisekammer ist voll, ich habe Stockfisch in Sahnesoße gemacht, er ist im

Kühlschrank, außerdem einen Topf Suppe.« Dann sagte sie: »Im Gefrierfach sind auch Steaks und Hamburger und Koteletts.« Dann sagte sie: »Ich muss mindestens eine Woche dableiben, danach wird man weitersehen.« Mehr sagte sie nicht. Der Sohn begann, Brotbrocken in immer kleinere Stückchen zu zerteilen. Als sie schon zu klein waren, um weiter zerteilt zu werden, nicht mal mit dem Fingernagel, formte er damit ein Häufchen, das von Minute zu Minute größer wurde. Der Ehemann zündete sich eine Zigarette an. Es klingelte an der Tür. Niemand stand auf.

*Waise zu sein ist die traurigste Sache der Welt*

Duarte hatte seine anderen Großeltern nie kennengelernt. Einmal fragte er seine Mutter: »Mama, was ist eigentlich mit meinen anderen Großeltern?«
Die Mutter antwortete: »Die sind schon gestorben.«
Anschließend fragte er sie, ob sie dann Waise gewesen sei. Die Mutter bejahte das, und obwohl sie sagte, ja, sie sei seit ihrem sechzehnten Lebensjahr Waise, aber die glücklichste Waise der Welt, weil sie einen so wunderbaren Sohn habe, hatte Duarte nicht den Mut gehabt weiterzufragen. Er hätte am liebsten geweint. Sich am liebsten sogar übergeben. Waise zu sein war für ihn die traurigste Sache der Welt. Schlimmer, als einarmig zu sein. Schlimmer, als auf einem Auge blind zu sein. Schlimmer, und doch ein Übel derselben Art: eine Anomalie, eine Verkrüppelung. Außerdem vergrößerte die Tatsache, dass seine Mutter Waise war, für ihn auch die Wahrscheinlichkeit, dass er selbst einmal Waise werden würde. Als wäre es eine ansteckende Krankheit. Der man nur durch ein Wunder entkäme.
Angesichts seines verängstigten Gesichtsausdrucks erklärte die Mutter Duarte, dass früher oder später alle Menschen einmal Waisen würden. Und dass das auch gut so sei. Einige mit zwei Jahren, andere mit sechzehn wie sie, andere mit siebzig. »Ich hoffe, du wirst erst mit siebzig Waise«, lachte

sie. Doch sie konnte dem Sohn die Ängste nicht nehmen, der lange Zeit von nichts anderem mehr sprach.
Bis Duarte eines Tages fragte: »Papa, wer war eigentlich Salazar?«
Der Vater antwortete, ohne zu zögern: »Ein linker Abwehrspieler beim FC Belenense.«
Obwohl der Vater dabei ganz ernst wirkte, war diese Antwort gänzlich unvereinbar mit dem Wenigen, das Duarte über Salazar wusste. Er versuchte, es genauer auszudrücken: »Nein, Papa, der böse Salazar, dieser ganz böse Salazar, von dem sie im Fernsehen manchmal reden.«
Der Vater legte seine Brille auf der Zeitung ab, blickte zur Decke, blickte den Sohn an und sagte: »Das war dieses Arschloch, das deinen Großvater umgebracht hat, den Vater deiner Mutter.«
Die Mutter kam aus der Küche angerannt: »António, was soll das?« Duarte wandte sich an sie: »Stimmt das, Mama?« Sie sagte: »Nein, Kind, das stimmt nicht. Hör nicht auf deinen Vater, irgendwann erklärt dir Mama alles.«
Dieser Tag sollte erst ein paar Jahre später kommen. Nicht als Tag, an dem die Mutter ihm erklärte, wer Salazar gewesen war. Nicht als Tag, an dem die Mutter ihm verriet, ob ihr Vater von Salazar ermordet worden war oder nicht. Sondern als Tag, an dem Duarte die zitternde Mutter von einer weiteren Chemotherapie abholte, ihre zarten Schultern umfasste und sie stützte, ihr die Taxi-Tür öffnete und beim Einsteigen half, sich neben sie setzte und gerade sein Sprüchlein »Nach Queluz, bitte« aufsagen wollte, als sie ihm zuvorkam und sagte: »Zum Largo de Camões.«
Der Taxifahrer fuhr auf der Avenida Columbano Bordalo Pinheiro bis zur Praça de Espanha. Dann fuhr er die Avenida António Augusto Aguiar hinunter, wo überraschend

Bauarbeiten durchgeführt wurden. Die beiden circa sechzig Meter voneinander entfernten Polizisten am Anfang und am Ende der Baustelle winkten in unwahrscheinlicher Synchronie. Dampfschwaden stiegen von dem flüssigen Teer auf. Gewaltige Maschinen ließen den Boden erzittern. Der Taxifahrer war verärgert. Er dachte laut über Alternativrouten nach, versuchte es mit Querstraßen, blieb stehen. Im Radio berichteten sie gerade über die Vorfälle auf dem Tiananmen-Platz, über die Hunderttausenden von Studenten, die Hungerstreiks, die Panzer, die diplomatischen Konsequenzen, die Zahl der Verletzten, die Zahl der Toten, die Zukunft Macaus, über den Wind der Veränderung, der von Osteuropa her blies, über Gorbatschow, die Kommunistische Partei Portugals und ihre Orthodoxien, über Cunhal und seine Eigenheiten, über die Reaktionen auf höchster Ebene, die politischen Folgen, über den chinesischen Weg, die Vorgeschichte, Mao, die Maoisten, die Ex-Maoisten.

Die Mutter nahm Duartes rechte Hand zwischen ihre beiden Hände. Sie hätte sagen können »Nicht mal mehr China bleibt uns«, doch sie sagte nichts. Sie lächelte. Hielt Duartes rechte Hand zwischen ihren beiden Händen und lächelte. Ein Lächeln, in dem Resignation und Schmerz lagen.

Endlich überquerte der Taxifahrer die Praça Marquês de Pombal. Die Mutter betrachtete das Ritz. Versuchte, sich an dem Namen des Architekten zu erinnern. Er fiel ihr nicht ein. Sie dachte an das, was ihr Vater immer gesagt hatte: »Das Ritz ist das schönste Gebäude von ganz Lissabon. Das Einzige, das es wert ist, Ausländern gezeigt zu werden. Der Rest ist nur Schrott. Und trotzdem ist es in Lissabon schön, so, wie es auch in Paris oder in Rio de Janeiro oder in irgendeiner anderen Stadt schön wäre. Selbst mitten in den

Dünen der Sahara.« Das hatte ihr Vater jedes Mal gesagt, wenn sie sonntags den Parque Eduardo VII herunterkamen. Und dann erzählte er von Lourenço Marques, der Hauptstadt von Mosambik, und versprach, dass es im folgenden Jahr klappen werde, im nächsten Jahr werde er sie beide, sie und die Mutter, mit nach Lourenço Marques nehmen, damit sie diese Stadt kennenlernten.
Das Taxi begann, die Rua Braamcamp hochzufahren, ordnete sich links ein, um in die Rua Castilho abzubiegen, und während es auf Grün wartete, fragte die Mutter, ohne Duarte direkt anzusehen, als betrachtete sie noch immer die Fassaden und die Menschen, die auf den Bürgersteigen umherliefen und an den Bordsteinrändern warteten, fragte, als wäre es eine gänzlich unbedeutende Sache, als wäre es nicht einmal eine Frage, sondern eher eine Anmerkung: »Duarte, warum hast du mit dem Klavierspielen aufgehört?«
Duarte zeigte nicht die geringste Regung, nicht die geringste Überraschung, und die Frage hallte die Rua Rosa Araújo, die Rua Rodrigo da Fonseca und die Rua Nova de São Mamede entlang. Und es waren bereits die ersten Bäume der Praça Príncipe Real zu sehen, als Duarte sich schließlich aus den Händen der Mutter befreite und antwortete: »Hass.«
Die Mutter sah ihn überrascht an: »Hass auf die Musik?«
Duarte sagte: »Hass auf mein Talent. Hass auf das, was die Leute immer als Gabe bezeichnet haben. Als meine Gabe.«
Für die Mutter war es schmerzlich, diese Worte zu hören. Sie spürte, dass der Sohn die Gelegenheit nutzte, um mit ihr abzurechnen. Dass diese Antwort von langer Hand geplant war. Im Stillen oftmals aufgesagt worden war. Vor dem Spiegel einstudiert. Und sich von Tag zu Tag mit mehr Groll beladen hatte. In Erwartung des richtigen Augenblicks. Oder des möglichen Augenblicks.

Aber es war nicht nur die Mutter, die das spürte. Als Duarte endlich seine einstudierte Phrase losgeworden war, blickte er auf die Mutter neben sich auf der Taxi-Rückbank, mager, den Tränen nahe, ihr Kopf mit einem cremefarbenen Tuch bedeckt – eine Perücke hatte die Mutter nie gewollt –, und nahm ihre Hand: »Entschuldige, das ist jetzt nicht mehr wichtig. Nichts ist jetzt mehr wichtig.«
Sie waren am Largo de Camões angekommen. Sie bezahlten die Fahrt und stiegen aus. Am unteren Ende der Rua do Alecrim lag der Tejo. Duarte stützte die Mutter, doch sie war es, die ihn führte. In Richtung der Calçada do Combro, in eine Konditorei. Sie suchten einen freien Tisch und setzten sich. Die Mutter bestellte eine Coca Cola. Duarte einen Berliner Pfannkuchen mit Cremefüllung. Sie verharrten in Schweigen, bis der Kellner sie bedient hatte. Dann sagte die Mutter: »Duarte, ich wollte eigentlich schon seit einiger Zeit mit dir hierherkommen.«
Der Lärm um sie herum zwang Duarte, sich über den Tisch zu beugen. Die Mutter fuhr fort: »Ich hatte immer das Gefühl, dass hier mein Leben entschieden wurde, irgendwo zwischen der Rua do Carmo und diesem Tisch dort hinten.«
Duarte wandte sich um und blickte zu dem Tisch: Ein alter Mann saß da, las die Zeitung *Record* und rauchte dabei.
Die Mutter sagte: »Beginnen wir mit dem Ende: Es war der erste Ferientag. Und ich war mit ein paar Kommilitoninnen in der Buchhandlung Bertrand. Sie waren völlig aufgeregt wegen eines Soldaten, der ebenfalls dort in den Büchern herumschmökerte. Er trug eine schicke Uniform. War sehr groß und sehr gutaussehend.
Irgendwann kriegte der Soldat das Getuschel und Gekicher und die geröteten Wangen von uns Mädchen mit. Wir wa-

ren ungefähr zu viert oder zu fünft. Er hatte wohl kapiert, dass er der Grund für die ganze Aufregung war. Mir war das äußerst peinlich, und ich entfernte mich ein wenig von der Gruppe. Die anderen versuchten zu erkennen, ob er einen Ehering trug oder nicht. Sie versuchten auch, seinen Dienstgrad herauszufinden, aber keine von ihnen verstand was von Dienstgraden.

Bis der Soldat das Buch, das er in der Hand hielt, ins Regal zurückstellte und auf uns zukam. Ich entfernte mich noch weiter. Aber genau auf mich kam er zu. Er baute sich vor mir auf und sagte: ›Mein Fräulein, verzeihen Sie, ich heiße António Mendes und reise gleich nach Angola ab. Ich würde mich sehr freuen, wenn Sie meine Kriegspatin würden, falls keine triftigen Gründe dagegen sprechen.‹

Ich bin fast in Ohnmacht gefallen. Wusste nicht, was ich antworten sollte. Unter normalen Umständen hätte ich losgelacht, weil er nämlich eine Aussprache, eine Art zu reden hatte, die wirklich zum Lachen war, ein einfacher Soldat vom Land. Und dann, nachdem ich gelacht hätte, hätte ich nein gesagt. Aber die Umstände waren ganz offensichtlich nicht normal. Ich habe ihm die Hand gereicht und gesagt: ›Ich heiße Paula, und Sie werden mir erklären müssen, was ich als Ihre Kriegspatin zu tun habe.‹

Er erklärte es mir, erzählte mir, woher er kam und wohin er ging, ich gab ihm meine Adresse, meinen vollständigen Namen, und wir verabschiedeten uns, noch immer dort drin in der Buchhandlung Bertrand. Ich sah, wie er den Chiado hinunterlief und in der Rua do Carmo verschwand.

Als ich alle Fragen meiner Freundinnen beantwortet und ihre Neugier gestillt hatte, bin ich in die Igreja dos Mártires gegangen, die Kirche der Märtyrer, die da ganz in der Nähe ist, und kniete nieder, um zu beten, dass der Soldat

António Mendes gesund und wohlbehalten aus dem Krieg zurückkommt.
Jeden Freitag bin ich in die Igreja dos Mártires gegangen, zweieinhalb Jahre lang. Er hat mir Briefe geschrieben. Wunderschöne Briefe. Du kannst dir vielleicht nicht vorstellen, dass dein Vater Briefe geschrieben hat, und noch viel weniger wunderschöne, aber es ist wahr. Ich habe ihm geantwortet. In meiner schönsten Handschrift habe ich ihm von meinem Alltag erzählt, ihm Fragen gestellt. So haben wir uns kennengelernt. So haben wir uns ineinander verliebt.
An dem Tag, als ich am Kai auf ihn gewartet habe, war ich mir sicher, dass ich auf den Mann meines Lebens wartete. Kurze Zeit später haben wir geheiratet und ein paar sehr glückliche Jahre verlebt. Dieses Glück erreichte seinen Höhepunkt an dem Tag, als du geboren wurdest. Es war wundervoll.
Aber dein Vater hatte bereits die Benachrichtigung für seinen zweiten Angola-Einsatz erhalten. Am Tag seiner Abreise bin ich in die Igreja dos Mártires gegangen und habe gebetet, dass er wiederkommt, nur dass ich diesmal dich auf dem Schoß hatte.
Jeden Freitag sind wir hierhergekommen, du und ich, fast drei Jahre lang. Aber ich spürte, dass irgendwas mit deinem Vater nicht stimmte. Er hat nur selten auf meine Briefe geantwortet, und die paar Briefe, die er mir schrieb, lösten Angst und Traurigkeit in mir aus. Er sprach nur von den Schwarzen, von Toten, von Hinterhalten, von Verlusten, als schriebe er einen Bericht für einen Vorgesetzten.
Bis schließlich der Tag seiner Rückkehr kam. Am Kai eine riesige Menschenmenge. Alle umarmten und küssten einander. Alle froh und glücklich. Du trugst deine kurzen Hosen, ein kariertes Hemd und eine Mütze. Wir haben zu Hause

sogar ein Foto davon, das eine Dame auf unsere Bitte hin von uns gemacht hat, ehe die Soldaten von Bord gingen. Ich trug ein weißes Kleid, das bis knapp übers Knie ging. Es stand mir gut.
Dein Vater war einer der Letzten, die von Bord gingen. Es war schon kaum noch jemand am Kai. Er wirkte verloren, als wäre er gerade in einem Land angelangt, das er nicht kannte. In einem Land, wo ihn niemand erwartete. Er kam mit einem Kollegen, der ihn am Arm hielt, als wollte er ihm den Weg weisen. Eine Augenblick lang befürchtete ich, er sei blind zurückgekehrt.
Wir rannten los, auf ihn zu. Ich umarmte ihn. Küsste ihn. Sah ihm in die Augen. Küsste ihn auf die Augen, Gott dankend, dass er nicht blind war.
Aber es war, als wäre er es.
Er sah dich an und fragte: ›Wie heißt du, Kleiner?‹
Er sah mich an und fragte, auf dich deutend: ›Hast du ihn mitgebracht? Wer ist das?‹
Und ich wusste nicht, was ich sagen sollte.
Der Kollege, der ihn stützte, wusste auch nicht, was er sagen sollte.
Ich klammerte mich an dich und sagte: ›Schau mal, mein Junge, der Papa. Schau mal, der Papa ist wieder da.‹
Dein Vater fragte mich, wie du heißt, und ich schrie, der Ohnmacht und den Tränen nahe, mitten auf dem Kai, wo kaum noch jemand war: ›Schatz, das ist unser Sohn. Unser Duarte.‹
Ich schrie, auf dem Boden kniend und an dich geklammert: ›Das ist unser Duarte.‹
Und als dein Vater deinen Namen hörte, fing er zu weinen an, als würde er urplötzlich aus einem Traum erwachen.«

*Waise zu sein, heißt, für immer an einem Caféhaustisch zu sitzen und zu warten.*

Duarte hörte seiner Mutter aufmerksam zu, konnte ihr aber nicht in die Augen sehen. Deshalb rollte er Papierservietten zwischen den Fingern oder formte kleine weiße Hügel aus den Zuckerkrümeln, die von dem Pfannkuchen abgefallen waren.

Die Mutter stand auf, um auf die Toilette zu gehen, und als sie wiederkam, bestellte sie ein Mineralwasser. Sie fragte den Sohn, ob er auch noch etwas trinken wolle.

Duarte verneinte.

Da sagte die Mutter: »Ich werde bald sterben, Duarte. Dein Vater liebt dich sehr, und er wird dich sehr brauchen. Du musst versuchen, ihn zu verstehen, zumal jetzt, nach allem, was ich dir erzählt habe.«

Duarte dachte, die Mutter sei nun fertig.

Doch die Mutter trank einen Schluck Mineralwasser und fuhr fort: »Ich komme jetzt zum Anfang zurück: zu meinem Vater.«

Und es war das erste Mal, dass Duarte sie »mein Vater« sagen hörte. »Mein Vater war Ingenieur. Er baute Brücken, Staudämme, Straßen, Eisenbahnen und Flugzeuge. Die meiste Zeit war er in Mosambik. Er kam nur an Weihnachten und in den Sommerferien. Brachte jedes Mal einen

Koffer voller Geschenke mit, ›für meine Mädels‹, wie er immer sagte.
Wir lebten in einer Eigentumswohnung in der Avenida Conde de Valbom. Meine Mutter und ich. Und eine Hausangestellte. Wenn er da war, machten wir lange Spaziergänge. Wir gingen in den Eduardo VII-Park und bummelten die Avenida da Liberdade runter bis zum Rossio. Dann hoch zum Chiado. Wir fuhren mit der Straßenbahn. Stiegen zum Schloss hoch. Nahmen die Fähre über den Tejo. Gingen ins Kino. Manchmal hat ein Freund ihm auch sein Auto geliehen und wir fuhren nach Sintra, zum Palast und an den Strand. Einmal sind wir an die Algarve gefahren. Ein anderes Mal nach Peniche. Abends vor dem Einschlafen hat er mir aus dem *Don Quijote* vorgelesen. Aber ich konnte erst einschlafen, wenn er mich auf die Stirn geküsst, das Licht ausgemacht, die Tür angelehnt und dazu gesagt hatte: ›Schlaf schön, meine Dulcinea‹.
Bis er uns eines Weihnachtsabends verkündete, dass er nicht nach Lourenço Marques zurückkehren werde. Dass bereits alles geregelt sei und er für immer in Lissabon bleiben werde. Meine Mutter und ich weinten vor Freude und ahnten nicht, dass die folgende Zeit uns alles andere als Freude bringen würde. Das war in dem Jahr, als Humberto Delgado Präsidentschaftskandidat war.
Wir hatten nie mitbekommen, dass mein Vater sich für Politik interessierte. Manchmal kamen zwar Freunde von ihm zum Abendessen und redeten danach über Politik, über Salazar, die Kolonien, die Minister, die Zensur. Aber mein Vater sagte selten etwas dazu. Und wenn doch, dann erzählte er einen Witz, verdrehte die Worte oder machte uns auf irgendeinen Tick, eine Ähnlichkeit aufmerksam und heiterte damit die Stimmung auf.

Daher waren wir sehr überrascht, als wir merkten, wie sehr er sich in Humberto Delgados Wahlkampf gegen Américo Tomás einbrachte. Er nahm an Versammlungen teil. Organisierte Sitzungen. Trieb Gelder ein. Wochenlang kam er nicht nach Hause. Informationsveranstaltungen. Er verschwand mitten in der Nacht. Das Telefon klingelte und klingelte. Geh nicht ran. Niemand geht ans Telefon. Nicht um zwei Uhr nachmittags und nicht um vier Uhr morgens. Niemand geht ans Telefon, bis ich es sage. Ein Wahnsinn. Meine Mutter und ich waren tagelang in der Wohnung in der Avenida Conde de Valbom eingeschlossen. Warteten auf ihn. Und wenn er dann kam, war er sofort wieder weg. Das Land ging zu den Urnen, der General Humberto Delgado verlor die Wahl, und die Lage spitzte sich zu. Als wir dachten, nun sei alles vorbei und alles werde wieder normal, spitzte sich die Lage nur noch weiter zu. Hausdurchsuchungen. Zu jeder Tages- und Nachtzeit kamen sie, durchstöberten Schränke, Schubladen, Kleiderschränke, suchten unter den Betten, in den Matratzen. Die Geheimpolizei nahm ihn mit in die Rua António Maria Cardoso, weißt du, wo das ist? Sie fragten ihn, was sie zu fragen hatten, und ließen ihn am nächsten Morgen wieder frei. Sie suchten nach Verbindungen zur Kommunistischen Partei. Aber er war kein Kommunist. Trotzdem hatte er Verbindungen zu den Kommunisten. Freundschaftliche Verbindungen sogar.
›Die wollen mir nur Angst machen‹, hat er gesagt, um uns zu beruhigen. Meine Mutter hat versucht, ihn umzustimmen: ›Lass uns weggehen. Wir können doch weggehen. Wir haben Freunde in Frankreich, in Deutschland, ich habe Familie in Spanien, das ist nur ein Katzensprung, wir schnappen uns unsere Tochter und verlassen dieses Land.‹ Er erwiderte, dass es in Spanien noch schlimmer und dass es ja

fast geschafft sei. Das Regime wäre bald gestürzt. Es käme Bewegung in die Sache. Diplomatischer Druck von außen. Seitens der Vereinigten Staaten und Englands. Es seien nur noch ein paar Monate. Am Ende haben sie sich gestritten.
›Wir haben eine Tochter‹, sagte meine Mutter weinend.
›Es ist doch gerade wegen unserer Tochter‹, hat mein Vater weinend geantwortet.
Und ich habe in meinem Zimmer gesessen und alles mitgehört.
Bis sie ihn eines Nachts, nach dem Abendessen, wieder in die Rua António Maria Cardoso mitgenommen haben. Am nächsten Tag klopfte es hier gegen sechs Uhr abends. Vor der Tür stand ein elegant gekleideter Herr, der uns mitteilte, dass mein Vater verstorben sei. Alles deute darauf hin, dass er einen Hirnschlag erlitten habe, verriet uns der elegant gekleidete Herr in freundlichem Ton und sprach uns bei der Gelegenheit gleich sein Beileid aus, im Namen des portugiesischen Staates. Der Leichnam werde der Familie in einer geschlossenen Urne überstellt, sobald alle juristischen Formalitäten und insbesondere die Autopsie, die die Todesumstände erhellen sollte, abgeschlossen seien.
Sie händigten uns seine sterblichen Überreste aus, und wir bestatteten ihn in Torres Vedras.
Allein und praktisch ohne Geld blieben wir zurück. Meine Mutter begann, in einer Rechtsanwaltskanzlei in der Baixa als Übersetzerin zu arbeiten. Meine Mutter, eine wunderschöne Frau, sprach fünf Sprachen, als wäre sie in fünf verschiedenen Ländern zur Welt gekommen und aufgewachsen. Einer der Rechtsanwälte war ein Freund meines Vaters und hatte sich ebenfalls für Humberto Delgados Wahlkampf engagiert. Er wollte uns unbedingt helfen, und ich glaube, er war auch hoffnungslos in meine Mutter ver-

liebt. Wir entließen unsere Hausangestellte und verkauften die Wohnung in der Avenida Conde de Valbom. Zogen in eine kleine Wohnung an der Praça Príncipe Real, die dem Rechtsanwalt gehörte. Er verlangte eine symbolische Miete: ein Abendessen in Belém, einen Spaziergang zum Jardim da Estrela, ein Mittagessen in Campo de Ourique. Wir schienen wieder glücklich zu sein. Oder zumindest in Frieden zu leben.

Manchmal, wenn ich von der Schule kam und meine Mutter von der Arbeit, trafen wir uns am späten Nachmittag hier in diesem Café. Wir aßen etwas und gingen zusammen nach Hause.

Einmal habe ich mich an den Tisch dort hinten gesetzt. Ich bestellte ein Glas Milch und machte mich an meine Hausaufgaben. Ich war so vertieft, dass ich gar nicht merkte, wie die Zeit verging. Irgendwann habe ich dann ein aufgeregtes Getuschel um mich herum wahrgenommen. Ich habe aufgeblickt und bemerkt, dass die Leute bestürzt wirkten. Menschen kamen herein und redeten aufgeregt. Andere spähten hinaus. Bis ich aus den Kommentaren heraushörte, dass in der Rua do Alecrim eine Frau von einer Straßenbahn überfahren worden war. Vielleicht ist sie mit dem Schuh im Gleis stecken geblieben, meinten die einen. Vielleicht war sie zerstreut und hat nur auf den Fluss geschaut, sagten die anderen. Wie auch immer, es bestand kein Zweifel, dass sie tot war, denn der Kopf der Dame sei völlig zermatscht gewesen. Die Feuerwehr sei noch vor Ort und versuche, den Leichnam aus dem verbogenen Blech der Straßenbahn zu bergen. Ich wandte mich wieder meinen Hausaufgaben zu und wartete auf meine Mutter. Dort hinten an dem Tisch.

Bis dann, so gegen acht Uhr, der Café-Besitzer zu mir kam und sagte: ›Mein Fräulein, wir machen jetzt zu‹, und da

wurde mir schlagartig klar, dass ich nun ganz allein auf der Welt war.«
Duarte wandte sich um und blickte erneut zu dem Tisch. Der Alte, der rauchend den *Record* gelesen hatte, war bereits gegangen. Geblieben war nur ein Aschenbecher voller Kippen.

# SECHSTER TEIL

## *Der Klavierlehrer und die geheimnisvolle Malerin*

Über dem Waschbecken hing ein Spiegel, der zugleich Schränkchen war und Aufbewahrungsort für das Rasierzeug, das er seit über einem Jahr nicht angerührt hatte. Das Licht fiel jäh durch das nach Osten ausgerichtete Fenster, weshalb im Spiegel nur seine linke Wange deutlich zu erkennen war. Von der Decke hing trist eine gelbliche Glühbirne, die tat, was sie konnte, aber an einem Morgen wie diesem war das, was sie konnte, recht wenig. Er tauchte die Borsten des Pinsels in das lauwarme Wasser und musste an seinen Vater denken. Nicht an den Tag, als der ihm den Unterschied zwischen Ross- und Dachshaarpinsel erklärt hatte, während er sich das Gesicht mit Rasierschaum einseifte, sondern an jenen, als er den Sohn ins Kunsthistorische Museum von Wien mitnahm und ihm die Bruegel-Gemälde zeigte:
In einem der Ausstellungsräume stand in der Mitte eine lange Bank, und unter dem Vorwand, kurz die Beine ausruhen zu wollen, hatte der Vater sich dort mit ihm niedergelassen. Draußen schneite es noch immer, und vermutlich gab es auf der ganzen Welt keinen anderen Ort, wo man einer bestimmten Vorstellung von Glück so nahegekommen wäre. Da begann der Vater zu reden. Er erzählte, dass er, als er das erste Mal länger in Wien gelebt habe, jeden Freitag vor dem Mittagessen in dieses Museum gekommen sei. Erstens, weil

es der einzige Ort in der Nähe der Oper gewesen sei, wo man absolute Ruhe fand. Ohne Betrunkene, die Goethe rezitierten, oder Soprane, die versuchten, das hohe B zu treffen. Zweitens, weil man niemandem begegnete, jedenfalls nicht aus dem Bekanntenkreis. Und drittens, weil er sich in die Gemälde von Bruegel verliebt hatte.

Doch an einem dieser Freitage erblickte er, als er den Raum betrat, eine Frau, die soeben eine weiße Leinwand auf eine riesige, mit Rädern versehene Staffelei aufgezogen hatte.

»Vor diesem Bild da«, sagte der Vater und zeigte darauf. Es war ein Bild, dessen größte Schwierigkeit für den Betrachter, zumindest beim ersten Mal, zumindest für einen Südeuropäer und noch dazu für einen in Vila Viçosa geborenen, darin lag, entscheiden zu müssen, wo er hinsah oder wo er bei diesen vielen abgebildeten, scheinbar unzusammenhängenden Situationen zu sehen anfing. Natürlich konnte man auch nur eine Gesamtidee bei der Betrachtung suchen, den sogenannten plastischen Effekt. Doch dann hätte man sicherlich ein Werk ohne jede Bedeutung oder, noch bedauerlicher, ein Werk ohne jeglichen erzählbaren Inhalt vor sich gehabt.

Die Frau hatte ihre Staffelei ungefähr vier Meter von dem Bild entfernt aufgestellt, und zwar so, dass die weiße Leinwand einen Winkel von etwas mehr als neunzig Grad zu dem Gemälde bildete. So entsprach sie wohl grob den Proportionen des Gemäldes. Die Frau saß auf einem hohen Hocker mit niedriger Rückenlehne und zeichnete mit der rechten Hand nicht erkennbare Kohlestriche auf die Leinwand. Das Haar fiel ihr über die Schultern.

Plötzlich ergriff die Frau zwei Holzkrücken, die ihr bis zu den Achseln reichten und oben mit einem Samtpolster versehen waren, und stützte sich damit ab. Sie sprang auf den

Boden und trat an das Bild heran, vielleicht um ein Detail besser erkennen zu können.
Da bemerkte der Vater, dass ihr ein Stück des linken Beins fehlte, als wäre es knapp unterhalb des Knies amputiert worden. Als die Frau sich umdrehte, um an die weiße Leinwand zurückzukehren, huschte der Vater wie ein verschrecktes Tier hinaus in den Flur, in der Überzeugung, nicht bemerkt worden zu sein.
Damals, ein paar Jahre nach dem Ersten Weltkrieg, sah man auf Wiens Straßen zahlreiche verkrüppelte ehemalige Soldaten. Den einen fehlten die Arme. Den anderen die Beine. Andere wiederum hatten nur eine Hand oder ein Auge. Und wegen dieser ganzen Klientel aus den Schützengräben florierte das Geschäft mit den Prothesen. Es gab Prothesen für jede Eventualität und jeden Geschmack. Von Prothesen mit rein ästhetischen bis zu solchen mit komplexen ergonomischen Funktionen.
In der folgenden Woche brachte der Vater seine ganze Freizeit damit zu, nach der passenden Lösung für jene Frau zu suchen, die sich vor dem Bruegel-Bild postiert hatte. Er beobachtete Passanten, die stolz ihre Prothesen zur Schau trugen. Überfiel sie mit Fragen. Bat sie um Kontakte. Um Adressen. Suchte Fachgeschäfte auf. Holte Expertenmeinungen ein. Bat um Kostenvoranschläge. Und kam zu dem Schluss, dass die Frau höchstwahrscheinlich deshalb an zwei Krücken herumlief, weil sie sich keine Prothese leisten konnte, die es ihr ermöglicht hätte, nur mit Hilfe eines einfachen Stocks zu gehen.
Am nächsten Freitag stand die Staffelei an derselben Stelle, doch die Leinwand war mit einem großen weißen Laken verhüllt. Die Präsenz dieses gut zwei Meter in die Höhe ragenden Gespensts verstärkte nicht nur die Sehnsucht des

Vaters, die Frau wiederzutreffen, sondern verhinderte auch, dass er die Bruegel-Bilder in Ruhe genießen konnte. Selbst die Stille erschien ihm unerträglich.
Er machte sich in den angrenzenden Räumen auf die Suche, bei den Malern der italienischen Renaissance, bei denen des Barocks, bei den Spaniern, den Deutschen. Er durchquerte endlose Flure. Stieg Treppen hoch und runter. Gab es auf. Kehrte zu der Staffelei zurück. War versucht, unter das Laken zu spähen. Ging gefährlich nah heran. Fast hätte er die Hand ausgestreckt. Doch dann fehlte ihm der Mut.
Verzweifelt verließ er das Museum und tröstete sich mit der Hoffnung, dass die Frau eines der schwierigsten Bruegel-Bilder im Maßstab eins zu eins kopierte. Denn das wäre sicherlich ein Unterfangen von mehreren weiteren Wochen.
Der nächste Freitag zeigte sich unerwartet frühlingshaft. Als es elf Uhr wurde, machte er sich wie üblich auf den Weg ins Museum. Doch die Kraft, die ihn nun über die Bürgersteige rennen, in gefährlichen Diagonalen verkehrsreiche Straßen überqueren und zwei bis drei Treppenstufen auf einmal nehmen ließ, entsprang bereits nicht mehr seinem inneren Wunsch, allein zu sein mit den Werken des flämischen Malers. Der wahre Grund stand dort, endlich, vor ihm: eine verstümmelte Frau vor einer Leinwand.
Ehe er eintrat, atmete er tief durch, zupfte das Jackett zurecht und kämmte sich. Er wollte wie ein zufälliger Besucher wirken. Wie ein wohlhabender Tourist aus Südeuropa. Ein Intellektueller. Ein politischer Flüchtling. Ein Monarchist. Ein Anarchist. Wie jemand, der einer verkrüppelten Frau vor einer Leinwand ebenbürtig war. Er versuchte, so leise wie möglich aufzutreten. Schritt langsam die Wände des Saals ab. So langsam, wie es ging. Täuschte vor jedem dieser Bilder an den granatroten Wän-

den eine Aufmerksamkeit vor, die er ihnen in Wirklichkeit gar nicht schenkte.
Er entwickelte Strategien der Selbstbeherrschung: Auf einem der Bilder zählte er die Hunde, auf einem anderen die Fenster, auf dem folgenden die Bäume, und an jedem Baum die Äste, die aus dem Hauptstamm wuchsen, dann die Kühe, die rot gekleideten Menschen und von den rot gekleideten Menschen zählte er die, die zu Fuß unterwegs waren, und die, die auf Pferden ritten. Er fand es merkwürdig, dass es die gleiche Anzahl war, und er zählte erneut, mit dem gleichen Ergebnis. Endlich stand er Seite an Seite mit der Frau, und obgleich sie einander wegen der riesigen Leinwand nicht sehen konnten, spürte er doch ihre Präsenz. Stark sogar: den Geruch der Farben, die Bewegung der Pinsel, ihr Atmen, ihren Körper.
Er begann sie mit größter Vorsicht zu umrunden, bis er für einen kurzen Augenblick ihr Gesicht sehen konnte. Danach blieb er erneut stehen, nunmehr in ihrem Rücken, gab vor, das Bruegel-Bild zu betrachten: das Original. In Wirklichkeit interessierte ihn jedoch ihre Leinwand. Und was er darauf sah, hätte ihn nicht mehr erstaunen können. Es war größtenteils noch immer bloß eine Kohleskizze. Die ersten farbigen Pinselstriche waren ganz frisch, und doch war deutlich zu erkennen, dass die Frau nicht beabsichtigte, das Bruegel-Gemälde zu kopieren. Sie malte vielmehr einen winzigen Bildausschnitt ab. Und dieser winzige Ausschnitt, der dadurch eine brutale Vergrößerung erfuhr, stellte eine Frauengestalt auf zwei Krücken dar, deren rechtes Bein knapp unterhalb des Knies in einem Verband endete.
Der Vater erstarrte, als er das sah. Dennoch besaß er die Kaltblütigkeit, die Gestalt auf dem Bruegel-Bild zu suchen. Und er fand sie auf Anhieb, selbst aus der Entfernung. Stun-

denlang hatte er das Bild bereits betrachtet, und nie hatte er sie wahrgenommen. Nun kam sie ihm wie das Zentrum des Ganzen vor. Nicht das Mädchen, das Wasser aus einem Brunnen trank, wie er zuvor gedacht hatte. Und auch nicht der Dicke auf dem Weinfass in dem blauen Pullover und mit der blauen Mütze. Und nicht dieses Wesen aus einer anderen Welt auf einem an zwei Stricken gezogenen Wägelchen. Und nicht die Kinder, die mit dem Kreisel spielten. Und nicht die Frau hoch oben auf einer Leiter. Und auch nicht die am Feuer. Und nicht der Mann, der aussah, als wollte er sich aus dem Fenster stürzen. Und nicht die Bettler mit ihren ausgestreckten Händen. Und nicht die Prozession, die aus dem Seitenportal der Kirche kam. Und nicht der Mann mit dem Dudelsack. Oder der andere, der einen großen Sack auf dem Rücken trug. Und nicht die Leute, die sich an den Händen hielten und im Kreis herum tanzten. Und nicht der dickbäuchige Gitarrenspieler mit dem Kochtopf auf dem Kopf. Und nicht die beiden riesigen Fische in dem Korb. Und nicht die Kinder mit in die Luft geworfenen Armen. Und nicht die Gruppe Maskierter. Und nicht die Nonnen. Und auch nicht das Spanferkel an dem Spieß, den der dicke Mann mit blauem Pullover und Mütze in der Hand hielt. Und nicht das Schwein hinter dem Brunnen. Und nicht der Fischstand. Und nicht der Mann, der einen Eimer Wasser aus dem Fenster kippte. Und nicht die beiden Bäume. Nein. Zentrum des Ganzen war diese Frau mit dem blauen Kopftuch, die sich auf ihre Krücken stützte. Dort, in dieser Gestalt, lagen der Anfang und das Ende.
Er warf einen letzten Blick auf die Leinwand, auf die blonden Haare, die der Frau über die Schultern fielen, und setzte, Interesse für die übrigen Gemälde an den hohen granatroten Wänden vortäuschend, seinen Rundgang des zufälligen Be-

suchers, des wohlhabenden Touristen aus Südeuropa, des Intellektuellen, des politischen Flüchtlings, des Monarchisten, des Anarchisten fort. Als machte sein Herz keine heftigen Sprünge. Als hätte er nicht das dringende Bedürfnis nach frischer Luft. Als stünden ihm nicht die Tränen in den Augen. Als gäbe es keinen langen Flur, der ihn von der Straße trennte. Als ginge alles in seinem Leben ganz normal weiter.

In der darauffolgenden Woche dachte er mehrmals daran, seinen Besuch im Museum vorzuziehen. Am Dienstag und am Donnerstag stieg er sogar bereits die Treppe zum Haupteingang hoch. Doch beide Male machte er wieder kehrt.

Am Freitag wachte er fieberglühend auf, das Quecksilber des Thermometers stieg etwas über die 39-Grad-Marke. Doch nicht einmal die noch sehr lebendige Erinnerung an die Spanische Grippe, der in knapp drei Monaten seine Mutter, zwei seiner Brüder, ein Cousin und vier Freunde zum Opfer gefallen waren, hielt ihn im Bett. Eingemummelt in zwei Paar lange Unterhosen, eine Hose, ein baumwollenes Unterhemd, ein Flanellhemd, einen Wollpullover, ein Wolljackett, einen Wollmantel, einen Wollschal, ein Paar Wollhandschuhe, eine Wollmütze und ein Paar Wildlederstiefel, verließ er das Haus, wild entschlossen, sich nicht mehr in feiges Schweigen oder niedere Täuschung und Verstellung zu flüchten. Er verließ das Haus in der festen Absicht, der Frau ein Angebot zu unterbreiten.

Und das tat er. Er stürmte in den Saal, wo sich noch immer alles an seinem angestammten Platz befand: das Bruegel-Bild, die Staffelei, die Leinwand, die beiden am Hocker lehnenden Krücken; und ohne sich zu vergewissern, ob die Frau ihn überhaupt wahrgenommen hatte, sagte er ihr, dass er ihr Bild kaufen wolle. Und bereit sei zu bezahlen, was immer sie verlange.

Die Frau arbeitete weiter, als hätte sie ihn nicht gehört, und der Vater wandte sich, auf die Antwort oder wenigstens eine Reaktion wartend, dem Bild zu. Und wieder hatte er eine Erscheinung: Das Gesicht der gemalten Frau war das Gesicht der Malerin. Es war ein Selbstbildnis. Sie hatte in dem Bruegel-Bild keine Leidensgenossin gefunden. Keine Zwillingsseele. Sie hatte sich selbst gefunden. Oder ihr Spiegelbild, denn das verkrüppelte Bein war in dem einen Fall das linke und in dem anderen das rechte.

Die Frau fragte ihn, ohne in ihrem Tun innezuhalten, ob dieser Vorschlag einem echten künstlerischen Interesse entspringe oder eher einer barmherzigen Seele.

Er versuchte, so ehrlich wie möglich zu sein, und antwortete, dass er das nicht wisse. Er wisse nur, dass er sie seit dem Tag, als er sie erstmals dort habe malen sehen, nicht mehr vergessen könne. Und deswegen sei er sogar trotz seines hohen Fiebers hergekommen. Außerdem könne er sich eine Zukunft ohne dieses Bild nicht mehr vorstellen.

Die Frau sagte, es würde erst in einer Woche fertig werden. Dann könnten sie verhandeln. Zufrieden fragte der Vater, ob er noch ein paar Minuten dort verweilen und ihr beim Malen zusehen dürfe. Sie erlaubte es.

Und er blieb. An ihrer Seite. Auf jede ihrer Bewegungen achtend. Auf jeden Pinselstrich. Auf jedes Zaudern. Er untersuchte jedes einzelne Detail. Verglich jedes Detail mit dem Bruegel'schen Original. Verglich jedes Detail mit dem Gesicht der Frau. Nahm Unterschiede und Ähnlichkeiten wahr. Versuchte herauszufinden, wo diese Unterschiede und Ähnlichkeiten begannen und wo sie endeten. Denn das echte Gesicht der Frau war ganz anders als das echte Gesicht der Bruegel'schen Frau. Doch das Gesicht auf dem Bild der Frau ähnelte auf wundersame Weise beiden.

Am nächsten Freitag um Punkt zwölf Uhr war der Bruegel-Saal leer: keine Staffelei, keine Leinwand, kein Hocker, keine Krücken, nichts, was an die zeitweilige Anwesenheit der geheimnisvollen Malerin erinnert hätte.
Der Vater verspürte einen Stich im Herzen und rannte hinaus auf den Flur. Er befragte sämtliche Angestellten. Sämtliche Polizisten auf der Straße. Sämtliche Kellner in den Kaffeehäusern. Fragte in den Restaurants, den Kiosken, den Apotheken. Fragte die Trambahnfahrer. Die fliegenden Händler. Die Galeristen der Stadt Wien. Ärzte. Rechtsanwälte. Musiker.
Einige hatten sie gesehen, wussten nur nicht mehr, wann und wo. Andere behaupteten steif und fest, die Frau, die der Vater suche, sei keine Frau, sondern ein Mann. Ein Juwelier sagte ihm sogar, die Frau sei längst verstorben, sei überfahren worden. Doch die meisten wussten nicht, um wen es sich handelte. Die Frau war spurlos verschwunden.
Als der Vater die Geschichte von der geheimnisvollen Malerin und ihrem Selbstporträt zu Ende erzählt hatte, schneite es noch immer. Ein neuer Krieg stand bevor, und Wien war kein friedlicher Ort mehr. Kurz darauf sollten sie nach Portugal zurückkehren. Als er selbst Jahre später abermals das Kunsthistorische Museum besuchte, um sich die Bruegel-Bilder noch einmal anzusehen, ruhte der Vater bereits auf dem Friedhof von Vila Viçosa.
Er gefiel sich ohne Bart. Zog einen blauen Anzug an. Band die Krawatte um und wartete am Fenster auf das Transportunternehmen. Endlich hielt unten ein weißer Kleinbus, und er winkte einem Mann mit Schnauzbart zu. Der Mann mit Schnauzbart stellte die Warnblinkanlage an und stieg aus. Der Mann mit Schnauzbart stieg hoch in den zweiten Stock, und sie begrüßten sich. Er zeigte ihm den

verpackten Gegenstand, der in der Diele bereitstand. Zu zweit stiegen sie die Treppe hinab. Der Mann mit Schnauzbart öffnete die Hecktür des Kleinbusses und verstaute das Paket. Unterdessen zog der andere einen weißen Zettel aus der Hosentasche und zeigte ihn dem Mann mit Schnauzbart.

»Queluz«, sagte er.

Sie kamen an der Parkanlage des Príncipe Real vorbei. Fuhren weiter in Richtung Rato. Amoreiras. Viadukt Duarte Pacheco. Alto de Monsanto. Alfragide. Amadora. Queluz.

Der Mann mit Schnauzbart hielt an und fragte einen Taxifahrer nach der Adresse, die auf dem kleinen weißen Zettel stand. Sie folgten den Anweisungen des Taxifahrers und parkten vor der Nummer zwölf. Es war Samstag. Er klingelte im dritten Stock rechts. Die Tür wurde geöffnet, ohne dass jemand gefragt hätte, wer da sei. Das Paket passte nicht in den Aufzug. Sie stiegen die Treppe hoch. Die Wohnungstür war nur angelehnt. Er klopfte mit den Knöcheln dagegen. Duartes Mutter erschien, im Morgenmantel, und machte keinen Hehl aus ihrer Verwunderung, den ehemaligen Klavierlehrer ihres Sohnes zu sehen.

Sie sagte: »Herr Professor.«

Dann sagte sie: »Kommen Sie herein, kommen Sie. Ich dachte, es sei mein Mann.«

Der Klavierlehrer trat ein, gefolgt von dem Mann mit Schnauzbart, der das Paket schleppte.

Duartes Mutter wies ihnen den Weg ins Wohnzimmer und sagte zu dem Mann mit Schnauzbart, er könne das Paket auf dem Boden absetzen und gegen die Tischbeine lehnen.

Der Mann mit Schnauzbart stellte das Paket ab und lehnte es gegen die Tischbeine.

Der Klavierlehrer wandte sich an den Mann mit Schnauz-

bart, bezahlte ihn und sagte, er könne nun fahren, er selbst werde mit dem Taxi heimkehren.
Der Mann mit Schnauzbart verließ die Wohnung, und Duartes Mutter sagte, als sie die Tür hinter ihm geschlossen und dem Klavierlehrer einen Platz angeboten hatte: »Herr Professor, es ist mir eine Ehre, Sie bei uns empfangen zu dürfen, aber Duarte wird erst heute Abend hier sein.«
Der Klavierlehrer setze sich aufs Sofa und sagte: »Das ist schade.« Dann machte er eine Pause, eine lange Pause, die aber nicht so wirkte, als wüsste er nicht, was er sagen sollte, und erst recht nicht, als würde er überlegen, seine Pläne zu ändern, vielmehr schien ihm auf einmal der Zustand der Mutter seines ehemaligen Schülers bewusst geworden zu sein.
Duartes Mutter nahm die Erschrockenheit im Blick des Klavierlehrers wahr, und da erst fiel ihr ein, dass ihr Kopf unbedeckt war.
Als schuldete sie ihm eine Erklärung, sagte sie: »Krebs.«
Der Klavierlehrer sagte: »Das tut mir leid«, und mehr konnte er gar nicht sagen, denn über das Gesicht von Duartes Mutter huschte ein Lächeln, während sie fragte, was den Klavierlehrer zu ihnen führe und womit sie ihm dienen könne und ob sie ihm nicht einen Tee und ein wenig Gebäck, die guten Queijadinhas de Sintra oder ein paar Cracker mit Erdbeermarmelade bringen dürfe, irgendetwas.
Der Klavierlehrer bedankte sich und sagte, er wolle ihr keine Umstände machen. Und dann erzählte er. Natürlich erzählte er ihr nicht, dass er nur noch ein paar Monate zu leben hatte, dass es vielleicht nicht mal mehr Monate, sondern nur noch Tage waren, vielleicht passierte es sogar direkt an Ort und Stelle, im nächsten Augenblick, er erzählte ihr lediglich, dass er große Sehnsucht nach Wien habe und bald

in diese wunderbare Stadt reisen werde. Und dass es ziemlich wahrscheinlich sei, dass er niemals mehr nach Lissabon zurückkomme. Er habe keine Familie mehr. Seine Freunde seien tot oder im Altersheim. Und dort gab es zumindest die Oper und die Museen. Das Flugzeug gehe am nächsten Tag.

Aber er erzählte ihr noch mehr, er erzählte ihr, was ihn eigentlich in die Wohnung seines ehemaligen Schülers geführt hatte. Er erzählte ihr, dass ihm beim Kofferpacken klar geworden sei, dass der einzige Gegenstand von Wert, den er besaß, das hier sei: Und er deutete auf das Paket. Er erklärte ihr, in dem Paket sei ein Bild. Und er erzählte ihr die Geschichte des Bildes. Und wie er es, bereits viele Jahre nach dem Tod seines Vaters, durch reinen Zufall in einem Hotel in Buenos Aires entdeckt habe. Und wie er es sofort wiedererkannt habe, obgleich er es nie leibhaftig gesehen hatte. Allein durch die Beschreibung des Vaters. Allein durch die Geschichte, die der Vater ihm erzählt hatte, an jenem Tag, als er ihn ins Kunsthistorische Museum von Wien mitnahm, damit er die Bilder von Bruegel kennenlerne.

Der Musiklehrer lächelte traurig und sagte: »Sie können sich bestimmt vorstellen, wie wichtig dieses Bild für mich ist.«

Und zum Schluss sagte er: »Ich möchte es Ihrem Sohn schenken.«

Duartes Mutter, die bereits die Geschichte des Bildes sehr berührt hatte, war nun den Tränen nahe und fragte den Klavierlehrer, weshalb.

Der antwortete prompt, als wäre dies eine Antwort, die er sich selbst schon viele Male gegeben hatte: »Für die Augenblicke, in denen ich ihn Mozart, Beethoven und Bach habe spielen hören. Es wäre vielleicht übertrieben zu sagen, dass

das die glücklichsten Momente meines Lebens waren, aber es waren ganz bestimmt die erhabensten.«
Duartes Mutter richtete ihren Blick auf das riesige Paket, fand aber noch nicht den Mut, es zu öffnen oder den Lehrer zu bitten, das zu tun.
Als fühlte sie sich in der Pflicht, an etwas zu erinnern, das den Lehrer vielleicht von seiner Absicht abbringen könnte, sagte sie: »Aber er hat es aufgegeben, Herr Professor. Er spielt nicht mehr.«
Der Lehrer richtete seinen Blick ebenfalls auf das riesige Paket und antwortete: »Damals, als er ein für alle Mal aufhörte, habe ich das als ungerecht empfunden. Ich verspürte einen ungeheuren Zorn. Einen Verdruss. Dachte, das sei nicht richtig. Dass jemand mit seinem Talent, mit seiner Gabe uns das vorenthielt. Der Welt das vorenthielt. Millionen von Menschen, und er tat es einfach.«
Der Lehrer sah Duartes Mutter an und fuhr fort: »Ich habe lange gebraucht, bis ich es verstanden habe. Bis ich glaubte, es verstanden zu haben. Und ich glaube, dieses Bild hat mir die Antwort gegeben.«
Die Mutter sah auf und blickte den Lehrer an, als verstünde sie diesen Zusammenhang nicht und bäte um eine Erklärung.
Der Lehrer sagte: »Stellen Sie sich einmal vor, dass die Frau, die dieses Bild gemalt hat, es nicht deshalb gemalt hat, weil sie verkrüppelt war, weil ihr ein Bein fehlte und weil sie in dem Bruegel-Bild eine Zwillingsseele entdeckt hat. Eine Leidensgenossin. Es kommt nämlich nicht selten vor, dass uns ein Kunstwerk sehr berührt, weil wir uns in ihm oder in einem Teil von ihm wiederfinden.«
Der Klavierlehrer richtete seinen Blick erneut auf das Paket. »Und nun stellen Sie sich mal das Gegenteil vor. Stellen Sie

sich vor, die junge Frau hat sich, als sie dieses Bruegel-Bild entdeckte, das eigene Bein amputiert, um zu einer Zwillingsseele der jungen Frau auf dem Bild zu werden. Um eine Leidensgenossin der Frau auf dem Bild zu werden. Ist es nicht schrecklich, sich das vorzustellen?«
Der Klavierlehrer wartete die Antwort nicht ab, sondern fuhr fort: »Duarte hat Gott sei Dank genau in diesem Augenblick aufgehört: In dem Augenblick, da er Gefahr lief, so zu werden wie die Musik, die er spielte. In dem Augenblick, da er zu allem bereit war. Bereit, sich selbst das zu amputieren, was zu amputieren war. So war es, als er mit Mozart aufhörte. So war es, als er mit Beethoven aufhörte. Und so war es auch, als er mit Bach aufhörte.«
Duartes Mutter weinte bei diesen Worten des Klavierlehrers. Und sie weinte sogar weiter, nachdem der Klavierlehrer sich verabschiedet und für immer in sein geliebtes Wien aufgebrochen war, wo er sterben wollte, womöglich auf jener langen Bank in der Mitte des Saals mit den Bruegel-Bildern. Doch sie weinte vor Glück. Es war ein unmögliches Glück. Ein Glück, das sie schon nicht mehr für möglich gehalten hatte. Ein Glück, das ihr ganzes Gesicht erfüllte und das sich selbst nach der Rückkehr ihres Mannes noch auf ihrem Gesicht abzeichnete, und selbst nach Duartes Rückkehr in der Nacht, als er zu Hause ein Bild vorfand, gegen die Tischbeine gelehnt, auf dem eine auf zwei Krücken gestützte Frau zu sehen war, eine Frau, deren linkes Bein knapp unterhalb des Knies amputiert war, eine Frau, die ein blaues Kopftuch oder eine blaue Mütze trug, eine Frau, die erschrocken oder sogar panisch zu sein schien, und neben dem Bild auf einem Stuhl der Vater, der die Mutter ansah, welche wiederum das Bild betrachtete, erfüllt von einem Glück, einem unmöglichen Glück, einem Glück,

das bereits niemand mehr für möglich gehalten hatte, als erscheine ihr gerade ein Engel.
Als der Vater Duartes Anwesenheit spürte, sagte er. »Sie ist gestorben. Deine Mutter ist gestorben.«

## *Elf Tage*

Fünf Tage lang betrachtete der Vater das Bildnis der einbeinigen Frau. Nach diesen fünf Tagen betrachtete er sechs weitere Tage lang den Globus. Das machte also insgesamt elf Tage. Elf Tage, an denen er das Haus nicht verließ. Nicht mal, um Zigaretten zu kaufen.
Er bat auch nicht Duarte darum, wie sonst gelegentlich. Wenn er sich nicht mehr am Fenster hatte blicken lassen: »Duarte, wenn du rausgehst, dann bring mir doch eine Schachtel SG Gigante mit. Nur eine.«
»Warum denn nicht gleich zwei oder drei?«, hatte die Mutter immer gefragt.
»Zwei oder drei ist viel Zeit«, pflegte er fast flüsternd zu antworten.
Doch seit er von der Beerdigung zurückgekommen war, tat er das nicht mehr. Er ging nicht aus dem Haus, ließ sich nicht am Fenster blicken, bat niemanden, ihm Zigaretten mitzubringen. Deshalb rauchte er in diesen elf Tagen auch höchstens acht Zigaretten. Vielleicht sogar keine Einzige, wer weiß. In der Schachtel waren noch zwölf drin. Zwanzig minus zwölf: acht. Und das bedeutete, dass er an diesen elf Tagen zumindest an dreien keine einzige Zigarette rauchte. Dabei lagen sie direkt neben ihm, was auch nicht ganz unwichtig ist. Zwanzig

minus zwölf: acht. Das war leicht zu rechnen. Und es wurde gerechnet.
Der erste, der rechnete, war wohl der Inhaber des Cafés, der am dritten Tag seine Frau nach Senhor António fragte. Doch zu diesem Zeitpunkt zielte seine Frage weniger auf eine seine Neugier befriedigende Antwort ab, sie war vielmehr der Versuch, wieder mit der Frau ins Gespräch zu kommen, die seit dem Morgen verstimmt war. Die Frage brachte nicht den gewünschten Erfolg, die Frau hüllte sich weiterhin in Schweigen.
Am siebten Tag war es die Frau, die den Waffenstillstand erklärte: Sie vergaß ihren Groll und fragte den Ehemann nach Senhor António. Doch weder ihr Mann noch irgendeiner der Gäste konnte die Frage beantworten. Den Sohn, ja, den hätten sie gesehen. Den Sohn, den Duarte. In der Post, in der Bäckerei, im Supermarkt. Im Supermarkt hatte man ihn mit einem Korb voller Glühbirnen gesehen. Bestimmt zwanzig Glühbirnen, wenn nicht noch mehr. Es gab sogar Leute, die behaupteten, es sei nicht nur ein Korb gewesen, sondern zwei. Zwei Körbe voller Glühbirnen. Davon abgesehen machte er einen ganz guten Eindruck, den Umständen entsprechend, versteht sich. Er war auch in der Apotheke gesehen worden. Aber da war er schon fast draußen. Er trug ein Tütchen in der Hand. Ein Tütchen von der Apotheke, klar. Mit Medikamenten oder auch irgendwas anderem drin.
Aber den Vater, Senhor António, den hatten sie alle seit über einer Woche nicht mehr gesehen, weil er nämlich gleich nach der Beerdigung begonnen hatte, das Bild mit der einbeinigen Frau zu betrachten.
Am zweiten Tag fragte er Duarte: »Duarte, weißt du, was das für ein Bild ist?«
Duarte verneinte.

Am dritten Tag fragte er Duarte: »Duarte, erinnert dich diese Frau nicht an jemanden?«
Duarte verneinte.
Am vierten Tag bat er Duarte, in die Kammer zu gehen und einen Hammer und einen Nagel zu holen: »Nein, zwei Nägel. Nein, drei, bring besser drei.«
Duarte ging in die Kammer und holte den Hammer und drei Nägel.
Der Vater fragte: »Meinst du, es sieht dort neben dem anderen Bild gut aus?«
Duarte fand nicht, dass es gut aussähe neben jenem Bild, das eine Jagdszene darstellte: Zwei Männer, begleitet von mehreren Hunden, irischen Settern vielleicht, liefen einen Pfad in einem dichten Wald entlang. Einer der Männer, von dessen Gürtel Fasanen und Rebhühner baumelten, schritt, das Gewehr über der Schulter, ruhig einher. Der andere, ein paar Meter dahinter, schien einen Moment innezuhalten, offensichtlich um sein Gewehr zu laden.
Der Vater fragte Duarte: »Wo meinst du denn, dass es gut aussieht?«
Duarte zeigte auf die angrenzende Wand, auf die freie Stelle zwischen der Ecke und einem Möbel. Einem Möbel, das auf den ersten Blick aus Mahagoni zu sein schien, bei näherem Hinsehen jedoch aus dunklem Nussbaum war. Es setzte sich aus zwei Teilen zusammen: Über dem Unterteil lag eine Platte aus rosa-weiß gesprenkeltem Marmor. Es verfügte über drei Schubladen und drei mit goldenen Schlössern versehene Türen. Das Oberteil bestand aus zwei Regalbrettern, auf denen verschiedene Gegenstände aufgereiht waren, die man gemeinhin als Nippes bezeichnet, sowie fünf Fotografien: eine Braut, ein Dreirad fahrender Junge, ein rauchender, einen Schneemann umarmender Mann, ein Mädchen

auf einem Esel und eine Familie, die auf den Stufen einer endlos langen Treppe sitzt, vermutlich der zum Bom Jesus in Braga. Auf der Marmorplatte stand ein Aschenbecher mit vier Kippen darin, eine Ausgabe der *Record*, wo auf grünem Untergrund »Löwe verletzt« zu lesen war, ein Telefonbuch, eine Brille, eine Schere, eine Uhr der Marke Timex, ein Briefbeschwerer, ein Scheckheft, ein blauer Kugelschreiber der Marke Bic, zwei Lottoscheine, zwei Büroklammern und eine Rechnung des Bestattungsinstituts Ocidental GmbH.
Der Vater stimmte zu und bat Duarte, ihm zu helfen, die drei großen Vasen wegzuräumen, die dort standen, wo früher einmal ein Klavier war. Sie brachten die drei Vasen auf den Küchenbalkon.
Der Vater bat Duarte, ihm zu helfen, das Bild hochzuheben.
Duarte sagte, das sei nicht nötig. Er sagte: »Ich halte es hoch und du markierst die Stelle.«
Der Vater nahm den blauen Bic-Kugelschreiber, der auf der Marmorplatte lag.
Duarte sagte, ein Bleistift wäre besser. Er sagte: »Auf meinem Schreibtisch liegt ein Bleistift.«
Der Vater ging in Duartes Zimmer und kam mit einem Bleistift in der Hand wieder. Er sagte, dass er bereit sei.
Duarte nahm das Bild und hob es hoch, doch als er es an die Wand halten wollte, sagte der Vater: »Warte. Stell es noch mal ab.«
Duarte stellte das Bild auf dem Boden ab, und der Vater wiederholte laut, was er gerade auf der Bildrückseite gelesen hatte: Wien, 3.8.1924.
Er fragte: »Was glaubst du, was das bedeutet?«
Duarte antwortete, das seien vermutlich der Ort und das Datum, an dem diese HC das Bild beendet habe.
Der Vater fragte ihn, wer diese HC sei.

Duarte zeigte ihm die Initialen, mit denen das Bild signiert war: HC.
Der Vater fragte ihn, woher er wisse, dass es eine HC und nicht ein HC sei.
Und da fielen Duarte zwei Dinge ein, die nichts miteinander zu tun hatten. Der Ring, den der Arzt mit der Vorliebe für Bach am kleinen Finger getragen hatte. Ein Ring, der kein Wappenring gewesen war, dennoch aber am kleinen Finger getragen wurde, was merkwürdig war, es sei denn, er passte nicht an den richtigen Finger, woraus man wiederum schließen konnte, dass der Ring vielleicht einer anderen Person gehört hatte, einer Person mit schlankeren Fingern. Zumal die in den Ring eingravierten Initialen nicht die des Arztes oder zumindest nicht die des Namens waren, unter dem man den Arzt kannte. Es war ein Ring mit Initialen gewesen, mit Lettern im gotischen Stil, und zwar mit ebendiesen: HC. Doch er erinnerte sich auch an Policarpos Brief aus dem Jahre 1975. An den Brief, den der Großvater ihm niemals vorgelesen hatte und von dem die letzten Seiten fehlten.
Duarte erzählte dem Vater weder von dem einen noch von dem anderen.
Dem Vater hingegen fiel der Kater Joseph ein. Denn genau am 3.8.1924 war der Kater Joseph geboren worden. Jener Kater, der am 1.9.1939, also an seinem eigenen Geburtstag, an einer Krankheit oder an Altersschwäche verstorben war.
Er fragte Duarte: »Wie lange leben Katzen für gewöhnlich?«
Diese Frage konnte Duarte nicht genau beantworten. Vielleicht zehn Jahre. Vielleicht zwanzig.
Der Vater bat Duarte, das Bild erneut gegen die Beine des Wohnzimmertischs zu lehnen: »Nein. Dreh es um, die Rückseite soll nach außen zeigen.«

Der fünfte Tag brach an. Er stellte sich vor dem Kleiderschrank in Duartes Zimmer auf Zehenspitzen und versuchte zu erkennen, was sich darauf befand: ein Rugby-Ei ohne Luft, ein Mikroskop, ein Schachbrett, ein Boxhandschuh, zwei Tennisbälle, ein Schraubenschlüssel, ein Kerzenständer, ein Taschenmesser, eine Kohlezeichnung von einem Eisberg, ein Cowboy-Hut, ein Fan-Schal vom FC Sporting, ein Tintenfass der Marke Quink Parker, eine elektrische, drei Oktaven umfassende Orgel der Marke Casio, ein Tonbecher, ein Fotoapparat, ein Aquarellmalkasten, ein Aschenbecher und ein Globus.
Er schnappte sich den Globus im Maßstab eins zu zweiundvierzig Millionen und nahm ihn mit ins Wohnzimmer. Er entwirrte das Kabel. Entfernte den Staub. Steckte das Kabel des Globus ein. Drückte auf den Knopf, doch das Licht ging nicht an. Er suchte einen Schraubenzieher, trennte die beiden Halbkugeln, schraubte die Glühbirne heraus, besah sich die Glühdrähtchen: Die Birne war kaputt.
Er ging ins Schlafzimmer, nahm den Schirm der Nachttischlampe ab, schraubte die Glühbirne heraus, verglich Gewinde, Größe und Leuchtstärke. Die Birne erschien ihm passend, er schraubte sie ein, drückte auf den Schalter: nichts.
Er legte die beiden Glühbirnen auf den Teppich und zermalmte sie zwischen den Zehen. Das Geräusch war angenehm. Die Strümpfe färbten sich rot. Er blickte zur Wohnzimmerdecke. Zählte die Glühbirnen des Leuchters: zwölf. Er probierte eine nach der anderen aus. Keine brannte. Er zermalmte sie zwischen den Zehen. Eine nach der anderen: zwölf.
Er lief, rote Fußabdrücke auf dem Holzfußboden hinterlassend, durchs Haus. Suchte Decken, Nachttischchen, Schreibtische, Badezimmerspiegel ab. Selbst Glühbirnen,

deren Gewinde augenscheinlich nicht in den Globus passten, wurden auf dem Wohnzimmerteppich zermalmt.
Es gab keine Glühbirnen mehr. Er legte sich aufs Sofa und wartete auf Duarte. Duarte kam. Duarte holte Besen und Putzeimer. Danach den Staubsauger. Zog dem Vater die Socken aus. Versuchte, ihm die Glassplitter aus den Füßen zu entfernen. Ging in die Apotheke. Kam wieder. Der Vater lag noch immer auf dem Sofa. Duarte desinfizierte die Wunden. Verband sie.
Der Vater sagte: »Dieser verdammte Globus funktioniert nicht.«
Duarte betrachtete den ausgeweideten Globus: zwei Halbkugeln. Er prüfte die Anschlüsse. Einer der an der Muffe befestigten Kupferdrähte war locker. Er suchte einen Schraubenzieher. Fand keinen. Stellte sich auf den Küchenhocker neben dem Kleiderschrank. Schnappte sich das Taschenmesser. Stieg vom Hocker herunter. Ging zurück ins Wohnzimmer. Legte den Draht frei. Wickelte die Kupferdrähtchen zusammen. Drehte die winzige Schraube mit der Spitze des Taschenmessers fest.
Es gab keine Glühbirne zum Ausprobieren mehr. Auf dem Weg zum Supermarkt überschlug er den Glühbirnenbedarf in der Wohnung: zwanzig 60-Watt-Birnen mit großem Gewinde, zwanzig 30-Watt-Birnen mit kleinem Gewinde. Das erschien ihm zu viel. Doch er beließ es dabei. Er dachte an seine Mutter. Für die Mutter war jede Glühbirne, die kaputtging, ein Zeichen für kommendes Unheil gewesen. Böse Geister. Schlechte Energien. Büßerseelen. Er betete augenblicklich ein Vaterunser und ein Ave-Maria. Kehrte nach Hause zurück. Der Vater lag noch immer auf dem Sofa. Duarte nahm eine der 30-Watt-Glühbirnen und schraubte sie in den Globus. Fügte die beiden Halbkugeln zusammen.

Drückte auf den Schalter. Die Weltkugel erstrahlte hell, unterteilt in Breiten- und Längengrade im regelmäßigen Abstand von zehn Grad.
Der Vater sagte: »Lass die Jalousie runter und mach die Tür zu.«
Duarte sagte: »Du bleibst besser liegen.« Dann ließ er die Jalousie herunter und ging hinaus, die Tür ließ er offen.
Der Vater legte den Zeigefinger auf die Stadt Wien im Zentrum Europas und fuhr langsam tiefer, als wollte er sich auf einem Meridian im Gleichgewicht halten. Jugoslawien, Italien, Libyen, Nigeria, Kamerun, Kongo, Angola, Kater Joseph. Er versuchte, die Entfernung zwischen Wien und dem Ort, wo er vor dreißig Jahren den Kater Joseph gefunden hatte, zu berechnen. Er gab es auf, diese Entfernung zu berechnen. Jedenfalls war es verdammt weit.
Er begann, den Globus zu drehen. Sagte: »Duarte, mir fällt gerade was verflucht Witziges auf: Als die Kontinente noch alle zusammen waren, weißt du, wo da das Kap der Guten Hoffnung lag? Direkt neben Buenos Aires. Du weißt, wem das gefallen hätte, oder?«
Er versuchte, die Entfernung zwischen Buenos Aires und dem Kap der Guten Hoffnung zu berechnen. Er gab es auf, die Entfernung zwischen Buenos Aires und dem Kap der Guten Hoffnung zu berechnen. Verdammt weit. Fast eine Handspanne. Millionen von Jahren. Billionen. Buenos Aires. Auf der anderen Seite des Flusses Colónia do Santíssimo Sacramento, wenn ihn die Erinnerung nicht trog. Der Fluss war der Rio de la Plata. Diese Hurensöhne. Ziemlich forsch kamen sie in ihren Karavellen dort an. Vom Skorbut zerfressen, holten sie sich einen runter. Madeira, 1418, Gonçalves Zarco. Kap Bojador, 1434, Gil Eanes. Kap der Guten Hoffnung, 1487, Bartolomeu Dias. Indien,

1498, Vasco da Gama. Brasilien, 1500, Pedro Álvares Cabral. Die Erinnerung trügt unentwegt. Die Erinnerung ist eine große Verräterin. António, nennen Sie mir doch die Personalpronomen, während Sie Ihren Kopfstand machen und die Zunge rausstrecken. Und konjugieren Sie doch mal das Verb schwänzeln im Plusquamperfekt. Was, Sie können das Neuner-Einmaleins nicht? Also so was, der Arztsohn, Sohn des berühmten Doktor Augusto Mendes, kann das Neuner-Einmaleins nicht? Wissen Sie wenigstens, in welcher Zeitform das Verb in dem Satz ›Scher dich zum Teufel‹ steht? Und wie steht es mit der Dynastie des Hauses Avis? Wissen Sie, wer Johann, der I. war? Das Jahr 1385 sagt Ihnen nichts? Und der 1. Dezember? Der 5. Oktober? Das sieht nicht gut aus. Das sieht gar nicht gut aus, mein lieber António. Und die Überseeprovinzen? Die Flüsse Angolas? Los, ich geb Ihnen eine letzte Chance, nennen Sie mir die Flüsse Angolas, ganz in Ruhe, wir haben Zeit.
António ging mit den Augen ganz dicht an den Globus heran, doch auf dem Globus waren die Namen der Flüsse nicht verzeichnet. Das Gedächtnis, verflucht. Nicht mal die Namen der Dörfer. Nicht mal die Namen der Soldaten. Nicht mal die Namen der Einsätze. Nicht mal die Zahlen. Zahlen der Verluste. Zahlen der Verwundeten. Zahlen der Toten. Zahlen der amputierten Beine. Zahlen der Urlaubstage. Zahlen und Namen der Schlachten und Kompanien und Gefreiten und Fähnriche und Oberleutnants. Der soundsovielen aus Santarém. Der dreißigund aus Beja. Pintelhinho. Galanfas. Abre-Latas. Almeida. Pirata. Beicinhas. Mãozinhas. Raposo. Girafas. Bafo d'Onça. Armandinho. Aljustrel. Saloio. Belmiro. Monteiro. Tavares. Tomé. Antunes. Jesus. Mostardinha. Duarte. Duarte? »Duarte, komm mal, ich muss dir was zeigen.« Luanda. Malanje. Uíge. Qui-

pombo. Banza. Cambonjo. Cassai. Zambeze. Congo. Dande. »Duarte, bist du zu Hause? Verflucht, Duarte, antworte mir. Duarte, bist du schon zurück? Duarte, wo steckst du, verdammt noch mal? Duarte. Duarte, du hast doch nicht etwa deiner Großmutter gesagt, dass? Duarte. Dass deine Mutter? Duarte, wo steckst du? Tu mir das nicht an. Antworte mir, mein Junge. Mein Junge. Duarte.«
Am elften Tag gegen vier Uhr nachmittags las der Inhaber des Cafés gerade in seiner Zeitung. Der Inhaber des Cafés hieß Carlos, aber alle nannten ihn nur den Brasileiro, den Brasilianer. Brasileiro hieß auch das Café, aber keiner wusste, ob das Café wegen seines Besitzers so hieß oder ob der Besitzer wegen des Namens des Cafés so genannt wurde. Vor vielen Jahren hatte Senhor António, Duartes Vater, ihn einmal gefragt, ob er je in Brasilien gewesen sei. Der Inhaber des Cafés hatte das verneint, und da sie beide wortkarg waren, blieb es dabei. Seine Frau hieß Mercedes, und alle nannten sie Dona Mercedes. Dona Mercedes strickte gerade ein Jäckchen für den Enkel, der bald kommen sollte. Die Tochter hatte am Morgen angerufen und von dem Ultraschall erzählt. Es sei ein Junge. Man sähe schon die Hände und die Finger und die Nase und das klopfende Herz und die Augen und natürlich den Schniepel. Deshalb sollte es ein blaues Jäckchen werden. Doch schon vor dem Ultraschallergebnis hatte es blau werden sollen. Wozu brauchte Dona Mercedes diesen neumodischen Kram? Sie musste sich doch nur den Bauch ansehen, um Gottes Wille zu erkennen. Und weshalb sollte Gott ihr auch einen Enkel verweigern, wenn er ihr schon den Sohn genommen hatte, als dieser in der Blüte seiner Jahre stand?
»Carlos«, sagte Dona Mercedes, während sie mit ihren Nadeln klapperte.

Der Ehemann antwortete, ohne von der Zeitung aufzublicken. »Ja?«
Doch sie sagte nichts. Vielleicht fand sie nicht die richtigen Worte oder hatte den Mut verloren.
Dennoch blickte der Café-Besitzer auf und signalisierte so die Bereitschaft, auf eine schwierige Frage zu antworten, und sei es auch nur mit einem Lächeln. In diesem Augenblick raste ein Krankenwagen vorbei. Sie sahen ihn zwischen den Schnaps- und Likörflaschen hindurch. Der Krankenwagen bog rechts in die nächste Straße ein und hielt kurz darauf an. Die Sirene verstummte. Der Café-Besitzer und seine Frau verharrten in Schweigen. Doch nun war es kein zufälliges, unbelastetes, bedeutungsloses Schweigen mehr. Es war ein Schweigen, das ihren Herzen entsprang, gleichzeitig, in erstaunlichem Gleichklang, wie nur der Schmerz oder das Glück ihn zu erzeugen vermochten.
Nach einigen Minuten folgte die Polizei. Das Café füllte sich allmählich mit Menschen: Die einen gierten nach Neuigkeiten, die anderen darauf, sie zu erzählen. Die Garagentür hätten sie aufbrechen müssen. Die Wände mit dem Schlauch abspritzen. Seit die Mutter krank geworden war, sei dieses Haus ein einziges Elend gewesen. Arme Dona Paula. Der Sohn habe ganz ruhig gewirkt. Der Sohn habe nervös gewirkt. Der Sohn sei gar nicht da gewesen. Der Mann habe doch sowieso einen Schaden gehabt, schon vor dem Tod der Frau. Sogar schon, bevor die Frau krank wurde. Warum zum Teufel hätten die Feuerwehrleute nur die Polizei gerufen? Wir zählten wohl nichts. Würden nie etwas zählen.
Dona Mercedes hörte sich alles schweigend an, während sie Kaffees und Biere bereitstellte. Senhor Carlos, der Brasilianer, öffnete eine Schublade hinter dem Tresen, holte elf

Schachteln SG Gigante heraus und packte sie in das entsprechende Fach im Tabakregal.
Am Abend, als der Brasilianer Tische und Böden geschrubbt, Scheine und Münzen ausgezählt, die Lichter gelöscht, die Tür geschlossen und die kalte Nachtluft eingeatmet hatte, sagte er: »Hoffentlich kommt unser Enkelchen gesund zur Welt und wird einmal glücklich im Leben. Um mehr bitte ich Gott nicht.«

## *Das Verhör*

Der Inspektor fragte ihn nach seinem Namen.
Duarte antwortete: »Duarte Miguel Lourenço Mendes.«
Der Inspektor fragte, wo er sich zum Zeitpunkt des Todes seines Vaters aufgehalten habe.
Duarte antwortete: »In der Märtyrerkirche in Lissabon.«
Der Inspektor notierte auf einem Block: »Märtyrerkirche«.
Der Inspektor fragte: »Kennen Sie diese Waffe?«
Duarte antwortete: »Ja. Das ist der Revolver, der meinem Großvater gehört hat. In den Griff sind seine Initialen graviert.«
Der Inspektor fragte: »Wussten Sie, dass der Revolver Ihres Großvaters sich in dieser Wohnung befand?«
Duarte antwortete: »Ja.«
Der Inspektor fragte: »Können Sie bestätigen, dass Sie zwei Tage vor dem Tod Ihres Vaters um acht Uhr dreißig im Lissabonner Bahnhof Santa Apolónia den Zug nach Fundão genommen haben?«
Duarte antwortete: »Ja.«
Der Inspektor fragte: »Können Sie bestätigen, dass Sie sich zum Haus Ihrer Großmutter, der Mutter Ihres Vaters, Laura de Jesus Mendes, begeben haben, das im Landkreis Fundão in einem Dorf mit dem Namen eines Säugetiers liegt?«
Duarte antwortete: »Ja.«

Der Inspektor fragte: »Können Sie bestätigen, dass Ihre Großmutter, die Mutter Ihres Vaters, Laura de Jesus Mendes, Sie nicht gesehen und auch nicht erfahren hat, dass Sie das Haus betreten haben?«
Duarte antwortete: »Ja. Meine Großmutter hat mich nicht gesehen und hat auch nichts erfahren.«
Der Inspektor fragte: »Können Sie bestätigen, dass Sie an diesem Tag um achtzehn Uhr achtundzwanzig am Bahnhof von Fundão den Zug nach Lissabon, Santa Apolónia, genommen haben?«
Duarte antwortete: »Ja.«
Der Inspektor fragte: »Können Sie bestätigen, dass dieser Zug mit circa achtzehn Minuten Verspätung sein Ziel erreichte?«
Duarte antwortete: »Das kann ich Ihnen nicht bestätigen. Ich weiß nicht, wann genau der Zug in Lissabon hätte ankommen müssen.«
Der Inspektor fragte: »Können Sie bestätigen, dass Sie, nachdem Sie den ganzen Weg vom Bahnhof Santa Apolónia bis zum Bahnhof Rossio zu Fuß zurücklegten, dort den Zug um dreiundzwanzig Uhr zwölf genommen haben und im Bahnhof Queluz zu einer unbekannten Uhrzeit ausgestiegen sind und diese Wohnung hier gegen null Uhr zehn des Folgetages betreten haben?«
Duarte antwortete: »Ja, es war ungefähr um diese Zeit.«
Der Inspektor fragte: »Können Sie bestätigen, dass Sie die Reise in der Absicht unternommen haben, diesen Revolver zu holen, einen Revolver, der früher einmal Ihrem Großvater gehört hat und in dessen Griff die Initialen AM eingraviert sind?«
Duarte antwortete: »Ja. Das kann ich bestätigen.«
Der Inspektor fragte: »Und mit welcher Absicht haben Sie das getan?«

Duarte antwortete: »Mein Vater hatte mich darum gebeten.«
Der Inspektor fragte: »Wann hat Ihr Vater Sie darum gebeten, und hat er Ihnen mitgeteilt, was er mit dem Revolver vorhatte?«
Duarte antwortete: »Ja.«
Der Inspektor fragte: »Und was hatte er vor?«
Duarte antwortete: »Er wollte sich umbringen.«
Der Inspektor fragte: »Bereuen Sie nicht, dass Sie das getan haben?«
Duarte antwortete: »Nein, ich bereue es nicht.«
Der Inspektor fragte: »Haben Sie Ihren Vater gemocht?«
Duarte antwortete: »Ja.«
Der Inspektor fragte: »Gibt es jemanden, der Ihre Anwesenheit in der Märtyrerkirche zum Zeitpunkt des Todes Ihres Vaters bezeugen kann?«
Duarte antwortete: »Jemand Lebendes nicht. Nein, es gibt niemanden.«

## *Inspektor Artur Monteiro*

Der Inspektor fragte nicht weiter. Er sah auf und richtete den Blick erneut auf das Gemälde, das zwei bewaffnete Männer zeigte, die sich in einem dichten Wald verirrt zu haben schienen. Vielleicht hatte sich aber auch nur der vordere verirrt und zu diesem Zeitpunkt, dem Zeitpunkt der Entstehung des Bildes, noch nicht begriffen, dass er in einen Hinterhalt geraten war, da der Mann, der ihm in ein paar Metern Abstand folgte, offensichtlich im Begriff war, ihn hinterrücks zu ermorden.

Den Blick noch immer auf das Bild gerichtet, und im Bewusstsein des auf das Bild gerichteten Blicks, im Bewusstsein, gerade eine der grundlegendsten Regeln jenes strengen Verhaltenskodexes zu verletzen, auf dessen Einhaltung er einen Eid geschworen hatte, einen Eid zum Wohle der Heimat und der öffentlichen Ordnung, sagte Inspektor Monteiro: »Ihr Vater war einer der außergewöhnlichsten Menschen, die mir in meinem ganzen Leben begegnet sind.«

Duarte richtete, vielleicht um die Worte des Inspektors besser verstehen zu können, ebenfalls seinen Blick auf das Bild, das eine Jagdszene darstellte, auf der zwei Männer, begleitet von mehreren Hunden, irischen Settern vielleicht, einen Pfad in einem dichten Wald entlangliefen, wobei der eine, von dessen Gürtel Fasanen und Rebhühner baumelten, ru-

hig einherschritt, das Gewehr über der Schulter, während der andere, ein paar Meter dahinter, einen Moment innezuhalten schien, offensichtlich, um sein Gewehr zu laden. Da fragte Duarte, den Blick noch immer auf das Bild gerichtet: »Haben Sie meinen Vater gekannt?«
Inspektor Artur Monteiro antwortete: »Ja, ich habe Ihren Vater vor vielen Jahren in Angola kennengelernt. Ich war ein erstes Mal mit ihm dort, als er noch Fourier war, unser Fourier Mendes, und ein zweites Mal, als er bereits Unteroffizier war, unser Unteroffizier Mendes. Und dich habe ich auch kennengelernt, als du klein warst. An dem Tag, als du in Begleitung deiner Mutter am Kai auf ihn gewartet hast.«
Duarte fragte: »Was hat mein Vater bei diesem zweiten Mal in Angola erlebt?«
Inspektor Artur Monteiro lächelte. Dann fragte er zurück: »Warum stellst du mir diese Frage?«
Doch Duarte sah immer noch unverwandt auf das Bild und antwortete nicht.
Inspektor Artur Monteiro sagte: »Eigentlich dürfte es dir nicht schwerfallen, dir das vorzustellen.«
Inspektor Artur Monteiro sagte: »Vielleicht kennst du nicht die Einzelheiten, wenn dein Vater sie dir nie erzählt hat, trotzdem kannst du dir das Grauen sicherlich vorstellen.«
Inspektor Monteiro sagte: »Und wenn er dir diese Einzelheiten nie erzählt hat, dann umso besser.«
Inspektor Artur Monteiro sagte: »Denn diese Einzelheiten sind so was wie ein Virus. Wie eine Bakterie.«
Inspektor Artur Monteiro sagte: »Äußerst ansteckend.«
Inspektor Artur Monteiro sagte: »Nur ein Beispiel: Du kannst einen Blinden mitten auf der Straße stehen sehen und ein paar Minuten lang Mitleid für ihn empfinden, aber danach vergisst du ihn wieder.«

Inspektor Artur Monteiro sagte: »Der Blinde erzählt dir vielleicht, dass er wegen einem Topf mit kochend heißem Öl blind geworden ist. In dem Fall hast du ihn erst am nächsten Morgen vergessen.«
Inspektor Monteiro sagte: »Wenn der Blinde dir aber erzählt, dass es sein Vater war, der ihm das kochend heiße Öl ins Gesicht geschüttet hat, weil er betrunken oder sauer war, dann vergisst du das Gesicht des Blinden nie mehr.«
Inspektor Artur Monteiro sagte: »Und wenn der Blinde dir dann noch erzählt, welches das letzte Bild war, das er auf dieser Welt gesehen hat, nämlich das des betrunkenen oder wütenden Vaters, der ihm das kochende Öl ins Gesicht schüttet, dann vergisst du auch das Gesicht des Vaters nie mehr.«
Inspektor Artur Monteiro sagte: »Eigentlich spuken uns genug eigene Erinnerungen im Kopf herum, wir müssten uns also nicht auch noch mit denen der anderen belasten.«
Dann zog Inspektor Artur Monteiro einen Notizblock aus der Jackentasche und kritzelte einen Namen und eine Telefonnummer darauf. Danach stand er auf, riss das Blatt heraus, doch als er es Duarte geben wollte, entdeckte er an der angrenzenden Wand ein weiteres Bild, das über drei Blumenkübeln hing. Ein Bild, auf dem eine einbeinige Person abgebildet war, die mit sichtlicher Mühe an zwei Krücken ging. Inspektor Artur Monteiro konnte nicht erkennen, ob das fehlende Bein das rechte oder das linke war. Ebenso wenig konnte er erkennen, ob es sich um einen Mann oder um eine Frau handelte. Doch dieses verschreckte Gesicht erinnerte ihn an jemanden. An jemanden, dessen Namen er bereits vergessen hatte, von dem er nur noch eine Erinnerung an das Gesicht hatte. An ein Gesicht wie dieses. Eine unglaubliche Ähnlichkeit.

Duarte, der das Interesse des Inspektors an dem geheimnisvollen Bild bemerkte, fragte ihn, ob er es kenne.
Inspektor Artur Monteiro verneinte, nein, er kenne es nicht, und gab dann mit einem Lächeln zu, dass er nichts von Kunst verstand.

*Wie kommt es, dass man alles vergisst?*

Inspektor Artur Monteiro fragte, was die Tagessuppe sei.
Dona Mercedes antwortete: »Kichererbsen.«
Inspektor Artur Monteiro bestellte eine Suppe, ein Brötchen mit einem panierten Schnitzel und eine Seven Up.
Inspektor Artur Monteiro bestellte einen Kaffee und eine Schachtel SG Gigante.
Inspektor Artur Monteiro bezahlte und verließ das Café.
Inspektor Artur Monteiro zündete sich eine Zigarette an, ging wieder hinein und fragte, ob er die Toilette benutzen dürfe.
Inspektor Artur Monteiro maß, während er kackte, seinen Puls: zweiundsiebzig. Nicht schlecht, dachte er. Für sein Alter und diese beschissenen Zeiten war das gar nicht so schlecht.
Inspektor Artur Monteiro versuchte, über den Daumen zu peilen, wie oft sein Herz noch schlagen müsse, falls er fünfundsiebzig würde, aber er verlor sich in seinen Berechnungen und gab es schließlich auf.
Inspektor Artur Monteiro verließ die Toilette und bedankte sich bei Dona Mercedes.
Inspektor Artur Monteiro setzte sich ins Auto, stieg wieder aus, lief eine Runde um den Block und betrachtete die Garagentore und Wintergärten. Dann blickte er auf das freie

Feld, das sich den Hügel hinaufzog. Dort hinten sollte es einen Steinbruch und einen neolithischen oder paläolithischen Hünenstein geben, was auch immer, irgendwas verdammt Altes jedenfalls, das zumindest wusste er.
Inspektor Artur Monteiro schloss daraus, dass der Ort dort zu Ende war. Auf dem freien Feld entdeckte er die Überreste eines Fußballplatzes. Ein Holzpfosten war alles, was von dem einen Tor übriggeblieben war. Das Unkraut begann, alles zu überwuchern. Reste von Lagerfeuern. Bestimmt vom Santo António, dachte er. Nein, von São Pedro, in dieser Gegend feiert man bestimmt schon den Heiligen mit den Schlüsseln. Du darfst rein, du gehst wieder. Du da hinten, wie lautet dein vollständiger Name? Artur Monteiro. Nur Artur Monteiro? Nur Artur Monteiro, mehr nicht. Dann wollen wir doch mal sehen. Abel, Alcino, Amílcar, Andrade, Antero, António, Antunes, Artur, Artur, Artur, Artur, Artur Monteiro. Hier haben wir dich. Artur Monteiro. Das wird leider nichts. Kein Platz mehr frei. Alles ausgebucht. Versuch es doch mal an der Tür dort unten. Die sind anscheinend nicht so pingelig, was ihre Kundschaft betrifft, und die Aussicht ist auch schön. Heißt es zumindest.
Und der Soldat Monteiro machte resigniert kehrt und stieg ins Auto.
Der Soldat Monteiro fuhr stundenlang herum, ohne Ziel.
Der Soldat Monteiro fuhr zum Cabo da Roca und betrachtete fast zwölf Minuten lang das Meer. Dann fuhr er zurück nach Hause.
Als der Soldat Monteiro zu Hause ankam, hörte er den Sohn *Private Investigations* von den Dire Straits spielen, und es roch, als hätte seine Frau das Abendessen bald fertig: Fleischbällchen mit Kartoffelpüree.
Sie küssten sich.

Die Frau fragte, warum er so schick zur Arbeit gegangen sei. Der Soldat Monteiro lachte und erklärte, das müsse manchmal sein.
Die Frau fragte ihn, ob es wegen einer neuen Kollegin sei, und der Soldat Monteiro bejahte das und tätschelte ihr den Po.
Der Soldat Monteiro betrat das Zimmer seines Sohnes und küsste ihn auf die Stirn.
Der Sohn fragte, ob er ihm die neuen Saiten für die Gitarre gekauft habe.
Der Soldat Monteiro bejahte das und zog ein Schächtelchen mit D'Addario-Saiten aus der Hosentasche. Er warf das Schächtelchen auf das Bett des Sohnes.
Der Soldat Monteiro setzte sich auf das Sofa im Wohnzimmer und stellte den Fernseher an, um die Nachrichten zu schauen: Nachrichten über die neue Regierung Professor Cavaco Silvas, Nachrichten über die Finanzlage der Fußballvereine, Nachrichten über den Papst, Nachrichten über eine Frau, die Achtlinge zur Welt gebracht hatte, Nachrichten über einen Mann, der drei Meter zwölf groß war.
Die Frau rief, das Abendessen sei fertig.
Der Sohn hörte auf zu spielen und kam aus seinem Zimmer.
Die Frau erzählte von einem neuen Patienten im Krankenhaus. Ein Mann, knapp über sechzig, sei ganz ruhig in die Notaufnahme gekommen und habe erklärt, dass er sich vor circa drei Tagen versehentlich einen Füllfederhalter in den Po eingeführt habe. Er habe seitdem keinen Stuhlgang mehr gehabt und verspüre nun langsam leichte Schmerzen, vor allem beim Sitzen.
Der Sohn lachte los, und das Kartoffelpüree quoll ihm aus dem Mund.
Die Mutter sagte, er solle abwarten, die Geschichte gehe noch weiter. Als sie ihm nämlich den Füller aus dem Po

entfernt hatten, sei es ein goldener Mont Blanc von wer weiß wie viel Karat gewesen. Eine Sonderanfertigung. Ein Schreibgerät, das laut Doktor Álvaro, dessen Onkel Füllfederhalter sammelte, um die achtzig-, neunzigtausend Escudos wert sei. Vielleicht hatte sich ja deshalb der Darm nicht infiziert, weil es eben ein ordentlicher Füller war. Mit einem Bic wäre die Sache bestimmt anders ausgegangen. Selbst bei einem Parker. Und als der Mann von der Untersuchungsliege aufgestanden sei und sie ihm den ordentlich gewaschenen und desinfizierten Kugelschreiber in einem Plastiktütchen überreicht hätten, hätte er ihn sofort auf einem Zettelchen, das er aus der Hosentasche zog, ausprobiert, und siehe da, der verdammte Füller schrieb immer noch. Dann habe er allen einen schönen Tag gewünscht und sei zufrieden von dannen gezogen.

Der Soldat Monteiro half seiner Frau, die Küche aufzuräumen.

Der Sohn ging zurück in sein Zimmer und spielte *Sultans of Swing*.

Der Soldat Monteiro und seine Frau saßen nebeneinander vor dem Fernseher.

Die Frau sagte, sie könne sich schon gar nicht mehr daran erinnern, wann er das letzte Mal so früh nach Hause gekommen sei.

Der Soldat Monteiro lächelte.

Der Soldat Monteiro fragte, wieso man einfach alles vergaß.

Die Kriegspatin sah ihm in die Augen.

Der Soldat Monteiro fragte, wieso man alles über einen Menschen vergessen könne und sich doch an jede Nuance des Gesichts erinnere.

Die Ehefrau lehnte sich an seine Schulter, und die Kriegspatin nahm seine Hände zwischen die ihren.

# SIEBTER TEIL

## *Laura*

Für jemanden wie Laura, die zwischen Ziegen und Ginster aufgewachsen und daran gewöhnt war, den Lauf der Zeit an der Anzahl der Käse und Kornscheffel, an den Besäufnissen des Vaters und an den Tränen der Mutter zu messen, übertraf die Hochzeit mit einem Arzt alles, selbst jene kühnen Träume, denen sie nachgehangen hatte, seit der Doktor Mendes, Hunde und Kinder erschreckend, in einem Citroën 15 CV auf der schmalen, staubigen Landstraße aufgetaucht war.
Ihr Vorteil war gewesen, dass sie das einzige Mädchen im Dorf war, das die dritte Klasse abgeschlossen hatte, und dass sie zudem ledig und noch niemandem versprochen war.
Anfangs putzte sie nur das Haus und die Praxis, kümmerte sich um die Wäsche, überbrachte Nachrichten und kochte das Essen. Doch nach wenigen Monaten schon bereitete sie Arzneien zu und verabreichte Injektionen und Klistiere.
Doktor Augusto Mendes gefiel das neue Leben, und der Komfort früherer Zeiten war schnell vergessen. Er wachte morgens auf, und das Frühstück stand auf dem Tisch: Olivenöl-Brötchen mit Schafskäse und dazu eine Tasse Kaffee. Außerdem noch ein Gläschen Schnaps, heimlich, damit das Mädchen es nicht bemerkte, denn falls bekannt würde, dass der Doktor gleich morgens einen kippte, wäre es aus

mit den Patienten. Seine Speisekammer war prall gefüllt mit selbst gemachter Quitten- und Erdbeermarmelade, und an Festtagen servierte Laura ihm zwei Teller mit zimtverziertem Maisbrei, der ihn nach mehr betteln ließ.
Der Doktor sagte: »Falls du morgen Zeit hast, dann mach mir doch diesen Brei, du weißt schon.«
Laura fragte: »Wollen Sie nicht lieber Milchreis?«
Der Doktor antwortete: »Mach beides, aber du bringst mich noch um damit. Und zwar über den Mund.«
Über den Mund und über die Augen, denn jedes Mal, wenn Doktor Augusto Mendes, seine Pfeife paffend, auf der Veranda saß und die Rosen, Dahlien, Nelken, Kamelien, Bougainvilleen, Stiefmütterchen, Hyazinthen, den Rosmarin und den Lavendel betrachtete, sagte er zu sich: »Also wenn das hier nicht das Paradies ist, weiß ich auch nicht. Ich würde ja zu gern Policarpos Gesicht sehen, wenn er hier hereinspazieren würde.«
Neben dem Garten lag ein Stück Land, das ebenfalls zum Haus gehörte, jedoch nicht genutzt wurde. Laura fragte, ob sie dort Kartoffeln, Tomaten, Salat, Kohl, grüne Bohnen, Zwiebeln, Knoblauch und Erdbeeren anbauen dürfe.
Doktor Augusto Mendes antwortete: »Nur zu, Mädchen.«
Am Rand dieses Grundstücks standen ein halbes Dutzend baufälliger Hütten, und Laura fragte, ob sie die Hütten wieder herrichten und dort Schweine, Hühner, Hasen und Enten halten dürfe.
Doktor Augusto Mendes antwortete: »Nur zu, Mädchen.«
Bis der Doktor eines Tages eine Nachricht von einem Kollegen aus einer anderen Gemeinde erhielt, der ihn wegen mehrerer dort aufgetretener Fieberfälle um Hilfe bat. Er habe die Situation nicht mehr im Griff, ließ der Kollege wissen. Tagtäglich würden mehr Menschen sterben.

Die Gemeinde befand sich ein gutes Stück entfernt, auf der anderen Seite des Gebirges. Auf den Wegen lagen Matsch und Eis, und der Doktor wagte es nicht, den Citroën zu nehmen, er zog auf einem Maultier los.
Gut drei Wochen blieb er weg. Drei Wochen, die ihm wie eine Ewigkeit vorkamen. Als er durch und durch verdreckt und voller Verlangen nach einer Grünkohlsuppe zurückkehrte, hingen von der Küchendecke lauter geräucherte Paprika-, Blut- und Weizenwürste.
Er betrachtete das Schauspiel und sagte: »Also Mädchen, ich weiß gar nicht, wo du die Zeit für all das hernimmst.«
Laura antwortete mit einer Bescheidenheit, die ihren Stolz nur noch stärker zum Ausdruck brachte, »Herr Doktor, die Tage sind hier lang« – als wüsste sie, wie lang anderswo die Tage sind.
In diesem Augenblick bemerkte der Doktor zum ersten Mal die dunklen Augen des Mädchens, ihre kräftigen Arme, die Erde umgruben und Tiere häuteten und mit der Geduld weiser Menschen ihr Tagwerk verrichteten. Dann bemerkte er ihre Finger. Ihre Lippen. Ihre Hüften. Und er nannte sie nie wieder Mädchen. Von da an sollte sie immer Laura heißen. Meine Laura. Laura, morgen fahren wir nach Fundão und du kaufst dir ein Kleid. Laura, sei nicht dumm. Laura, ich glaube, wir sollten heiraten. Laura, es ist ein Junge. Laura, wir nennen ihn António. Laura, was da auf unserem Bett liegt, ist der getötete und gehäutete Hund von Celestino. Laura, morgen bringe ich ihn in die Klosterschule von Alcains. Laura, das ist doch Unsinn. Laura, nur die ersten Tage sind schlimm für ihn. Laura, die Patres lieben ihn, sie sagen, er sei sehr gut in Musik und in Latein. Laura, natürlich klammert er sich an deine Beine und weint. Laura, natürlich schreckt er nachts auf und schreit nach der Mutter.

Laura, unser António geht nach Angola. Laura, unser António wird heiraten. Laura, unsere Schwiegertochter scheint ein gutes Mädchen zu sein. Laura, wir bekommen ein Enkelkind. Laura, unser Enkelchen wird Duarte heißen. Laura, unser Duarte. Laura, unser Duarte Miguel. Laura, unser António macht mir gar keinen guten Eindruck. Laura, unser António. Laura, unser António. Laura, Laura, Laura.

*Das war unsere Mutter*

Vorsichtig, um keinen Lärm zu machen, öffnete Duarte das Kirchenportal. Er trat ein. Spürte die Wärme der Körper. Den Geruch des Fleisches. Der Haut, gegerbt von den extremen Witterungen. Er erriet ihre verkrümmten Finger. Ihre Berufe. Die Lippen ruhten auf Rosenkränzen. Die Zähne nur noch Ruinen.

Der vor dem Altar aufgebaute Sarg schien zu schweben, als würde er von unsichtbaren Fäden gehalten. Duarte spürte eine Starre. Eine Schwäche. Die Sinne betäubt von dem geschmolzenen Wachs, dem Duft der Gladiolen, Gerbera, Lilien, Rosen, Orchideen. Vom obszönen Glanz des Frühlings.

Je weiter sich seine Pupillen an die Dunkelheit gewöhnten, desto mehr verloren die Schatten ihre gespenstische Gestalt und nahmen nach und nach eine greifbare Konsistenz an, ähnlich derjenigen von feuchtem Ton. Vor seinen Augen tauchten nun Namen auf, Stammbäume und Orte, ein feines Netz von Linien, die sich mal schnitten, mal in der Weite verloren. Sie erinnerten an Landkarten, die mit der Zeit verblasst waren und deren Wege nur noch mit Hilfe mühseliger Erinnerung beschritten werden konnten.

Der Pfarrer beendete die Predigt, und das Kirchenportal öffnete sich. Eine Frau fiel Duarte um den Hals und küsste ihn, seine Wangen wurden feucht von ihrem Speichel. Dann kam die Nächste. Und noch eine. Bis er von lauter Frauen umzingelt war, die ihn alle küssen wollten. Und von Männern, die ihm heftig auf den Rücken klopften und ihm die Hand quetschten.

Ich bin die Alice. Ich bin der Ricardo. Ich bin die Maria. Ich bin die Bárbara. Ich bin der Gonçalo. Ich bin der Martinho. Ich bin der Armando. Ich bin die Henriqueta. Ich bin die Gabriela. Ich bin der Joaquim. Ich bin die Esmeralda. Ich bin die Natália. Ich bin der Joel. Ich bin der José. Ich bin die Clarisse. Ich bin die Benedita. Ich bin der Victor. Ich bin der Pedro. Ich bin der Jorge. Wir sind die, denen diese Frau den Hunger genommen hat. Wir sind die, die an ihren Brüsten gesaugt haben. An Brüsten, die dank dem Heiligen Geist niemals versiegten. Gesegnet sei diese Frau, die in ihrer unendlichen Güte die Milch teilte, die ihrem Sohn gebührte, jenem Sohn, der ihr das Leben zur Hölle machte, die sie teilte mit Kindern aus den Bäuchen anderer Frauen. Weil aus den Brüsten dieser Frauen, der Frauen, die uns geboren haben, unserer Mütter, kein einziger Tropfen kam. Weil sie entweder tot oder krank oder traurig waren. Wie unergründlich sind doch deine Wege, Gott, du nahmst dieser Frau den eigenen Sohn, jenen Sohn, der ihr das Leben zur Hölle machte, der sie am Tag seiner Geburt in Blut badete, der sie an dem Tag, als er sich das Leben nahm, in einem Meer von Tränen ertränkte, und entschädigst sie nun mit unserer Anwesenheit. Mit uns, die wir sie bis zum letzten unserer Tage Mutter nennen werden.

Aus dem riesigen Chor, der sich um Duarte herum gebildet hatte, traten sechs Männer hervor. Sie hoben den Sarg hoch und auf ihre Schultern. Duarte bot sich an, mitzutragen, doch sie gaben ihm sogleich zu verstehen, dass er dafür zu

groß sei. Duarte betrachtete die sechs Männer. Und er bemerkte nicht nur, dass sie alle gleich klein waren, sondern dass sie außerdem zahlreiche körperliche Ähnlichkeiten aufwiesen, wie man es sonst nur bei Zwillingen fand.
Als hätte Duarte seine Verblüffung nicht verbergen können, sagte einer der Männer: »Wir sind Geschwister, sind alle am selben Tag aus demselben Bauch gekommen. Es war Ihr Großvater, Gott hab ihn selig, der uns zur Welt brachte. Nur unser Mütterlein, die Arme, konnte er nicht retten. Die letzten beiden kamen heraus, als sie schon tot war. Ihre Großmutter hat uns großgezogen, bis wir zur Schule gehen und unserem Vater mit dem Vieh helfen konnten.«
Sie verließen die Kirche in Richtung Friedhof. Die Sonne stand bereits tief am Himmel. Duarte lief in der Mitte des Trauerzugs. Die Kälte und das langsame Vorankommen verstärkten sein Bedürfnis zu pinkeln. Er ließ sich mehr und mehr zurückfallen. Bis er ganz hinten war. Verließ die Straße und versteckte sich hinter einem Olivenbaum. Öffnete die Hose. Pinkelte. Pinkelte. Pinkelte. Ließ den langen Tag Revue passieren und kam zu dem Schluss, dass er seit dem Morgen nicht mehr gepinkelt hatte, zuletzt im Bahnhof Santa Apolónia, kurz vor der Abfahrt des Zuges. Ein Schauder lief ihm über den Körper. Der Trauerzug entfernte sich zusehends, in seinem unerbittlichen Trott. Der Urin dampfte. Es wurde dunkel. Er fühlte sich einsam. Fühlte sich gut. Hatte sich nicht mehr so gut gefühlt, seit. Seit nirgendwann, überlegte er mit einem Lächeln. Mit einem Lächeln, das seiner Erleichterung geschuldet war. Am liebsten wäre er für immer dort geblieben, pinkelnd und den sich entfernenden Trauerzug betrachtend. In der Dämmerung, ohne dass es je ganz dunkel werden würde. Doch das Pinkeln hörte auf. Die letzten Tropfen nässten seine Hose.

Seine Schuhe. Seine Finger. Er machte die Hose wieder zu. Beeilte sich, zum Friedhof zu gelangen. Die sechs Brüder hatten den Sarg bereits auf zwei Holzbalken gestellt. Der Pfarrer besprenkelte die Erde mit Weihwasser. Das ganze Dorf war um das Grab versammelt. Die ganze Welt war da. Eine Stille. Bis das Geräusch des an den Stricken hinabgleitenden Sarges den Wind wiederbelebte und die hohen Zypressen zu tanzen begannen. Dann hörte man die ersten Schaufeln mit Erde. Und alles war zu Ende.

## *Buenos Aires*

Von oben betrachtet, war der Anblick noch trostloser: Der Garten ein einziges dichtes Gestrüpp, Unkraut überwucherte die Kieswege, der Teich eingetrocknet, die Steine gesprungen. Eine von Insekten und Reptilien beherrschte Welt, und die zweireihig angeordneten, an eine prätorianische Garde erinnernden Zypressen schienen diese barbarische, stille Invasion schicksalsergeben hinzunehmen.
Duarte setzte sich in den alten Korbsessel und legte Policarpos Brief auf das gusseiserne Tischchen. Es war der Brief von 1975. Er begann zu lesen:

> *Mein lieber Freund Augusto, ich wünsche mir sehnlichst, dass du gesund bist, ebenso wie deine Frau Laura und alle deine Lieben.*
> *Lass mich dir zunächst für dieses letzte Meisterwerk danken, das du mir geschickt hast, ein wahrhaftiges philosophisches Traktat. Und dabei beziehe ich mich nicht nur auf die Detailtreue, mit der du in deinem Bericht eure dortigen Sorgen und Nöte darlegst und deutest. Es ist diese Einbettung in das Menschliche, die das Ganze so bewundernswert macht. Bei deiner Beschreibung dieses Otelos kamen mir vor Lachen fast die Tränen. Und das psychologische Profil, das du von General Spí-*

*nola zeichnest, sollte in den renommiertesten Zeitungen abgedruckt und an Universitäten gelehrt werden. Die Ähnlichkeiten, die du zwischen Vasco Gonçalves und unserem Anatomieprofessor aus dem ersten Jahr erkennen konntest, und auch die daraus erwachsenden politischen Konsequenzen sind wirklich ein echter Fund.*
*Doch dann, als wäre das noch nicht genug, erwarteten mich außerdem jene kostbaren Zeilen, die du dem Tod deines Freundes Celestino widmetest. Einerseits ein tragischer Vorfall, andererseits aber auch wundersam. Nicht nur der geheimnisvollen Umstände seines Todes wegen, nicht nur des besonderen Tages, sondern, ich wage diese Behauptung, auch des ästhetischen Ergebnisses wegen. Und verzeih mir, wenn ich dich mit dieser eher kindlichen Bemerkung kränke.*
*Wie du dich sicherlich erinnerst, hast du mir in einem deiner ersten Briefe, noch vor dem Krieg – stell dir vor, ich war damals gerade in Berlin und ahnte schon, dass das Ganze nicht gut ausgehen würde – von der Ankunft dieses rätselhaften, hageren, schwarz gekleideten Mannes erzählt, der ein schwarzes Tuch um den Kopf trug, das ein Auge bedeckte, welches bereits keines mehr war, sondern eine schlimme Wunde, und der wenig sprach, ein Mann, der nicht einmal wusste, was Fußball war, und behauptete, Celestino zu heißen.*
*Da ich die Briefe, die du mir in diesen gut vierzig Jahren geschrieben hast, vom Ersten bis zum Letzten aufbewahrt habe, suchte ich sogleich diesen alten Brief heraus. Ich war beim Lesen völlig hingerissen. Vor allem von der Stelle, wo du auf ebenso außerordentliche Weise beschreibst, wie er reagierte, als du ihm das Glasauge einsetztest und er sich im Spiegel sah. Und wie in gewisser*

*Weise auch du selbst dich im Spiegel sahst, während du ihn anblicktest.*
*Mein lieber Freund Augusto, lass dir sagen, auch ich habe mich in diesem Mann wiedergefunden, der sich dort im Spiegel betrachtete, ohne ihn je vorher gesehen zu haben. Und so sage ich dir in einer kleinen Parodie, wer kein Glasauge hat, werfe den ersten Stein.*
*Es ist erstaunlich, wie viel mehr Kraft bestimmte Geschichten doch erlangen, wenn wir vorher wissen, wie sie enden. Celestinos Geschichte ist eine davon, und ich rate dir sehr, solltest du je beschließen, sie niederzuschreiben, dann beginne mit dem Tag seines Todes, denn damit wirst du ganz bestimmt den Neid dieser Möchte-Gern-Zolas wecken, die es dort bei euch gibt.*
*Solltest du jedoch zugleich auch die unselige Neugier der Leser befriedigen wollen, indem du die Gründe für Celestinos Flucht und in der Folge auch seinen Mörder verrätst, wird dir das, was ich dir heute erzählen werde, sicher sehr dienlich sein.*
*Als ich vor sechs Jahren dieses Hotel kaufte, stellte der Mann, der es mir verkaufte – ein Deutscher, der hier unter dem Namen Robert bekannt war, in Wirklichkeit aber Joseph hieß, wie ich später erfuhr –, drei Bedingungen: Ich sollte den Gast aus Zimmer 302, eine neunzigjährige Dame, bis zum Ende ihrer Tage dort wohnen lassen, ohne dass sie für Kost oder Logis etwas bezahlte. Ich dürfte nur zwei Angestellten erlauben, ihr Zimmer zu betreten: Susana und Jacinta. Und ich müsste, sobald diese Frau verstorben wäre, ihren gesamten Besitz ausnahmslos verbrennen.*
*Ich akzeptierte die Bedingungen, ohne groß nachzufragen. Wir schlossen unseren Handel ab, und ich zog mit*

*Sack und Pack in das Zimmer 106, aus dem ich dir auch schreibe.*
*Gut vier Jahre lang sah ich die alte Frau kein einziges Mal. Sie kam nie aus ihrem Zimmer. Empfing nie Besuch. Manchmal fragte ich Susana und Jacinta, ob mit der Dame aus Zimmer 302 alles in Ordnung sei, und sie bestätigten das. Ich denke, die Alte gab ihnen großzügige Trinkgelder, damit sie diskret und verschwiegen blieben.*
*Bis der Tag kam, an dem das Unvermeidliche passierte und ich erstmals das Zimmer 302 betreten durfte. Die alte Frau saß auf einem Sofa neben dem Bett. Sie trug ein blaues Kopftuch, und erst als ich näher trat, bemerkte ich, dass ihr das rechte Bein fehlte. In der Ecke lehnten ihre Krücken, es waren solche, die oben gepolstert sind, um die Achseln zu schonen. Doch am meisten überraschten mich die Augen der Frau. Sie waren weit aufgerissen und wirkten glücklich. Ich dachte sogar kurze Zeit, Susana hätte sich getäuscht und die Frau sei gar nicht tot. Doch sie war es. Es war, als wäre ihr vollkommen bewusst gewesen, dass sie sterben würde, und als hätte dieses Bewusstsein ihrem Blick eine unbeschreibliche Gelassenheit verliehen. Ob sich das einem glücklichen oder einem unglücklichen Leben verdankte, kann ich dir nicht sagen. Genauso wenig weiß ich, ob es ein Blick voll Dankbarkeit oder der Erleichterung war.*
*Aber glaube nicht, mein lieber Augusto, dass es ein unbestimmter, verlorener, entfremdeter Blick war. Weit gefehlt. Es war ein Blick, der etwas ins Auge fasste. Ein Blick, der genau wusste, was er betrachtete. Ein Abschiedsblick, der genau wusste, wovon er sich verabschiedete.*
*Und was betrachtete sie nun?, wirst du mich aus mehreren Tausend Kilometern Entfernung fragen.*

*Ich antworte dir: Sie betrachtete ein Bild, das an der gegenüberliegenden Wand hing. Ein Bild, worauf eine Frau mit blauem Kopftuch abgebildet war, die nur noch ein Bein hatte und mit Hilfe zweier Krücken lief, solcher, die man sich unter die Achseln klemmt. Und obwohl das Gesicht der Frau auf dem Bild viel jünger war, handelte es sich ohne Zweifel um ein Porträt der alten Dame. Beider Blicke trafen sich. Der eine heiter, wie Abschied nehmend. Der andere ängstlich, womöglich suchend. Dennoch dasselbe Gesicht, nur zwischen beiden ein paar Jahrzehnte.*

*Es gab kein Ausweispapier, mit dem man diese Frau hätte identifizieren können, und so sah ich mich gezwungen, die Polizei zu rufen, die schließlich ihren Leichnam fortschaffte.*

*Die treuen Angestellten Susana und Jacinta packten mit Tränen in den Augen ihre spärlichen Habseligkeiten in einen Sack. Einige wenige Kleider. Ein halbes Dutzend Bücher, darunter, stell dir vor, Augusto, eine Anthologie von Camões-Gedichten auf Deutsch. Und was passierte damit? Ich versuchte noch, sie aus den Flammen zu retten, um sie dir zu schenken, aber Jacinta erlaubte es nicht. Sie ließ mir nicht einmal die Zeit, diesen Vers zu suchen, den du so magst:* Daqui dou o viver já por vivido. *Wie mochte das auf Deutsch klingen? Und was für ein schöner Grabspruch wäre das für die alte Dame gewesen, meinst du nicht auch?*

*Doch als Susana sich daranmachte, das Bild von der Wand zu nehmen, fragte ich sie, was sie da tue.*

*Sie antwortete, das Bild gehöre Señora Hannah und müsse deshalb verbrannt werden.*

*Ich sagte, das Bild sei Teil des Mobiliars und gehöre des-*

*halb zum Hotel. Der Camões könne verbrannt werden, keinesfalls jedoch das Bild.*
*Wir kamen zu einer Einigung: Das Bild wurde gerettet, sollte aber in dem Zimmer verbleiben, das besagte Señora Hannah in den letzten zwölf Jahren bewohnt hatte. Sowohl Susana wie auch Jacinta wussten nur wenig über diese Frau. Sie sagten, sie sei sehr gut zu ihnen gewesen. Sie habe den ganzen Tag gelesen und sie manchmal gebeten, ihr Rauchwaren zu bringen: kubanische Zigarillos. Manchmal auch Schokolade. Doch sie wussten nichts, was meine Neugier, die größer war als groß, befriedigt hätte.*
*Dank meiner natürlichen Begabung, mich auf Menschen der schlimmsten Sorte einzulassen, habe ich einen Freund, der hier in Buenos Aires bei der Polizei arbeitet. Ein Mensch in gehobener Position, einflussreich, der mir schon so manches Mal aus der Patsche geholfen hat. Als Gegenleistung stelle ich ihm stets ein Zimmer zur Verfügung, wenn er ein paar Stunden mit seiner Geliebten, einem siebzehnjährigen Mädchen, verbringen möchte. Vielleicht schreibe ich dir dazu noch einen eigenen Brief, mal sehen.*
*Ich traf also diesen Freund und erkundigte mich nach besagter Señora Hannah, offensichtlich eine deutsche Staatsbürgerin, vierundneunzig Jahre alt, die kürzlich in meinem Hotel verstorben war.*
*Ein paar Tage später brachte er mir die Antwort: Die Dame hieß eigentlich Claudia und war 1958 in Buenos Aires eingetroffen. Damals war sie mit einer anderen Claudia verwechselt worden, der Tochter eines berühmten Nazi-Wissenschaftlers, der vom amerikanischen Geheimdienst gesucht wurde. Nach langwierigen Er-*

*mittlungen stellte sich jedoch heraus, dass diese Claudia eine andere war, nämlich die Tochter eines deutschen Industriellen, der sich auf die Fertigung von Elektrosägen spezialisiert hatte. Gleichwohl hatte Claudia zugegeben, ihren Vater seit dem Winter 1919 nicht mehr gesehen zu haben. Sie erhielt eine Aufenthaltserlaubnis für Argentinien. Das war alles, was er wusste.*
*Lieber Augusto, inzwischen fragst du dich bestimmt, was das alles mit dem armen Celestino zu tun hat. Aber wie du feststellen kannst, hältst du noch viele Blätter in der Hand. Nutze diese Pause, um deine Beine auszustrecken und ein paar Züge an deiner Pfeife zu tun, denn das, was jetzt kommt, ist nichts für Zartbesaitete.*
*Vor circa zwei Monaten erschien hier ein Mann, der nach dem Besitzer des Hotels verlangte. Der Junge an der Rezeption ließ mich holen, und als ich zu dem Mann trat, fasste er mich am Arm an und fragte leise, dicht an meinem Ohr, ob ich Joseph Castorp sei.*
*Ich bemerkte sofort, dass der Mann Portugiese war, ein weiterer Kapitalist, der vor dem Zorn der Arbeiter geflohen war, dachte ich bei mir. Als guter Landsmann hieß ich ihn aber willkommen und erklärte ihm, dass Joseph Castorp nicht mehr Besitzer des Hotels sei und sich vermutlich gar nicht mehr in Buenos Aires aufhalte.*
*Der Mann zeigte sich keineswegs erfreut über diese Nachricht, und ich lud ihn ein, sich mit mir an die Bar zu setzen.*
*Ich fragte ihn, ob er ein Freund von Joseph Castorp sei. Er verneinte das.*
*Ich fragte ihn, was ihn dann veranlasst habe, den Atlantik zu überqueren und Joseph Castorp zu suchen.*

*Dinge, die mit Beethoven zu tun hätten, antwortete er mir.*
*Ich war verwirrt, hakte aber nicht nach.*
*Ich fragte ihn, wie er herausbekommen habe, dass Joseph Castorp hier in Buenos Aires lebe, und wie er von der Existenz dieses Hotels erfahren habe.*
*Er sagte, das wisse er von einem Offizier der portugiesischen Streitkräfte, dessen Namen er aber nicht verraten dürfe.*
*Ich verstand immer weniger und fragte ihn, ob er nicht ein paar Tage in Buenos Aires bleiben wolle. Vielleicht könne ich ihm ja helfen, den derzeitigen Aufenthaltsort von Joseph Castorp alias Robert Cussler ausfindig zu machen.*
*Und ich wiederholte, augenzwinkernd, den Namen Robert Cussler.*
*Er zwinkerte zurück und bedankte sich für meine Liebenswürdigkeit. Dann verlangte er ein Zimmer für sechs Tage.*
*Ich übergab ihn dem Empfangschef und wünschte einen angenehmen Aufenthalt, nicht, ohne ihn vorher einzuladen, um acht Uhr mit mir im Hotelrestaurant zu Abend zu essen.*
*Um Punkt acht saß ich am Tisch. Es wurde Viertel nach acht. Es wurde halb neun. Gegen neun Uhr stand ich auf, ging zur Rezeption und fragte, in welchem Zimmer der portugiesische Gast untergebracht sei.*
*Zimmer 302, antwortete man mir. Ich versuchte anzurufen, doch niemand nahm ab. Ich stieg in den dritten Stock hoch und klopfte an die Tür. Ich klopfte ein zweites Mal. Ein drittes Mal. Bis der Mann mir schließlich tränenüberströmt aufmachte.*

*Ich fragte ihn, ob es ihm nicht gut gehe. Ob er einen Arzt brauche. Er verneinte. Er bat mich einzutreten und schloss die Tür. Dann deutete er auf das Bild mit der Frau ohne Bein und fragte mich, ob ich wisse, was das für ein Bild sei. Ich antwortete ihm, dass ich wenig darüber wisse. Sehr wenig. Ich erzählte ihm die Geschichte von der alten Dame und versicherte ihm, dass das alles sei, was ich wisse.*
*Der Mann setzte sich aufs Bett, noch immer liefen ihm Tränen über die Wangen, und ich nahm neben ihm Platz. Wir blickten beide auf das Bild. Er fasste sich langsam wieder und fing an, mir zu erzählen, dass sein Vater*

Die letzten Sonnenstrahlen fielen auf Duartes Gesicht.
Er legte den Brief auf den Tisch und sagte: »Die restlichen Blätter sind verschwunden.«
Luísa fragte: »Aber konntest du sie jemals lesen?«
Duarte antwortete: »Nein.«
Luísa fragte: »Glaubst du, es war dein Großvater, der sie hat verschwinden lassen?«
Duarte antwortete: »Ja, das glaube ich. Weil sie irgendwas mit Celestino zu tun hatten.«
Luísa fragte: »Und das Bild? Glaubst du, es ist das, das bei dir zu Hause aufgetaucht ist?«
Duarte antwortete: »Da bin ich mir ganz sicher.«
Luísa fragte: »Und meinst du, der Mann, der diesen Joseph gesucht hat, ist auch der, der es an dem Tag, als deine Mutter gestorben ist, zu euch gebracht hat?«
Duarte antwortete: »Das weiß ich nicht.«
Luísa fragte: »Musst du deswegen nach Buenos Aires?«
Duarte antwortete: »Ja. Ich will die Briefe suchen, die mein

Großvater an Policarpo geschrieben hat. Sie sind bestimmt noch irgendwo in dem Hotel. Oder im Besitz dieses Menschen, der uns damals seinen Tod mitgeteilt hat.«
Luísa fragte: »Und was meinst du, was du in diesen Briefen finden wirst?«
Duarte antwortete: »Irgendwas, das mir zu einer Erklärung verhilft.«
Luísa fragte: »Eine Erklärung von was?«
Duarte antwortete nicht. Er legte alle zehn Finger auf das gusseiserne Tischchen und fragte: »Weißt du, wer dieser Joseph Castorp war?«
Luísa antwortete: »Nein.«
Duarte sagte: »Er war ein Pianist. Ein außergewöhnlicher Pianist. Leute, die ihn spielen hörten, behaupten, er sei der beste Beethoven-Interpret seiner Zeit gewesen. Die Nazis haben ihn bewundert und nie aus Deutschland rausgelassen. Er war eine Art Privatpianist für sie. Hat praktisch keine Konzerte gegeben außer in geschlossenen Gesellschaften. Sie ließen ihn nie eine Aufnahme einspielen. Wegen seines großen Talents lebte er in einer Art Klausur. Doch dann war der Krieg vorbei, und an dem Tag, als ihm klar wurde, dass er jahrelang für wahre Monster Beethoven gespielt hatte, hackte er sich die rechte Hand ab und verschwand.«
Luísa wand sich auf der Holzbank und erinnerte sich an den Tag, als der splitternackte Enkel Augusto Mendes' versucht hatte, ihr auf einem Fahrrad zu demonstrieren, wie Radrennfahrer pinkeln. Nach mehreren missglückten Versuchen hatte er es aufgegeben und stattdessen wehrlosen Ameisen die Beine amputiert.
Obwohl es der Tag war, an dem Doktor Augusto Mendes erkrankte, erinnerte Luísa sich stets voller Sehnsucht an ihn. Und wenn sie gekonnt hätte, hätte sie ewig diesen einen

Tag weitergelebt. Den letzten Tag ihrer Kindheit, wie sie ihn für sich nannte. Nach diesem Tag passierte nur noch Schlimmes.
Doch sie hatte sich stets die Hoffnung bewahrt, dass irgendwann nichts Schlimmes mehr passieren würde, weil alles Schlimme schon passiert war. Luísa spürte, während sie Duartes Gesicht betrachtete, dass dieser Augenblick nun gekommen war. Sie sah seinen Drei-Tage-Bart, das Kinn, die Nase, die Augenbrauen, die ersten grauen Haare, die zerfurchte Stirn. Das Einzige, was er von seiner Mutter hat, sind die Augen, dachte Luísa. Und die waren auf so eindeutige Weise von der Mutter, dass es fast aussah, als hätte man sie gewaltsam dort eingepflanzt. Als hätten sie diesen Ort nach blutigen Schlachten aus eigener Kraft erobert. Und selbst nach all diesen Jahren, oder gerade nach all diesen Jahren, war ihnen noch immer bewusst, dass sie auf feindlichem Terrain lebten. In einem Gesicht, zu dem sie nicht gehörten.
Duartes Finger lagen noch immer auf der gusseisernen Tischplatte, doch Luísa fragte ihn nicht, warum er aufgehört hatte, Klavier zu spielen, und sie beklagte sich auch nicht darüber, dass sie ihn nie hatte spielen hören.
Sie erhob sich von der Holzbank und sagte: »Lass uns reingehen. Es wird kühl.«

## suhrkamp taschenbücher
## Eine Auswahl

**Isabel Allende**
– Das Geisterhaus. Roman. Übersetzt von Anneliese Botond. st 1676. 501 Seiten
– Mayas Tagebuch. Roman. Übersetzt von Svenja Becker. st 4444. 444 Seiten
– Die Insel unter dem Meer. Roman. Übersetzt von Svenja Becker. st 4290. 552 Seiten
– Inés meines Herzens. Roman. Übersetzt von Svenja Becker. st 4035. 394 Seiten
– Fortunas Tochter. Roman. Übersetzt von Lieselotte Kolanoske. Gebunden. st 4383. 705 Seiten
– Paula. Übersetzt von Lieselotte Kolanoske. st 2840. 496 Seiten. Großdruck: st 3926. 706 Seiten
– Das Siegel der Tage. Roman. Übersetzt von Svenja Becker. st 4126. 409 Seiten

**Gerbrand Bakker**
– Oben ist es still. Roman. Übersetzt von Andreas Ecke. st 4142. 315 Seiten
– Der Umweg. Roman. Übersetzt von Andreas Ecke. st 4435. 231 Seiten

**Joanna Bator**
– Sandberg. Roman. Übersetzt von Esther Kinsky. st 4404. 492 Seiten
– Wolkenfern. Roman. Übersetzt von Esther Kinsky. st 4574. 499 Seiten

**Jurek Becker**
– Bronsteins Kinder. Roman. st 1517. 302 Seiten
– Jakob der Lügner. Roman. st 774. 288 Seiten

NF 266d/1/01.15

**Louis Begley**
– Lügen in Zeiten des Krieges. Roman. Übersetzt von Christa Krüger. st 2546. 223 Seiten. Großdruck: st 4092. 310 Seiten
– Ehrensachen. Roman. Übersetzt von Christa Krüger. st 3998. 444 Seiten
– Schmidts Einsicht. Roman. Übersetzt von Christa Krüger. st 4415. 415 Seiten
– Der Fall Dreyfus. Teufelsinsel, Guantánamo, Alptraum der Geschichte. Übersetzt von Christa Krüger. st 4304. 248 Seiten

**Thomas Bernhard**
– Alte Meister. Komödie. st 1553. 310 Seiten
– Auslöschung. Ein Zerfall. st 1563. 651 Seiten
– Heldenplatz. st 2474. 176 Seiten
– Holzfällen. Eine Erregung. st 1523. 336 Seiten
– Aus Opposition gegen mich selbst. Ein Lesebuch. Herausgegeben von Raimund Fellinger. st 4211. 368 Seiten

**Peter Bichsel**
– Kindergeschichten. st 2642. 86 Seiten
– Über Gott und die Welt. Schriften zur Religion. Herausgegeben von Andreas Mauz. st 4154. 288 Seiten

**Lily Brett**
– Lola Bensky. Roman. Übersetzt von Brigitte Heinrich. st 4470. 302 Seiten
– Chuzpe. Roman. Übersetzt von Melanie Walz. st 3922. 334 Seiten

**Jaume Cabré**
– Die Stimmen des Flusses. Roman. Übersetzt von Kirsten Brandt. st 4049. 666 Seiten

NF 266d/2/01.15

**Truman Capote**
– Die Grasharfe. Roman. Übersetzt von Annemarie Seidel und Friedrich Podszus. st 1796. 208 Seiten

**Paul Celan**
– Die Gedichte. Kommentierte Gesamtausgabe in einem Band. Herausgegeben und kommentiert von Barbara Wiedemann. st 3665. 1000 Seiten
– »Die Jahre von dir zu mir«. Ein Lesebuch von Ben Becker. st 4468. 107 Seiten

**Marguerite Duras**
– Der Liebhaber. Übersetzt von Ilma Rakusa. st 4507. 143 Seiten

**Hans Magnus Enzensberger**
– Herrn Zetts Betrachtungen, oder Brosamen, die er fallen ließ, aufgelesen von seinen Zuhörern. st 4553. 226 Seiten
– Hammerstein oder Der Eigensinn. Eine deutsche Geschichte. st 4095. 378 Seiten
– Gedichte 1950-2015. st 4554. 241 Seiten

**Louise Erdrich**
– Der Club der singenden Metzger. Roman. Übersetzt von Renate Orth-Guttmann. st 3750. 503 Seiten
– Der Klang der Trommel. Roman. Übersetzt von Renate Orth-Guttmann. st 4083. 327 Seiten

**Laura Esquivel**
– Bittersüße Schokolade. Roman. Übersetzt von Petra Strien. st 2391 und it 4030. 278 Seiten

**Philippe Grimbert**
– Ein Geheimnis. Roman. Übersetzt von Holger Fock und Sabine Müller. st 3920. 154 Seiten

NF 266d/3/01.15

**Peter Handke**
- Immer noch Sturm. st 4323. 165 Seiten
- Mein Jahr in der Niemandsbucht. Ein Märchen aus den neuen Zeiten. st 3887. 628 Seiten
- Die morawische Nacht. Erzählung. st 4108. 560 Seiten
- Wunschloses Unglück. Erzählung. st 3287. 96 Seiten

**Marie Hermanson**
- Der Mann unter der Treppe. Roman. Übersetzt von Regine Elsässer. st 3875. 269 Seiten
- Muschelstrand. Roman. Übersetzt von Regine Elsässer. st 3390. 304 Seiten

**Hermann Hesse**
- Der Steppenwolf. Roman. st 175. 288 Seiten
- Siddhartha. Eine indische Dichtung. st 182. 128 Seiten
- Narziß und Goldmund. Erzählung. st 274. 320 Seiten
- Mit der Reife wird man immer jünger. Betrachtungen und Gedichte über das Alter. st 3551. 192 Seiten

**Reginald Hill**
- Rache verjährt nicht. Roman. Übersetzt von Ulrike Wasel und Klaus Timmermann. st 4473. 683 Seiten

**Uwe Johnson**
- Jahrestage. Aus dem Leben von Gesine Cresspahl. 4 Bände. st 4455. 2150 Seiten
- Zwei Ansichten. st 2183. 243 Seiten

**James Joyce**
- Ulysses. Roman. Übersetzt von Hans Wollschläger. st 3816. 987 Seiten

**Daniel Kehlmann**
- Ich und Kaminski. Roman. st 3653. 174 Seiten

NF 266d/4/01.15

**Sibylle Lewitscharoff**
- Apostoloff. Roman. st 4180. 248 Seiten
- Blumenberg. Roman. st 4399. 220 Seiten
- Montgomery. Roman. st 4321. 346 Seiten

**Nicolas Mahler**
- Alice in Sussex. Frei nach Lewis Carroll und H.C. Artmann. Graphic Novel. st 4386. 143 Seiten
- Thomas Bernhard: Alte Meister. Komödie. Gezeichnet von Mahler. Graphic Novel. st 4293. 158 Seiten
- Der Mann ohne Eigenschaften. Nach Robert Musil. Graphic Novel. st 4483. 156 Seiten

**Andreas Maier**
- Das Haus. Roman. st 4416. 165 Seiten
- Onkel J. Heimatkunde. st 4261. 132 Seiten
- Bullau. Versuch über Natur. st 3947. 127 Seiten
- Wäldchestag. Roman. st 3381. 315 Seiten
- Das Zimmer. Roman. st 4303. 203 Seiten

**Adrian McKinty**
- Der katholische Bulle. Roman. Übersetzt von Peter Torberg. st 4523. 384 Seiten

**Patrick Modiano**
- Eine Jugend. Roman. Übersetzt von Peter Handke. st 4615. 187 Seiten
- Die Gasse der dunklen Läden. Roman. Übersetzt von Gerhard Heller. st 4617. 160 Seiten
- Villa Triste. Roman. Übersetzt von Walter Schürenberg. st 4616. 142 Seiten

**Cees Nooteboom**
- Allerseelen. Roman. Übersetzt von Helga van Beuningen. st 3163. 440 Seiten

NF 266d/5/01.15

– Briefe an Poseidon. Übersetzt von Helga van Beuningen. st 4494. 224 Seiten
– Schiffstagebuch. Ein Buch von fernen Reisen. Übersetzt von Helga van Beuningen. st 4362. 283 Seiten

**Amos Oz**
– Eine Geschichte von Liebe und Finsternis. Roman. Übersetzt von Ruth Achlama. st 3788 und st 3968. 828 Seiten
– Unter Freunden. Übersetzt von Mirjam Pressler. st 4509. 215 Seiten

**Marcel Proust**
– Auf der Suche nach der verlorenen Zeit. 7 Bände in Kassette. Übersetzt von Eva Rechel-Mertens. Revidiert von Luzius Keller und Sibylla Laemmel. 5300 Seiten

**Ralf Rothmann**
– Feuer brennt nicht. Roman. st 4173. 304 Seiten
– Milch und Kohle. Roman. st 3309. 210 Seiten
– Shakespeares Hühner. Erzählungen. st 4434. 212 Seiten

**Judith Schalansky**
– Blau steht dir nicht. Matrosenroman. st 4284. 139 Seiten
– Der Hals der Giraffe. Bildungsroman. st 4388. 222 Seiten

**Andrzej Stasiuk**
– Hinter der Blechwand. Roman. Übersetzt von Renate Schmidgall. st 4405. 349 Seiten
– Kurzes Buch über das Sterben. Geschichten. Übersetzt von Renate Schmidgall. Gebundene Ausgabe. st 4421. 112 Seiten

**Uwe Tellkamp**
– Der Eisvogel. Roman. st 4161. 318 Seiten
– Der Turm. Geschichte aus einem versunkenen Land. Roman. st 4160. 976 Seiten

NF 266d/6/01.15

**Tuvia Tenenbom**

– Allein unter Deutschen. Eine Entdeckungsreise. Übersetzt von Michael Adrian. st 4374. 431 Seiten
– Allein unter Juden. Eine Entdeckungsreise durch Israel. Übersetzt von Michael Adrian. st 4530. 473 Seiten

**Hans-Ulrich Treichel**

– Grunewaldsee. Roman. st 4244. 237 Seiten
– Menschenflug. Roman. st 3837. 233 Seiten
– Der Verlorene. Erzählung. st 3061. 176 Seiten

**Rose Tremain**

– Der unausweichliche Tag. Roman. Übersetzt von Christel Dormagen. st 4403. 334 Seiten

**Mario Vargas Llosa**

– Das böse Mädchen. Roman. Übersetzt von Elke Wehr. st 3932. 395 Seiten
– Der Traum des Kelten. Roman. Übersetzt von Angelica Ammar. st 4380. 447 Seiten
– Ein diskreter Held. Roman. Übersetzt von Thomas Brovot. st 4545. 380 Seiten

**Martin Walser**

– Ein fliehendes Pferd. Novelle. st 600. 160 Seiten

**Don Winslow**

– Manhattan. Roman. Übersetzt von Hans-Joachim Maass. st 4440. 404 Seiten
– Kings of Cool. Roman. Übersetzt von Conny Lösch. st 4488. 349 Seiten
– Tage der Toten. Kriminalroman. Übersetzt von Chris Hirte. st 4340. 689 Seiten
– Pacific Private. Kriminalroman. Übersetzt von Conny Lösch. st 4096. 394 Seiten

NF 266b/7/01.15